CORONA DE TRUENO

GRANTRAVESÍA

TOCHI ONYEBUCHI

CORONA DE TRUENO

Traducción de
Marcelo Andrés Manuel Bellon

GRANTRAVESÍA

CORONA DE TRUENO

Título original: *Crown of Thunder*

© 2018, Penguin Random House LLC

This edition published by arrangement with Razorbill, a division of
Penguin Young Readers Group, a member of Penguin Group (USA)
LLC, a Penguin Random House Company

Traducción: Marcelo Andrés Manuel Bellon

Diseño de portada: Faceout Studio, Jeff Miller

D.R. © 2019, Editorial Océano de México, S.A. de C.V.
Homero 1500 - 402, Col. Polanco
Miguel Hidalgo, 11560, Ciudad de México
www.oceano.mx
www.grantravesia.com

Primera edición: 2019

ISBN: 978-607-527-841-4

IMPRESO EN MÉXICO / *PRINTED IN MEXICO*

Para mamá,
como siempre

Y para Chinoye, Chibuikem y Uchechi,
quienes, sin falta, hacen luz la oscuridad

Capítulo 1

Eliano El sol poniente corta cintas rojas y azules en el cielo. La noche está cerca y eso significa que también lo están las *inisisa* que enviaron para asesinarnos.

Los rebeldes dicen que después de que despegué las sombras de ese jabalí, esa bestia del pecado que había invocado, me desmayé. Tiene sentido que yo no lo recuerde, pero hace que me resulte más difícil creer lo que sucedió. Y no recordarlo hace que sea más fácil cuestionar las cosas, preguntarme si en verdad sucedieron. Tal vez nunca invoqué mi propio pecado, ése que se convirtió en una bestia resplandeciente. Tal vez la batalla en Palacio fue un sueño. Tal vez podría decir lo mismo de los *arashi* que surgieron del cielo y prendieron fuego a Kos, mi ciudad. Tal vez también soñé la traición de la princesa Karima. Y la de Bo.

Es fácil desear que las cosas sean diferentes.

Es difícil, se siente imposible, regresar y hacerlas mejor.

Estoy justo al borde de un acantilado, el valle se extiende debajo. Hay más verde ahí abajo de lo que he visto en toda mi vida, tan diferente de los marrones y rojos de Kos. Cada vez que cierro los ojos, veo esas calles y las joyas de la Ciudad de las Gemas centelleando al sol, amenazando con cegarte si las miras directamente. Veo a los habitantes de Kos vagando por esa parte del Foro donde los joyeros vendían sus mercancías, todos con túnicas y envoltorios de colores brillantes, gritando para ser escuchados por encima de los otros, regateando precios, examinando gemas, girando los bastones, collares o pendientes entre sus manos. Luego, abro los ojos otra vez y todo lo que veo frente a mí es extraño.

Se escucha una explosión a lo lejos. Ni siquiera necesito entrecerrar los ojos para saber que proviene de Kos. No es el continuo rugir de los *arashi*, esos enormes monstruos míticos que surgieron del cielo, atraídos por el ejército de bestias del pecado que Karima y sus Magos de Palacio habían convocado. Suena más como un Bautismo. Como una *dahia* siendo demolida, todo un vecindario convertido en escombros. Mi pecho se calienta por la ira. Se suponía que las cosas serían diferentes. No puedo creer que Karima sea tan insensible como los anteriores gobernantes de Kos. Aún recuerdo su contacto. Puedo sentir sus dedos surcando a lo largo de las marcas de pecado en mis brazos y hombros.

Las hojas se agitan en las ramas de los árboles por encima de mi cabeza y doy vuelta justo a tiempo para ver a Noor saltar y aterrizar detrás de mí con la gracia de un gato callejero. Los ojos de pupila blanca brillan bajo el manto negro que cubre su cabeza. Entrené a esta joven Devoradora de pecados alguna vez, en un bosque como éste. Ella se unió a nosotros en la batalla para salvar a Kos y escapó de la ciudad con nosotros cuando todo estuvo perdido.

—*Oga* —dice, a modo de saludo. Todavía no sé si me llama *jefe* para burlarse o si lo dice en serio. Me sorprendería si todavía me considerara un líder.

—¿Qué hay de nuevo, Noor? —me siento cerca del acantilado. Ella se sienta a mi lado, con los puños a los costados. Cada vez que la veo, está lista para noquear la mandíbula o arrancarle los ojos a alguien.

—Pronto será la hora de comer.

—Bien —gruño mientras me levanto.

Debería considerarme afortunado de tener incluso esta pequeña porción de tiempo para mí. Casi quiero pedir a Noor que permanezca conmigo y veamos la puesta de sol, pero algunos de los Magos rebeldes han estado haciendo un escándalo sobre las *inisisa* que pasan volando. Dicen que son exploradoras. Con forma de pájaros y, a veces, de murciélagos. Y si me escabullera lejos de la espesura del bosque y una de esas cosas me descubriera, Karima sabría exactamente dónde enviar su ejército. Si yo fuera el único por el que tuviera que preocuparme, esto no sería un problema, pero sé que tan pronto como salga y me descubran, todas las bestias del pecado sueltas en Kos serán enviadas directamente detrás de mí. Noor, Ras y los demás tratarían de interponerse, los Magos rebeldes intentarían protegerme y el resultado sería un montón de cadáveres, sólo porque quise observar un atardecer. Bajo estas circunstancias, parece que no llegar tarde a la cena es lo menos que puedo hacer. No hay necesidad de que el trabajo de todos sea más difícil de lo que ya es.

Aunque en el bosque todos somos iguales, los *aki* y los Magos aún cenan separados. Hace algún tiempo, nosotros trabajábamos para ellos. Por algunos *ramzi*, nosotros, los *aki*, íbamos adonde los Magos nos enviaban. Ellos extraían el pecado de algún rico de Kos y, una vez que lo cazábamos y devorábamos, obtenían una bolsa llena de dinero. Luego nos entregaban una pequeña porción del pago, lo suficiente apenas para alimentarnos.

Algunos de los Devoradores de pecados me hacen compañía: son mis guardaespaldas. No estoy seguro de cómo sentirme al respecto. Cuando estuve a cargo de estos chicos, cuando los entrené bajo la atenta mirada de otros Magos de Palacio, su piel era intachable, sin tatuajes, sin marcas de batallas contra las *inisisa*. Entonces tuve que entrenarlos. Ahora se sientan o se paran o pasean a mi alrededor con tazones de sopa de *egusi*, y veo la marca de las alas abiertas de un pájaro del pecado en uno de sus brazos; un león del pecado se levanta sobre sus patas traseras a lo largo del muslo de otro *aki*; una niña *aki* tiene un gorrión del pecado tatuado justo debajo de su ojo izquierdo. Hablan entre sí, pero en su mayoría se mantienen en un estoico estado silencioso, como se supone que los guardaespaldas deben hacer. Es algo que Bo solía hacer.

En cuanto pienso en Bo, mi corazón se estruja. A veces, cuando duermo, sueño con nuestra pelea. Recuerdo estar en pie en la escalinata de Palacio y a Karima ofreciéndome gobernar Kos con ella. Recuerdo haberme negado y haber visto a Bo subir la escalinata. Recuerdo cuánto me alegré de tenerlo de regreso. Pero incluso en el sueño, sé que algo está mal y, de repente, Bo está encima de mí con su daga apuntada hacia mi corazón, y requiero toda mi fuerza para evitar que atraviese mi pecho.

Algunos de los Magos que ahora comen del otro lado de la fogata estuvieron allí. Vieron a Kos en sus momentos finales. La de trenzas de plata, Miri, es a quien todos los Magos rebeldes escuchan, pero a veces Miri y Aliya se dirigen juntas a la oscuridad, y es muy poco después de que regresan cuando debemos levantarnos y ponernos en movimiento de nuevo.

A veces surge en mí el impulso de seguir a Aliya, pero siempre se evapora un segundo después. No sé qué le diría o qué le preguntaría. Tal vez algo sobre la *inisisa* a la que supuestamente extraje de mí o tal vez algo sobre el hecho de que no consigo recordarlo. Tal vez le preguntaría si todas esas cosas que me dijo en la escalinata de Palacio eran reales, todas esas cosas acerca de que me mantuviera fiel a mí mismo y no me permitiera ser seducido por Karima y el poder que ella me ofrecía. Tal vez iría sólo para estar cerca de ella. Ella es diferente ahora. No es la misma chica que conocí en Zoe hace tantos meses, tan ansiosa por aprender sobre el pecado y las ecuaciones que terminó por derramar el té sobre mí, pero aún hay algo de esa curiosidad allí, algo de esa esperanza. Lo noto en la noche cuando la descubro escabullirse para observar las estrellas, con sus ojos brillantes y amplios, como solían ser.

Está masticando un poco de carne de cabra y tiene la cabeza inclinada hacia un lado mientras otro Mago le susurra algo. Ella termina, se lame los dedos y arroja los huesos al fuego. La grasa mancha su túnica, pero no lo ve o no le importa.

No me doy cuenta de que he estado mirando directamente al fuego hasta que ella me da un codazo.

—¿Estás bien, Taj? —pregunta.

Me sacudo el mareo.

—Sí. Estoy bien.

Pero no lo estoy. Estoy pensando en esas explosiones otra vez, imaginando cómo las casas se derrumban en un Bautismo, una *dahia* entera demolida. Me encuentro repitiendo todas las conversaciones que sostuvimos Karima y yo. Sobre el pecado y sobre Devorar y sobre el Innominado. Recuerdo cómo se iluminaron sus ojos cuando me vio. Ella no se burló de mis marcas de pecado. No arrugó la nariz la primera vez que me vio en Palacio. Cuando me miró, me sentí amado. Y ahora, bajo su mando, las *dahia* se están desmoronando. ¿Estuvo mintiendo todo el tiempo?

La mirada de Aliya se suaviza.

—Estás pensando en Karima.

Me encojo de hombros y abrazo mis rodillas.

—¿Qué fui para ella?

—Quizá no soy la persona adecuada para responder esa pregunta. Sería mejor si me preguntaras sobre la función tau o la etimología de *al-Jabr*, pero yo... —su voz se apaga— no sé si puedes amar a alguien y querer también separarle la cabeza del cuerpo. En ninguno de los textos antiguos que he leído me he encontrado todavía con una circunstancia semejante —sonríe y pone su mano sobre mi rodilla.

La gente se mueve detrás de mí y doy la vuelta justo a tiempo para ver a todos desmantelar el campamento. No otra vez.

Ras, con serpientes del pecado enroscadas en ambos bíceps, aparece detrás de mí y posa su mano en mi hombro.

—Hora de irnos, Jefe. Descubrieron algunas patrullas al norte y al este.

—De acuerdo. Vamos a movernos.

Aliya y yo nos levantamos. Aliya se dirige al frente del grupo con los otros Magos y yo permanezco atrás. Comienzo a trotar junto a Ras, y alcanzamos a algunos de los otros *aki* cuando llegamos a una zona de bosque denso. Levanto la mirada, Ras está sonriendo.

Me descubre mirándolo e intenta dejar de sonreír, pero no lo consigue y eso sólo lo hace sonreír más.

14

—Antes de que mis ojos se convirtieran y me volviera un *aki*, limpiaba casas —dice entre bocanadas—. Con mamá. Limpiábamos casas en nuestra *dahia* por dinero. Los otros niños corrían alrededor, exploraban la ciudad, tenían aventuras —sus ojos no se desvían del camino que está abriendo para nosotros con su daga—. Ésta es mi aventura.

Los otros *aki* se han reunido a nuestro alrededor, de manera que me encuentro en el centro de una formación diamante que me protege. No tengo idea de cómo aprendieron esto.

Estoy agradecido por ellos, por este grupo de *aki* y de Magos, jóvenes y viejos, unidos por la rebelión. Están arriesgando todo para protegerme. Pero correr de los bosques a los campos a las colinas, rodeado constantemente de Magos y *aki* que no parecen saber más que yo sobre lo que está sucediendo. Aun así, se mueven con propósito. Saben qué hacer. A veces parece que ésta es la aventura de todos, excepto la mía.

De cualquier manera, estoy corriendo con el estómago lleno, lo que significa que he recorrido un largo trecho desde que era un humilde *aki* en las calles de Kos en busca de pecados para Devorar. Por alguna razón, la idea de cuánto de mi vida ha cambiado y qué tan rápido sucedió me hace reír. De repente, sonrío al lado de Ras mientras avanzamos rápidamente por el bosque hacia un lugar seguro, mientras la noche nos baña a todos en su oscuridad.

Capítulo 2

El trueno crepita en el cielo cuando llegamos a la cueva. La lluvia espera hasta que todo mundo está dentro antes de empezar a caer. Los Magos observan en silencio. Algunos de los *aki*, mis guardaespaldas, toman sus puestos en la boca de la cueva. Otros, los más jóvenes, se sientan en círculo y ríen. Ugo, un niño con sólo un dragón que sube en espiral a lo largo de su pierna, chasquea los dedos hacia Nneoma y señala algo que ha dibujado en el barro.

—Mi comida favorita de casa —dice Ugo, mientras los demás mantienen sus propias conversaciones—. Pescado fresco —hace un gesto hacia el dibujo que trazó en el suelo. Garabatos en su mayoría, con algunas líneas en torno para sugerir una mesa—. Con *kwanga* alrededor y *makembe* del otro lado. Eso que ustedes llaman plátano. O a lo que los norteños nombran platán —golpea el aire como si pasara por alto esa palabra.

Los otros se ponen estridentes, y Nneoma golpea su mano. Ella tiene los hombros duros y anchos de una norteña, alguien acostumbrada a trabajar las minas para cultivar piedras preciosas para la realeza.

—Es así porque ésa es la forma correcta de decirlo. No conozco ningún plát*ano*. Decimos platán —los otros rugen de risa. *Platán. ¡Platán!*

Pero Ugo irrumpe en la protesta.

—Están equivocados. Chabacán. Platán. Humán.

Los otros comienzan a rodar por el suelo.

Nneoma intenta mantenerse seria, pero incluso ella está empezando a resquebrajarse.

—Bien, como ustedes quieran. ¡Plátano, chabacano, humano, villano! —el grupo estalla en otro ataque de risa—. Ustedes, los sureños, hablan como si tuvieran la boca llena de envolturas de *suya* de todos modos —dice ella.

Tal vez estuvieron allí durante la Caída de Kos. Suena raro en mi cabeza pensar en lo que le pasó a mi ciudad de esa manera. La Caída de Kos parece algo que lees en un libro o una historia que tu mamá o baba te cuentan durante el periodo de ayuno antes del Festival de la Reunificación, o algo de lo que habla Ozi en sus sermones. Suena antiguo y lejano. Pero no lo es. Lo veo casi cada vez que cierro los ojos para dormir. Las *inisisa* arrasando las calles de Kos, los cientos de habitantes del Foro tendidos en las calles o en sus casas con los ojos vidriosos, comidos por las bestias del pecado que habían sido desatadas. Los *aki* que Cruzaron, luchando por mantener a todos a salvo. Los que murieron. Estos *aki* tal vez lo vieron todo. Quizá se ganaron los pecados que llevan puestos mientras salvaban a Kos. Y aquí están discutiendo sobre cómo pronunciar "plátano". Y protegiéndome.

Miri me encuentra parado en la boca de la cueva, mirando al bosque. La lluvia ha comenzado a caer a cántaros. Es como si estuviera mirando a través de cortinas hechas de agua.

—Taj —ella sonríe—, ¿cómo te sientes?

—Para ser sincero, como una mosca atrapada en un tarro. ¿Tenemos un plan?

—Eso es exactamente lo que estábamos discutiendo —asiente con la cabeza hacia los otros Magos.

—¿Y?

Su sonrisa se tensa.

—Estamos esperando.

La respuesta es tan poco satisfactoria como esperaba. Sin información nueva. Sin plan. Sin dirección.

—Esas explosiones —digo finalmente—, ¿eran Bautismos?

Miri frunce el ceño. Una sombra cruza su rostro.

—Dinamita.

—Dina... ¿qué?

Nneoma camina hacia nosotros.

—Es lo que usamos en el norte para abrir la tierra y extraer recursos. Palos de trueno. Enciendes fuego a la cuerda y luego BUUUM —imita la explosión con sus manos—. Tierra por todas partes, y entonces ya tienes un agujero en el suelo en el que puedes cavar.

Otra herramienta en manos de Karima. Está destrozando Kos.

Justo en ese momento, percibo movimiento por el rabillo del ojo; todos nos volvemos para ver a varios *aki* que cargan algo grande por encima de sus cabezas. Desde lejos parecen hormigas que encontraron una hoja gris gigante para protegerse de la lluvia. Las espaldas se inclinan, entran en la cueva y arrojan la cosa al suelo. Hace un fuerte ruido que reverbera en la cueva.

Un montón de los otros *aki* se reúne a su alrededor. Cuando llego, Aliya está allí también. Se baja las gafas y se inclina sobre eso, examinándolo en silencio mientras los demás susurran a su alrededor.

El trozo de metal tiene un centro redondeado con bordes afilados. Parece un escudo. Algo que los guardias de Palacio tendrían, pero más grande. Nadie puede decir de dónde viene, pero alguien murmura sobre cómo trabajan el metal al norte de Kos. Es demasiado grande y simple para ser una prótesis metálica. Las prótesis tienen engranajes y bisagras. Tienen forma de brazos y piernas, y mecanismos para imitar los movimientos de las extremidades humanas. Por un segundo, imagino a alguien intentando encajar esto en un muñón de brazo o en el lugar donde solía estar una pierna. Nneoma golpea la cosa con el pie, luego salta hacia atrás como si hubiera sido mordida por una serpiente.

Otro Mago, Dinma, se cierne sobre mi hombro, para observar la cosa. Sus ojos color de piel de serpiente destellan en azul antes de volverse de cristal otra vez.

—No hay ranuras para acoplarlo.

Aliya asiente.

—No hay lugar para que las correas encajen. Y su estructura es extraña. ¿A qué podría haber pertenecido?

Me abro paso hasta estar a su lado.

—¿Crees que haya estado unido a algo más?

Ha sido volteado, como un caparazón de tortuga al revés. Ella señala en su interior.

—¿Lo ves? Hay vetas negras dentro —se agacha y se acerca aún más—. Y el Puño de Malek —jadea. La desteñida insignia de los Magos de Palacio ha sido escrita con sangre seca—. Los Magos hicieron esto.

Los Magos se reúnen y susurran mientras algunos de los *aki* comienzan a patear el metal para probar su resistencia con los pies. A pesar de estar cerca de toda esta gente, me siento solo. Atrapado. Nadie parece notar que me alejo.

Con mi espalda contra la pared de la cueva, sostengo mi cabeza entre las manos. En mi muñeca, una piedra azul opaca cuelga de un fino hilo. La última vez que resplandeció, yo me encontraba parado en la escalinata de Palacio, luchando contra mi mejor amigo. La piedra le pertenecía a Zainab, una chica *aki* cuyas marcas de pecado cubrían cada centímetro de su cuerpo. Recuerdo que cuando ambos éramos niños, un Mago la llevó para que sanara a mamá del pecado que la había lisiado. El Mago la había guiado con una cadena atada a un collar alrededor de su cuello. Y luego, la siguiente vez que la vi, ya éramos mayores, y ella estaba cuidando a los *aki* que entrenaba en el bosque, justo afuera del Muro. Recuerdo haber sostenido su cuerpo flácido después de que Cruzó y murió. Después de haber Devorado demasiados pecados. Aliya y yo la enterramos en algún lugar en esta maraña de árboles y arbustos. No tengo idea de qué tan lejos o cerca de aquí está su tumba.

Miro a Aliya y me pregunto si también está pensando en Zainab. Quizás el *inyo* de Zainab, su espíritu sin purificar, acecha ese pedazo de bosque.

Estoy tan perdido en mis pensamientos que, al principio, ni siquiera me doy cuenta de que todos están corriendo. Y es entonces cuando lo escucho. Un ruido que suena como metal triturado, como algo que gime.

Todos llegamos a la boca de la cueva, y algunos de los *aki* avanzan un poco más para mirar a través de la cortina de lluvia. Está lloviendo tan fuerte que apenas conseguimos ver algo, pero podemos escuchar el ruido, y se está acercando.

Ugo está al frente, y da unos pasos más afuera de la cueva.

—¡Ugo! ¡Regresa! —grita Nneoma.

Ugo sigue caminando hacia afuera hasta que apenas alcanzamos a verlo girar para mirar por encima del hombro. Antes de que pueda darse vuelta, algo enorme salta fuera del bosque y se arroja contra él.

A través de la cortina de lluvia, veo el recubrimiento metálico que protege lo que sea que aplasta a Ugo. No consigo dar más de un paso antes de que Ras sujete mi muñeca y me empuje de regreso hacia atrás.

Ugo se esfuerza por gritar, pero la bestia sobre su pecho ahoga todo el aliento de sus pulmones.

—¡Ugo! —Nneoma sale corriendo de la cueva con su daga lista. Ella salta en el aire para alcanzar un buen ángulo en el cuello de la bestia, pero se estrella contra el metal y su daga gira fuera de su mano. Nneoma cae al suelo y presiona su muñeca.

La bestia se apoya sobre sus patas traseras y deja escapar un rugido. Briznas de humo negro se curvan entre las placas de la armadura.

Miri jadea.

—Es… una bestia del pecado.

—¿Pero cómo? —Aliya se encuentra entre Miri y yo, y todos miramos conmocionados mientras la *inisisa* cubierta de armadura nos mira—. Es… imposible.

—La armadura está fija a la *inisisa* —Dinma suena más como si estuviera en un laboratorio comiendo químicos con los ojos, a que estuviéramos a punto de ser devorados por un león del pecado de metal.

—¡Tenemos que salvar a Ugo! —grito. Mi daga está lista en mis manos. Me separo de Ras. No puedo recordar la última vez que corrí tan rápido. La bestia del pecado apenas se inmutó cuando Nneoma golpeó su recubrimiento metálico, pero puedo ver pequeños espacios entre su armadura. Una abertura justo al lado de su hombro. La *inisisa* se mueve sobre el pecho de Ugo. Corro hacia ella con mi daga apretada en la mano, y corto justo a través de su hombro.

La bestia brinca lejos de Ugo y me hace perder el equilibrio. Me recupero, me muevo para golpear su parte inferior, pero me doy cuenta demasiado tarde de que también está cubierta por la armadura. Nneoma se estrella contra mí y me aparta del camino justo en el momento en que la pata del león del pecado cae con fuerza en el lugar donde mi cabeza estaba. Todos los *aki* rodeamos a la bestia.

Las ramas de los árboles que están sobre nosotros se sacuden, y algo cae directamente del cielo y aterriza sobre la espalda de la *inisisa*. ¡Noor!

Recuerdo que ella estaba explorando y no había regresado antes de que encontráramos la cueva. Sus dedos encuentran un hueco en la armadura del león. La bestia mueve la cabeza, tratando de arrojarla, pero ella se las arregla para sostenerse con una sola mano y apuñala la nuca desprotegida hasta que por fin las piernas del león se doblan. Noor salta.

Cuando la bestia se disuelve en un oscuro charco negro, su armadura se desliza y cae al suelo del bosque.

El charco de tinta donde la *inisisa* se había dividido sale disparado junto a Noor y rebota en el suelo frente a ella antes de inundar su boca. Ella se tambalea, tosiendo y balbuciendo. Luego, todo ha terminado. No tenemos tiempo para ver a la nueva bestia grabada en su piel. Nneoma lidera el camino, y Noor y yo enganchamos los brazos de Ugo sobre nuestros hombros y lo llevamos hacia la cueva.

—Tenemos que irnos. ¡Ahora! —grita Noor—. Vienen más en camino.

Los ojos de Aliya se abren ampliamente.

—¿Hay más?

—Muchas más.

No hemos avanzado más de tres metros fuera de la cueva cuando un grupo de bestias del pecado con armadura irrumpe a través de los matorrales. Un oso, otro león, varios lobos. Todos nos apresuramos en la dirección opuesta, pero otro escuadrón de *inisisa* ya nos espera.

—Son demasiadas —siseo mientras el semicírculo nos va cercando. Ya nos encontramos de espaldas unos contra otros, Magos y *aki*. Me apoyo cerca de Aliya—. Sígueme —murmuro—. Cuando me mueva, no disminuyas la velocidad. Mantente justo detrás de mí.

—Espera, pero…

Corro lo más rápido que puedo hacia el león del pecado que está justo frente a mí. Si no cometo un error, podré salir vivo de esto. Sigo corriendo, y cuando estoy a sólo unos metros de distancia, la bestia se agazapa, lista para saltar.

Calculo mis acciones a la perfección, planto el pie y salto. La bestia brinca justo detrás de mí, pero yo estoy un poco más arriba, y en el momento en que paso volando por encima de su lomo, lanzo mi daga hacia su nuca. El cordón unido al cuchillo se enrolla a su alrededor, y jalo a la *inisisa* conmigo mientras caemos, hasta que aterriza sobre su espalda. La línea casi se revienta bajo la presión, pero miro detrás de mí y veo a Aliya inmóvil.

—¡Vamos! —grito.

La *inisisa* se agita, luego se disuelve en un charco de sombras en el suelo.

Aliya lo atraviesa, la tinta se adhiere al dobladillo de su túnica; la tomo de la mano y la llevo detrás de mí. El charco de pecado se convierte en una sola corriente en el aire y se precipita hacia mi boca abierta.

Mis ojos se cierran por reflejo. Mi cuerpo se contrae por los espasmos. El pecado me atraviesa como un río hecho de espinas, pero eventualmente pasa. Caigo sobre una rodilla. Tengo que levantarme. El golpe de dagas de piedra contra armaduras de metal resuena a través del bosque. Todavía están todos en pie. De repente, las *inisisa* se detienen y giran hacia mí. Van detrás, sólo por mí.

Aliya se da vuelta y ve a la manada de *inisisa* lanzándose hacia nosotros.

—¡Corre! —grito. La alcanzo y tomo su mano, y la sangre late tan fuerte en mis oídos que no escucho nada más. Ni el suave golpe de la lluvia sobre las hojas de los árboles en lo alto, ni el estruendo de una manada de bestias del pecado ávida de comer mi alma. Nada.

Al menos, los otros están a salvo.

Capítulo 3

—¡Vamos! —grito a Aliya. Está quedándose atrás.
Crujidos y gemidos. Ese horrible sonido. Se están acercando.

—Taj… —murmura Aliya, señalando hacia el crujido de las hojas de un arbusto a poca distancia a la derecha de nosotros.

Antes de que pueda responder, las formas negras se arrojan desde los arbustos y galopan en dirección a nosotros. Más *inisisa*. Aliya tropieza. Sujeto su brazo, y corremos tan rápido como podemos. Una sombra se desliza por el cielo, cubriendo el sol. Incluso desde abajo, reconozco al grifo. Nos van a atrapar.

Los recuerdos destellan en mi mente, borrosos y desenfocados.

Los recuerdos no me pertenecen. Son del pecado que acabo de Devorar. Aun así, la culpabilidad hace que mi pecho esté tan tenso que apenas consigo respirar.

Las raíces me hacen tropezar, y caigo con fuerza. Mi daga se suelta. Veo personas delante de mí, parecen tan reales. Magos, envueltos en negro. Y otras figuras en túnicas marrones, con las cabezas afeitadas. Hombres y mujeres que arreglan las baldosas en el piso. Se encuentran en círculo, y alguien está cantando.

Me sacudo la visión. No puedo perderme en mi cabeza. No en este momento.

Aliya me ayuda. Las *inisisa* están ganando terreno. El rechinido es más fuerte ahora. Más cercano.

El viento inclina algunas de las ramas de los árboles frente a nosotros. Reúno tanta fuerza como puedo y salto para atrapar una. Los cardos se encajan en mis palmas, pero mantengo mi agarre. Mis brazos arden. Despacio, comienzo a erguirme. Mis pies raspan contra el tronco húmedo del árbol. Después de unos momentos de lucha, me las arreglo para levantarme y tomo aliento, con mi espalda apoyada contra el tronco del árbol.

Aliya está debajo de mí.

—Ven, toma mi mano.

Echa un vistazo detrás de ella. Las *inisisa* no son lo suficientemente altas para llegar hasta aquí, no si subimos un poco más. Salta, toma mi mano y lucho con todas mis fuerzas para levantarla. Se esfuerza, y ambos estamos sobre la rama.

—Tenemos que llegar más alto —resoplo. Las visiones hacen que me sienta mareado. Sé que son los pecados de otra persona, pero la culpa me inunda como la bilis y quema el interior de mi garganta.

—¿Taj? ¡Taj!

Mis ojos se abren de inmediato, y entonces me doy cuenta de que me había quedado inconsciente. Se supone que los efectos de Devorar pecado no duran tanto. No había estado tan enfermo desde que Devoré mi primer pecado, cuando todavía era un niño.

—¿Cuánto tiempo estuve perdido?

—Sólo un momento —Aliya tiene esa mirada de preocupación en los ojos que no había visto en mucho tiempo. Ver que ella me mira así otra vez hace que mi corazón se caliente. La última vez que lo hizo, me estaba suplicando que dejara mi casa y la siguiera a este bosque fracturado.

—Yo sólo necesito… —llevo una palma a mi frente.

El sonido de arañazos conduce mi atención hacia la tierra, donde un pequeño grupo de *inisisa* da zarpazos al árbol en que estamos atrapados.

—Vamos, tenemos que subir más todavía —la lluvia se ha detenido. El trueno se ha callado, pero apenas puedo escucharme hablar.

—Taj, no puedes moverte en este momento. El pecado… está haciendo que enfermes. Tenemos que descubrir qué te hizo, si esto es diferente a las otras *inisisa*.

—No hay tiempo —siseo con los dientes apretados. Trastabillo al levantarme y luego me tambaleo. Aliya me sujeta y me jala hacia abajo.

—Taj, ¿qué ves?

Cierro los ojos. Por un momento, el mareo se detiene.

—Magos. Y personas… con túnicas marrones —mis ojos se abren ampliamente—. Algebristas.

—¿Qué más?

Los arañazos se intensifican. Las *inisisa* están saltando una encima de la otra, tratando de trepar. Son capaces de pararse sobre el lomo metálico de las demás. No tenemos mucho tiempo. De golpe, la sensación de que voy a vomitar desaparece. Puedo respirar de nuevo.

—Creo que puedo detenerlas. Como antes.

—No, espera. Taj, ¿qué harás?

Antes de que ella pueda terminar, salto a una rama cercana y luego al suelo. Mi aterrizaje no es tan suave como me hubiera gustado, pero ahora al menos tengo a todas las *inisisa* frente a mí. Mi mente todavía está nublada. Cada relampagueo de la memoria es como un rayo bajo una nube. Pero recuerdo esa noche en el balcón con la princesa Karima, y pienso en las *inisisa* que pululaban por las calles de Kos. Pienso en el caos que se tragó a mi ciudad, e intento pensar en lo que estaba sucediendo dentro de mí cuando pasó.

Extiendo las manos.

Ya dejaron de intentar subir al árbol y ahora me acechan. Un lobo, un león, un oso y un lince. Su armadura rechina y cruje con cada movimiento. Puedo verlas tensarse. Luego, en un movimiento, se lanzan hacia mí.

—¡Taj! —grita Aliya.

Supongo que será lo último que escuche. Aprieto mis párpados cerrados. De repente, el chirrido metálico se detiene. Escucho pájaros trinando, el viento silbar entre las ramas de los árboles y el susurro de las agujas de los pinos. Escucho los zumbidos de los insectos. Abro los ojos.

Todas las *inisisa* están paradas frente a mí. Inmóviles.

Casi no puedo creerlo, ¡se detuvieron!

—Aliya, no sé cuánto tiempo pueda mantenerlas así —mis brazos y piernas se tensan. Todo el interior de mi cuerpo arde.

Ella baja del árbol y se para cerca de mí.

—Tenemos que irnos —se está arrastrando dentro de mí otra vez ese mareo, esa sensación de que voy a vomitar cada comida que me ha alimentado desde que nací. Esa culpa. La culpa de alguien más, los pecados de alguien más.

Ella mira a las bestias con asombro y eso me saca del trance.

—Es como en la Caída de Kos. Lo hiciste.

—De acuerdo, de acuerdo. Lo hice, seguro. ¡Pero tenemos que ponernos en movimiento! —estoy preocupado de que vengan más en camino: había muchas cuando nos arrinconaron por primera vez. Tenemos que llegar a un lugar seguro.

Las *inisisa* inclinan la cabeza y luego se sientan en el suelo. No hacen un solo sonido.

Aliya mira hacia el cielo, mientras protege sus ojos del sol con una mano. Las nubes se han separado. Luego ella gira en un círculo lento.

—De acuerdo, por aquí —dice, señalando hacia el oeste. Toma mi mano y me jala.

Ni siquiera me atrevo a mirar atrás. No tengo idea de cuánto durará todo esto. Intento no pensar en lo que habría pasado si nos hubieran atrapado en ese árbol. Más culpa se adhiere a mi corazón. ¿Volverán las *inisisa* por los otros? Cuando estamos corriendo y vemos una ruptura en el bosque, con la luz del sol brillando, Aliya se vuelve y me sonríe, y en ese momento, su rostro brilla. Mi corazón se siente más ligero.

Salimos del bosque con tanta brusquedad que el brillo del sol nos detiene en seco.

La tierra se inclina debajo de nosotros en un pequeño valle con un río en la parte inferior.

—De acuerdo, vamos —le digo.

Esto es nuevo para ambos. Quizá lo más lejos que cualquiera de nosotros haya estado de casa.

Por fin, se siente como una aventura.

Bajamos por la ladera justo cuando escucho el ruido del metal detrás. Las *inisisa* emergen del bosque, hacen una pausa en lo alto de la cresta y luego se lanzan tras nosotros. Sujeto la mano de Aliya mientras corremos cuesta abajo.

—Tal vez estaremos a salvo si podemos llegar al río —digo, sin aliento. No tengo idea de cómo lo cruzaremos, pero la alternativa es perecer devorados.

El río fluye con más fuerza que cualquier cuerpo de agua que haya visto antes, pero ninguno de nosotros reduce el paso. Corremos directamente hacia el agua. Nos llega hasta la cintura, pero la corriente es fuerte.

—¡Tenemos que seguir adelante! —no miro hacia atrás. El agua está tan fría que los escalofríos recorren mi espalda. Cuanta más profundidad alcanzamos, menos puedo sentir mis pies.

—No sé qué tan profundo sea —me dice Aliya, con preocupación en la voz.

—Ten fe —digo. Le doy un apretón a su mano y nos llevo más adentro. Siento la misma descarga de adrenalina que sentí cuando salté sobre los tejados en Kos esquivando a los guardias de Palacio o corriendo por las estrechas calles intentando perder a los Centinelas Agha.

—¡Se detuvieron! —grita Aliya.

Echo un vistazo atrás. Ahí están, alineadas a lo largo de la orilla. Río a carcajadas.

—El metal. ¡Es el metal! Las hundiría —sigo riendo y no me importa que pueda parecer loco. Pero mi alegría es efímera.

Me doy vuelta justo a tiempo para ver una enorme rama de árbol que se balancea hacia mí y me golpea en la cabeza.

Lo último que siento es mi cuerpo girando, dando una y otra vuelta a medida que la corriente me arrastra. Aliya me llama a gritos, y su voz se va desvaneciendo. Entonces, la oscuridad.

Más negra que el costado de una *inisisa*, nada sino oscuridad.

Capítulo 4

Cuando mis ojos se abren, la boca de Aliya está sobre la mía.

—Taj —dice—. Taj, despierta —se escucha como si estuviera gritando debajo del agua.

Siento que algo burbujea en mi estómago y luego en mi pecho; vomito agua con tanta fuerza que ésta sale incluso por mi nariz.

Durante un par de minutos siento que estoy expulsando todos y cada uno de los órganos de mi cuerpo, antes de que consiga sentarme derecho. Todo es blanco, luego el rostro de Aliya se enfoca. El sol aún está en lo alto, pero yo estoy empapado y temblando.

—¿Dónde…? —miro alrededor. Todo es una costa verde. El agua lame mis tobillos. Una de mis sandalias se ha ido, para nunca regresar. El río es tan ancho aquí que no alcanzo a ver la otra orilla—. ¿Dónde estamos?

Aliya me da una palmada en la espalda, con fuerza.

—El río nos llevó corriente abajo. Estuviste inconsciente todo el tiempo, pero logré arrastrarte hasta la orilla.

—¿Qué me golpeó? —mi mano se dirige a mi frente. El bulto se siente como si llenara mi palma.

—Una rama de árbol, mientras no estabas mirando —sonríe, bromeando, pero por el tono de su voz puedo saber que está agradecida de que esté vivo.

—La rama no me dio oportunidad de defenderme —intento ponerme en pie, pero el suelo es demasiado suave, así que resbalo y aterrizo con fuerza sobre mi trasero. Ahora, eso también duele. Es entonces cuando la noto: en mi antebrazo derecho, una única y sólida banda negra. No hay león ni oso ni dragón. Sólo un trazo de negro sólido que cubre las marcas de pecado que antes se encontraban allí. La *inisisa* con armadura. Mi mente repasa la batalla de nuevo en destellos.

—¿Los demás?

Ella ve la expresión en mi rostro y desvía la mirada hacia el lecho del río.

—No lo sé.

—Están bien —digo, más para mí que para ella. Me obligo a ponerme en pie y hago algunos estiramientos. Agradables tronidos resuenan a lo largo de mi espalda. Me siento ágil de nuevo. Mareado, pero ágil—. Confía en mí, están bien —tengo que creerlo, duele demasiado pensar lo contrario. Aliya todavía está agachada, así que me inclino y la ayudo a levantarse—. Por lo menos, ahora estamos afuera de ese bosque fracturado. *Uhlah*, estaba empezando a sentir claustrofobia.

Ella arquea una ceja hacia mí.

—Sí, sé lo que significa "claustrofobia" —digo, y ella sonríe. Esperaba una risa, pero acepto sólo eso.

—Vamos. Tengo hambre.

La saliente no es demasiado empinada, y me arrastro hasta llegar a una llanura cubierta de hierba. Imagino que si seguimos el río durante el tiempo suficiente, será inevitable que nos lleve a algún sitio. De cualquier manera, sé que sólo necesito avanzar y ni siquiera me importa en qué dirección sea, siempre y cuando nos mantengamos en movimiento.

Aliya sube después de mí.

—¿Hambriento?

—Sí, tiene que haber bayas o algo por aquí, ¿cierto?

El sol todavía está alto en el cielo cuando alcanzamos la primer zona de árboles frutales. Un grupo se alinea con el río, y muchos más se extienden tanto que pierdo el rastro de sus filas. No me importa caminar bajo el sol, lo aprovecho para secarme rápido. La visión de kiwis en esos árboles me abre el apetito. Mi estómago reclama ruidosamente.

—¡Taj, ve más despacio!

Pero apenas puedo escuchar a Aliya mientras corro hacia los árboles. Recojo un palo del suelo y golpeo en la primera rama que encuentro. Los kiwis caen en cascada sobre mí. Están tan maduros que prácticamente se abren entre mis dedos. El primer mordisco me concede tanta felicidad que se siente como si hubiera muerto en paz y me hubiera unido al Infinito. Se siente como una bendición. El jugo fluye por los lados de mi boca y antes de que me dé cuenta, las cáscaras de kiwi vacías cubren el suelo.

—¡Taj!

Mi boca se abre cuando Aliya me alcanza. Mis manos están llenas, no alcanzo a llenar mis bolsillos con la rapidez suficiente.

—¡Taj! Éste es el huerto de alguien.

Intento preguntarle cuál es el problema, pero lo que sale de mi boca es incomprensible.

—Taj, estás robando.

Trago saliva, luego eructo. La expresión de su rostro me hace reír.

—¿Ves todos estos árboles? No van a extrañar unos cuantos kiwis.

—¿Unos cuantos?

Es entonces cuando veo el cementerio de cáscaras de kiwis a mis pies. Ya casi he limpiado por completo todo un árbol.

—De acuerdo, sólo unos pocos más para el camino. Deberías tomar algunos tú también. No sabemos cuánto tiempo tendremos que pasar sin comida.

Cuando nos volvemos para regresar al río, noto movimiento más adelante. Algunas figuras emergen de una choza a la distancia. Parece como si usaran sombrillas en lugar de sombreros. En sus manos llevan bastones tan altos como ellos. Se dirigen directo hacia nosotros.

—¡Taj! —advierte Aliya.

—¡Toma! —le lanzo un montón de mis kiwis, y ella atrapa algunos justo a tiempo. El resto cae al suelo. Salto y tomo algunos más de los árboles. Sostengo mi camisa para atraparlos, luego nos vamos. Bajamos por la saliente hacia el lecho del río y corremos, y no puedo evitar reír. Se siente como cuando era niño y robaba los puestos de comida en Kos, luego tenía que escapar de los pescaderos y carniceros mientras me perseguían en el Foro—. ¡Atrápalos! —le grito a Aliya. Los kiwis caen de mi camisa, pero corremos lo suficiente para que los gritos de las personas con los sombreros de paja de ala ancha se pierdan.

Para cuando Aliya me encuentra, escondido detrás de una roca a un lado de la orilla, ella también está riendo. Nos toma un segundo recuperar el aliento. Aliya se sienta a mi lado y sostiene el primer kiwi frente a su rostro. Su túnica está manchada por el barro; el dorado Puño de Malek bordado sobre su pecho, desteñido. Algunos de los hilos se han soltado. Pero

34

cuando da un mordisco al kiwi, sus grandes ojos y su enorme sonrisa la transforman en la chica que conocí en Zoe.

Levanta la vista, me descubre mirándola y me observa directamente a los ojos.

—¿Me estás viendo comer? —pregunta con la boca llena.

Trato de no reír, fracaso.

Las peludas cáscaras de kiwi cubren el suelo a nuestro alrededor. Sin ninguna advertencia, arrebata uno de los frutos de mi regazo. En mi lucha por recuperarlo, dejo caer un montón más, pero Aliya se levanta antes que yo y ya está fuera de mi alcance.

—Dejaste caer tu fruta —me dice, sonriendo, como si yo no lo hubiera notado. Ella mira hacia el lecho del río, luego vuelve a mirarme como si se le acabara de ocurrir una idea—. Ven aquí, quiero mostrarte algo.

—Claro —le digo con una sonrisa. Limpio mis palmas en la camisa y me levanto para seguirla.

Su mirada busca algo en la costa. Sus ojos se posan en una ramita, y la recoge. Por un largo tiempo sostiene el kiwi frente a ella, justo entre sus ojos. La veo concentrarse. El sol se pone sobre el agua y las olas brillan. Los mechones de cabello castaño caen alrededor de su rostro. Sus ojos permanecen completamente enfocados. Ella mira hacia mí, rompe su trance y luego comienza a garabatear en la arena con una pequeña rama. Con el ceño fruncido y la espalda inclinada, parece como si estuviera buscando tesoros.

Me acerco y miro sobre su hombro.

—¿Qué es eso?

Me acerco más y trato de descifrar la cadena de letras, números y flechas que dibuja en la tierra.

—Es una prueba —Aliya brilla.

—¿Una qué?

—Una prueba.

Miro los garabatos, luego a ella, luego otra vez los garabatos.

—¿Una prueba de qué?

—¡Del kiwi, idiota! Dibujé una imagen del kiwi.

Entorno los ojos. Quizás hay algo que no estoy viendo. Ni siquiera veo un dibujo crudo de la fruta que estábamos comiendo.

—Vas a tener que ayudarme con esto.

—*Uhlah* —está a punto de levantar las manos por la frustración, pero se contiene—. De acuerdo, entonces tienes una línea recta, ¿la ves? —la dibuja en el suelo—. Y puedes extender esa línea indefinidamente en cualquier dirección, ¿cierto?

Asiento con la cabeza.

—Por supuesto.

—Y tienes un círculo —dibuja un círculo para que la línea comience desde el centro y la atraviese—. ¿Y esto aquí mismo? —señala nuevamente a la línea—. Ésta es la diferencia entre el centro y el final. El radio —dibuja otra línea, ésta es perpendicular a la primera—. Y tienes un ángulo recto, y asumes que todos los ángulos rectos son iguales, ¿sí?

Me encojo de hombros.

—Seguro, ¿por qué no?

—Ahora, si un segmento de línea intersecta dos líneas rectas formando dos ángulos interiores en el mismo lado... —mientras habla, dibuja otra serie de líneas que forman un triángulo extraño y deforme, y escribe letras en el interior. Reconozco algunas de ellas en su "prueba", pero más allá de eso, todo es un garabato—. Además, recuerda que éstos son modelos de objetos y no los objetos mismos. Ahora, todo se reduce al ángulo y a la distancia: ésos son los únicos componentes que necesitas...

Estoy empezando a marearme. Comienzo a retroceder lentamente.

—... y luego puedes extender eso a un plano diferente y medir el volumen de un sólido paralelepipédico y desde allí...
—levanta la vista finalmente y se da cuenta de que regresé al lugar donde estábamos sentados antes—. ¡Taj!

—Lo siento, ¿pero todo eso es una imagen de un kiwi? No he visto ni un solo kiwi en todo Odo que luzca así.

—Es el kiwi en una forma diferente —señala la masa de letras y flechas y otras marcas que había hecho antes—. Ésta es su forma algebraica. La ecuación que describe al kiwi.

Miro la fruta peluda en mi mano.

—¿Así que eso es lo que hemos estado comiendo todo este tiempo?

Sonríe.

—Eso es lo que veo, sí. Cada vez que como kiwi, eso es lo que veo —su sonrisa se amplía. Se profundiza, incluso. Tira el palo, se acerca y recoge los kiwis restantes—. Venga, se está haciendo de noche. Deberíamos seguir hacia el sur.

Sigo su ejemplo.

—¿Qué hay al sur?

—No lo sé. Pero está lejos de esos monstruos de metal, —gira sobre sus talones y comienza a caminar a lo largo de la ribera del río. La alcanzo y caminamos lado a lado.

—Hey, ¿puedes hacer eso con todo? —pregunto.

Me mira.

—¿A qué te refieres?

—¿Crees que puedes escribir una de esas cosas para mí?

—¿Qué, como una prueba de Taj?

Muerdo un kiwi. El jugo gotea por mi barbilla. Alarga la mano como si fuera a limpiarla, pero en el último segundo, se la lleva al rostro y se retira un mechón de cabello. Siento que mi rostro se calienta. Pero Aliya no pierde el ritmo.

—No hay suficiente barro en todo el reino para escribir una prueba de ti, Taj.

—¿Es porque soy tan especial?

Ríe.

—Bueno, prefiero la palabra "complicado".

Sonrío.

—Me conformaré con eso.

Capítulo 5

Por la noche, el viento sopla.

Hemos reducido el ritmo sólo un poco, pero lo noto. Aliya abraza su túnica con un poco más de fuerza. Sus dientes castañean. Las puntas de su cabello que enmarcan su rostro bajo la capucha brillan, aún húmedas por nuestro viaje por el río. Y parece que su túnica tampoco se ha secado por completo. Desearía tener un abrigo o una cobija o algo para ofrecerle, pero lo único que tengo es mi camisa hecha jirones, y eso no servirá. Así que seguimos caminando, y el viento continúa soplando.

—¿Tal vez deberíamos alejarnos del río?

No responde, sólo sigue poniendo un pie adelante del otro. Casi de manera mecánica, como si sus piernas fueran prótesis metálicas.

Estuvimos a punto de ser asesinados por una *inisisa* con armadura y después casi nos ahogamos en un río, luego fuimos perseguidos por personas con grandes sombreros y ahora tiritamos en la oscuridad. Estoy empezando a cansarme de esta "aventura". Las cosas eran más fáciles cuando el Muro era el sitio más lejano al que había llegado. Cuando era más joven, Kos parecía el mundo entero. Podía vagar y vagar y vagar, y seguir sin ver todo lo que valía la pena ver. Podía perderme por días en las diferentes *dahia*. Podía caminar de un lado a otro del Foro durante semanas y no ver lo mismo dos veces. Luego, hubo momentos en que me pregunté qué había afuera de Kos. Parecía que el mundo terminaba después del Muro. Veía entonces a la gente ir y venir a través de él, pero la mayoría no regresaba.

Pienso en Arzu. Mi sicaria, la encargada de protegerme cuando era un sirviente en Palacio, a quien su madre trajo aquí desde el oeste. Ella me habló de cosas que me resultaba difícil creer. *Aki* que no son escupidos o abofeteados. *Aki* que son venerados por su capacidad para Devorar. La última vez que la vi, ella había inmovilizado a mi mejor amigo en la escalinata de Palacio con un cuchillo en la garganta, para evitar que me matara. Luego un *arashi* surgió del cielo y prendió fuego a la ciudad. Incendió mi casa.

Estoy perdido en mis pensamientos cuando Aliya me da un codazo.

—¡Taj, mira! —señala hacia el cielo, hacia el horizonte.

Ni siquiera necesito entrecerrar los ojos para verlo.

El rojo brilla sobre las colinas. Oscuro, purpúreo. Como un moretón en el cielo. Se eleva en rayos y se balancea. Las estrellas brillan a través de las olas de luz, pero la silueta de las colinas se transforma. Pequeños cambios al principio, pero suficientes para ser percibidos. Como fuego fuera de control que escapa de las nubes.

—¿Eso es un incendio? —pregunto. Puedo escuchar el sonido distante de chasquidos y estallidos.

—Llamas rojas en cascada —dice Aliya, sin aliento.

—¿Qué?

—Así es como los eruditos de la antigüedad lo llamaban. En la Gran Casa de las Ideas, los estudiosos observaban el cielo por la noche y dijeron que esto mismo, estas luces, era lo que sucedía cuando el sol nos besaba. Antes de que supieran qué eran las luces, las llamaron *ụtụtụiụ n'abalị*. Mañana por la noche —su voz está llena de asombro—. El Innominado mueve las estrellas y los planetas que nos rodean incluso mientras dormimos, y siempre en patrones. Nunca pensé que viviría para verlo —sale de su trance y me acerca más.

A medida que nos aproximamos, puedo sentir el calor de las llamas.

Comenzamos a correr con renovada fuerza. Cuando llegamos a la cima de la colina, disminuimos la velocidad. Hay una comunidad completa en el valle de abajo. La gente se sienta alrededor de fogatas, otros entran y salen de tiendas de campaña y casas pequeñas con techos de paja que parecen haber sido rápidamente montadas. Es como una pequeña ciudad. A lo lejos, puedo escuchar a los niños reír mientras corren en tanto sus madres y padres les gritan que tengan cuidado. Alguien está pateando una pelota de cuero en el aire, que rebota en su tobillo, luego en su hombro, luego en su cabeza. Y joyas. Hacia dondequiera que lleve la mirada, hay piedras preciosas en pendientes, ópalos engarzados en los anillos de los dedos de los pies, manos que relucen con la luz de tantos zafiros. Resplandecen con más brillo que las estrellas. Y luego miro hacia arriba y veo las cortinas de color sobre nosotros y me doy cuenta de que las piedras tienen algo que ver con eso. Estas personas son de Kos. Refugiados de mi ciudad, y trajeron sus hermosas gemas con ellos. Trajeron su mundo.

Me pregunto cuánto carbón llevan las personas de esta pequeña ciudad improvisada, cuántas cosas sin brillo para recordarse a sí mismas los muertos que quedaron atrás. Como se trata de personas de Kos, tendrán noticias. Ellos podrían saber lo que ha sucedido en las últimas semanas. Y qué pasó con Bo. Si todas estas personas sobrevivieron al ataque de los *arashi*, entonces tal vez algunos de los *aki* que lucharon junto a mí durante la Caída de Kos lo hicieron también. Tengo que creer que así fue. Estoy cansado. Exhausto y quebrado. Pero todavía soy lo suficientemente fuerte para sentir esperanza.

—Es maravilloso —dice Aliya en un susurro, como si temiera que al hablar más fuerte pudiera arruinarse toda la visión—. Las piedras… ellas son las que provocan la luz —echo un vistazo y observo que las gemas que se reflejan en el fuego hacen que el cielo parezca cambiar de color: azul, verde y rojo—. No está claro cómo las ondas de luz están interactuando con los vientos solares, aunque eso puede indicar nuestra longitud actual y…

Mi estómago gruñe con el suficiente volumen para silenciarla. Ella me lanza una mirada, y me encojo de hombros con aire culpable.

—Comí nuestro último kiwi hace horas —confieso.

—Bueno, debemos bajar la cabeza, aunque sólo sea para obtener noticias de Kos y conocer el estado actual de las cosas.

—¿Cuáles son las probabilidades de que alguno de los otros haya logrado llegar hasta aquí? —no especifico si "otros" se refiere a los *aki* y los Magos que dejamos atrás en el bosque o aquellos que no pudimos llevar con nosotros en nuestro primer escape de Kos, durante el ataque de los *arashi*.

—Bajas —responde Aliya.

Es extraño cómo ella alterna entre ser capaz de sacar un sentido de maravilla de algo tan soso como un kiwi y actuar como un general endurecido. Intento aleccionarme para no esperar ver a Ugo, Nneoma o Miri allí abajo.

Aliya se desliza por la ladera detrás de mí.

—Más que cero.

—¿Qué?

—Las probabilidades de que veamos a alguno de nuestros amigos allí abajo —me observa por el rabillo del ojo, como diciéndome que está bien albergar esperanza—, siguen siendo más que cero.

De pronto Aliya me detiene.

—Espera —dice, mientras se quita la bata. Debajo, su vestido cuelga húmedo sobre el cinturón ceñido a su cintura, y me doy cuenta de que todo este tiempo ha estado más fría de lo que había imaginado. Lenta y delicadamente, para evitar que caiga, gira la bata. La está revirtiendo para ocultar el dorado Puño de Malek que está bordado en el frente. Extiendo la mano y la ayudo a volver las mangas—. No sabemos quién está allí abajo o qué podrían querer, qué podrían estar buscando —se pone la bata invertida sobre sus hombros—. Será mejor no anunciar nuestra presencia.

—¿Y qué hay de éstas? —pregunto, señalando mis marcas de pecado.

—Ya pensaremos en algo.

Nuestro problema, bueno, mi problema, lo resuelve una chica, mayor que yo pero más joven que la mayoría de los adultos, que ha estado entregando mantas a los que parecen recién llegados. Rápidamente envuelvo una alrededor de mí como una capa.

Aliya y yo no vimos de dónde podrían haber venido, pero la gente aparece en un flujo constante en el puesto establecido en las afueras del campamento al pie de la colina. Y esta mujer le sonríe a cada uno mientras le entrega una manta de lana doblada. Algunos de ellos incluso cargan consigo su propio colchón enrollado. Me doy cuenta de que no hay muchas familias. En su mayoría, son adultos sin niños y niños sin padres. Después de conseguir nuestras mantas, Aliya y yo deambulamos hacia una de las pasarelas más grandes y, por un momento, observo a la gente pasar.

—¿A quién estás buscando, Taj? —me pregunta Aliya.

Mamá. Baba. Bo. Cualquiera que pueda reconocer.

Los rostros de los refugiados se oscurecen en la noche. Aquí, nadie usa joyas. En cambio, están adornados con carbón. Carbón en los anillos de sus dedos. Carbón en sus pendientes. Carbón colgando alrededor de sus cuellos, sus tobillos, sus muñecas. Algunos de ellos cargan paquetes, pero muchos no, sólo la ropa que visten. No hay un camino obvio que conduzca aquí. Tuvimos suerte de ser tragados y escupidos por el río. ¿Cómo encuentran las personas este lugar?

—Taj, vámonos —Aliya da media vuelta para alejarse—. Tal vez podamos encontrar un lugar donde dormir antes de que sepamos qué hacer después.

Pensé que ver a los refugiados me deprimiría, me haría sentir más lento y adormecido, pero una energía de irritación corre a través de mí. Es la injusticia que ha enviado a esta gente hasta este lugar. Sus rostros son grises. Han sufrido. Recuerdo esas miradas, las veía cada vez que una *dahia* era Bautizada por la familia real, cada vez que las Grúas y los Lanzadores eran enviados a limpiar esos barrios del pecado, de los pecadores; cada vez que llovían piedras y madera en llamas. La familia real y los Magos que les servían observaban mientras las casas se derrumbaban bajo la embestida, sosteniendo que el Bautismo era simplemente para limpiar varias partes de Kos del pecado que se había ido acumulando. Pero en realidad lo que estaban haciendo era castigarnos. Por insistir en mantenernos vivos.

Lo veo de nuevo ahora. Estas personas han perdido sus hogares. Muchos de ellos, a sus familias. No importa qué tan limpias hayan estado sus ropas cuando salieron de la ciudad, ahora todas están grises y marrones y salpicadas de sangre seca.

Me vuelvo para seguir a Aliya y veo el campamento zumbando de vida frente a mí. Alguien aquí podría contarme lo que ha pasado en Kos desde que nos fuimos. Mientras caminamos, envuelvo la manta alrededor de los hombros y sobre el cuello. Estas personas no necesitan saber que soy un *aki*. Todavía no.

De repente, me congelo donde estoy parado. Allí, en medio del camino, casi tragada por la multitud en movimiento, está Sade. Sade, que luchó contra las *inisisa* a mi lado durante la Caída de Kos. Sade, que no salió de Kos a tiempo para escapar del ataque de los *arashi*.

—*Estás viva* —murmuro.

Su túnica de color púrpura oscuro está atada a su cuerpo por un cinturón. Sus dos brazos están cubiertos por mangas, y usa pantalones de cuero. Es lo más elegante que ella haya vestido, parece una especie de uniforme. ¿De dónde sacó esa ropa? Me ve y se dirige directamente hacia nosotros. Demasiado rápido. Quita la cuerda de su cinturón.

—Extiende tus manos para atarte.

—Espera, ¿qué? —miro a Aliya, pero no hay ni rastro de emoción en su rostro—. Sade, ¿qué está pasando? ¡Soy yo!

—Calla, contrabandista. No me hagas repetirlo una segunda vez —su daga está desenvainada y apunta directo a mi pecho. Ella está muy cerca, no puedo escapar. No puedo moverme en dirección alguna sin arriesgarme a que me corte.

—¿Qué estás haciendo?

—Tú vienes conmigo.

Intento llamar a Aliya, pero antes de que lo consiga, siento un saco que cubre mi cabeza. Alguien la aprieta alrededor de mi cuello.

Oscuridad.

Capítulo 6

—Sade, si no desatas estas cuerdas, juro por el Innominado... —grito cuando el saco abandona mi cabeza. He sido arrastrado hasta una gran carpa. Hay un escritorio con un montón de papeles diseminados. Los libros están enrollados en forma cilíndrica y amontonados en uno de los costados. El piso está cubierto de cajas. Parpadeo cuando mis ojos se adaptan al sitio, débilmente iluminado. Todavía puedo escuchar los ruidos ahogados del campamento allá afuera. Aliya permanece parada a un lado, con los brazos cruzados, y frente a mí, apoyada en el escritorio, está Sade, con su elegante túnica. Sus ojos se ven cansados, pero ella sonríe como si estuviera feliz de verme.

—¿Vas a dejarme amarrado de esta manera? —le pregunto y levanto mis muñecas atadas sobre mi cabeza. Sus sonrisas estallan en carcajadas—. Esto no es divertido, ¡eh! —me callo. Apenas he estado dos minutos con ella, y ya mi acento ha regresado—. No me ataste los pies, así que puedo correr.

Sade levanta una ceja.

—Podemos solucionar eso —todavía está sonriendo, pero entonces cede, se acerca a mí y me libera.

Mis muñecas arden.

—De acuerdo, ¿ahora alguien explicará lo que está pasando? Sade, ¿qué es esto?

—Tuve que fingir que eras un contrabandista. Hay una recompensa por tu cabeza. Tuve que fingir el arresto —explica Sade.

—¿Qué?

—Karima... —dice Aliya.

—Y no le importa si está separada de tu cuerpo —termina Sade.

Mi estómago se va al piso.

—Esperen, ¿ellos lo saben? —asiento hacia la entrada de la tienda—. Si mi rostro está por todos lados, entonces ellos deben estar enterados de la recompensa.

—No. La mayoría de los refugiados no sabe acerca de la recompensa. No fue anunciada sino hasta más tarde —Sade camina detrás de su escritorio y se sienta—. Después del ataque de los *arashi*, los habitantes de Kos escaparon de la ciudad. Y surgieron campos como éste. Cuando Karima se hizo cargo, me envió a supervisar los campamentos y llevar de regreso a los criminales que estuvieran tratando de socavar su gobierno. Rebeldes —agrega ominosamente. Lanza una mirada a Aliya, que parece no percatarse de ello—. Hay muchos criminales tratando de hacerse de monedas rápidas y fáciles contrabandeando personas hacia el oeste, así que ella envió a gente como yo para restaurar el orden. Las rutas hacia el norte han sido clausuradas. Sus tropas invadieron la zona poco después de cerrar Kos. Entonces fue cuando aparecieron las *inisisa* de armadura.

Aliya y yo intercambiamos una mirada.

—Fue un riesgo traerte aquí. Los rebeldes están dispersos. A veces la mano izquierda no sabe lo que está haciendo la derecha.

Comienzo. *¿Ella sabía sobre este lugar?* Quiero preguntar si los otros Magos rebeldes y los *aki* saben cómo llegar aquí, pero todavía no estoy seguro de si Sade es alguien con quien se pueda contar. Todavía hay demasiadas preguntas.

—Otros han pasado por aquí —dice Sade, y le da una mirada dura a Aliya, como diciendo: *Deberías haber sabido que podías confiar en mí.* Ella juguetea con sus guanteletes—. La palabra viaja. A menudo, tiene que pasar por aquí —hace una pausa—. Me alegra que ambos estén bien.

Hay tantas cosas que quiero preguntarle. Si ella ha estado en Palacio, entonces puede decirme si alguno de los otros sobrevivió al ataque. Puede contarme lo que le sucedió a Omar, a Tolu y a los *aki* que lucharon junto a mí para tratar de salvar la ciudad cuando Karima y el Mago Izu soltaron las *inisisa*. Puede decirme qué le pasó a Bo.

—Suceden muchas cosas aquí. Como tal vez puedan darse cuenta, conservo registros. Karima es buena en esto de mantener registros. Pero eso me ayuda a apoyar a los refugiados solitarios. Mucha gente viene aquí sin familia, y algunas veces puedo reunirlos con sus seres queridos. Es lo menos que puedo hacer —desvía la mirada—. Cualquiera que intenta irse es arrojado a la cárcel.

Todo esto hace que me sienta mareado. Tanto por procesar. Aún es difícil de creer. En algún momento, pensé que amaba a la princesa Karima, bueno, la reina Karima ahora, supongo. Parece que sucedió hace una vida, pero sé que si cierro los ojos, todavía podría sentir sus labios sobre los míos. Estuve tan cerca de ser aceptado por ella, de ser parte de esa vida, de vivir entre gobernantes. Pude haber cambiado las cosas. Pero luego recuerdo que ella mató a Izu y permitió que las *inisisa* corrieran libres a lo largo de Kos. La misma Karima que arrojó a su hermano, el rey Kolade, a prisión, después de decirle a todo Kos que él había intentado asesinarla.

—Taj, este lugar no es seguro para ti —dice Sade.

—¿Es seguro para mí algún lugar? —pregunto, lo pronuncio más áspero de lo que pretendía.

—Si corre el rumor de que estás aquí, se extenderá como una plaga —Sade da vuelta, como si recordara algo. Es como si una sombra hubiera cruzado su rostro—. Puede que estén demasiado asustados para que intenten atacarte ellos mismos. Algunos de los refugiados provienen de aldeas lejanas. Ha habido informes de ataques de *aki* en esas aldeas: matan a todos, no dejan casi supervivientes. Nadie sabe quiénes son o qué están buscando, pero todos los que consiguen escapar hablan de las marcas en sus cuerpos.

—Marcas de pecado —susurro.

Sade asiente.

—Te están buscando, Taj. Y los refugiados… hablan de un *aki* en particular, cuyo cuerpo está cubierto de marcas… el que no tiene piedad.

—Bo —lo sé tan pronto como su nombre sale de mi boca—. Es Bo —tiene que serlo.

—Él ha cambiado —dice Sade con tono solemne. Por un momento, sus ojos se nublan, y me pregunto si ella también está pensando en el tiempo pasado, cuando veíamos unos por otros, y nos cuidábamos mientras dormíamos en una habitación estrecha en un barrio pobre, sirviendo bajo las órdenes de los Magos de Palacio—. No puedes quedarte aquí, Taj. Es peligroso.

—Lo sé.

—No sólo para ti. Karima no se detendrá hasta llegar a ti, incluso si eso significa arrasar por completo un campamento de refugiados —el rostro de Sade se contrae en un ceño fruncido. Sus ojos color marrón claro arden. Ella realmente ha cambiado, se ha hecho mayor. Lo veo también en la forma en que se mueve, como si tuviera mucho peso sobre sus hombros. Es muy diferente de la pequeña *aki* con la que solía correr a través de Kos, con la que compartía una habitación en nuestra vieja chabola—. Tenemos que sacarte de aquí.

—¿Adónde iría?

Aliya da un paso adelante.

—Al oeste —ella y Sade comparten una mirada larga, como si estuvieran hablando con los ojos o algo así. No saber qué es lo que están planeando hace que me sienta aún más frustrado.

—¿Qué ruta usan los refugiados? —pregunto.

Sade se vuelve y busca entre los papeles de su escritorio. Luego saca una hoja: un mapa.

—Osimiri. Es un *obodo*, no está muy lejos de aquí. No es un pueblo, en realidad. Es más como una… comunidad. Está en el río, y desde allí podrás encontrar una forma de llegar al oeste.

—Es un centro de comercio —Aliya vuelve a hablar, y parece que sabe más sobre esto de lo que deja entrever. Me pregunto cuánto sabe de la tierra afuera de Kos. Y ahora me siento aún más pequeño: lo único que he conocido es Kos. Tan libre como podría haberme sentido, estaba completamente enjaulado por el Muro.

Sade vuelve a colocar el mapa sobre su escritorio.

—Habrá una redada allí esta noche. Un montón de caos. Debería ser fácil escabullirse. Estaré ocupada con los guardias, llevando a los prisioneros de regreso a Kos. El campamento estará desguarnecido durante ese tiempo.

—¿Por qué habrá una redada? —le pregunto.

—Campamentos como éstos son refugio también para los contrabandistas —responde Sade. Ella se toma un momento para calmarse, luego deja escapar un suspiro. Se está preparando para participar en un trabajo que odia—. Estarás a salvo aquí escondido por la noche, Taj —en su camino hacia la entrada de la tienda, pone una mano sobre mi hombro—. Sabía que todavía estabas vivo —su sonrisa es pequeña, suave y un poco traviesa—. Nadie es tan afortunado como tú —luego se marcha.

Ella estaba sonriendo cuando dijo eso, pero cuanto más repito sus palabras en mi cabeza, más parecen una acusación. *Nadie es tan afortunado como tú.*

Gran parte del campamento está en silencio cuando Aliya me saca de la tienda. Parece que todo mundo duerme. Unos cuantos niños corren, tratando de mantener la voz baja. Todo el bullicio que había en el campamento se ha ido. Dos refugiados mayores, hombres de diferentes tribus, según parece, se sientan uno frente al otro en cajas de madera y comparten una pipa de *shisha*. A lo lejos, casi parece como si se conocieran. Ambos cargan grandes llaves alrededor de sus cuellos. Aliya me lleva a través de los caminos sinuosos, y nos mantenemos en las sombras. Cuando llegamos al borde del campamento, el cielo comienza a ponerse azul sobre las montañas. Las llamas rojas en cascada se han atenuado. Pronto amanecerá.

Llegamos a la cima de una colina, y Aliya está ansiosa por seguir adelante, pero me tomo un momento en la parte superior para mirar hacia atrás, a las tiendas extendidas por debajo de nosotros. Todos los desplazados se reunieron aquí, tratando de encontrar a sus familias de nuevo o sólo algo de seguridad. De la misma manera que yo, tuvieron que dejar atrás su ciudad. Me doy cuenta de que las llaves que vi en esos hombres mayores deben haber sido las de sus antiguos hogares. ¿Cuántas personas llevan sus llaves al cuello o las tienen en sus bolsillos? Aprieto mis manos en puño a mis costados.

Entonces escucho el traqueteo metálico.

A lo lejos hay un camino ancho, y veo una columna grande y oscura que se eleva sobre una cresta. Desde esta distancia, parece un ciempiés. Pero el cielo se aclara y deja ver que la masa es una hilera de caballos y ruedas y lo que resultan ser hombres sentados en carros. Primero uno, luego otro, hasta que veo a cinco retumbar más allá de nosotros. Las ruedas giran contra el suelo, y el único otro sonido que puedo escuchar en la madrugada es el repiqueteo de las cadenas. Sentados espalda contra espalda en cada coche hay hombres, canosos y barbudos. Alrededor de sus cuellos hay collares de metal sujetos por cadenas a sus muñecas y, en la otra dirección, a los cuellos de los prisioneros detrás de ellos. En la parte delantera de cada carro hay alguien con el mismo atuendo que Sade estaba usando, el nuevo uniforme de Palacio.

Todos los carros se mantienen en el medio del camino, y Centinelas Agha, los principales encargados de aplicar la ley en Kos, marchan junto a ellos, con los sables golpeando contra sus muslos.

No me doy cuenta de lo frío que se ha puesto hasta que veo a los hombres en los carros tiritar en el frío de la mañana. Es difícil saber si alguno de ellos fue lo suficientemente rico para poseer piedras preciosas, pero algunos tal vez tuvieron, en algún momento, un anillo en cada dedo. Algunos quizá tenían las orejas tachonadas con gemas. Y ahora todo lo que visten son túnicas de lino rotas y pantalones raídos. Todos avanzan a lo largo del camino en silencio.

El sol sale del otro lado del campamento, y cuando el resplandor alcanza a la caravana de prisioneros, hace que los collares parezcan fuego que se traga sus cabezas. Levanto una mano para protegerme los ojos. Aliya y yo los vemos pasar. Parecen tan tristes. La reina Karima hizo esto y puedo sentir mi corazón endurecerse contra ella. Pero la culpabilidad se filtra en mis huesos: esto está sucediendo por mi culpa, porque yo escapé.

—Taj, vamos —Aliya me tira de la manga. Envuelvo mi manta sobre los hombros y la sigo por el otro lado de la colina.

A medida que el sol se eleva, la gente comienza a salir de sus tiendas en el campamento. Puedo escuchar cómo el lugar cobra vida, con agua hirviendo para preparar la sopa y mujeres aseando a niños que pueden ser o no sus hijos. Las familias se están uniendo, preparándose para el día. Vamos a sobrevivir a esto.

Ésa es la idea que habita mi cabeza cuando Aliya y yo emprendemos nuestro camino hacia Osimiri.

Ella sostiene mi mano todo el camino cuesta abajo.

Capítulo 7

No hemos avanzado demasiado cuando lo vemos: un pequeño pueblo a lo largo del mismo río extenso y tortuoso en el que casi me ahogo. Entonces, de repente, el cauce se ensancha.

Al principio, luce como algunos de los barrios marginales en Kos. Pero a medida que nos acercamos, parece como si las casas flotaran, moviéndose y balanceándose con la brisa. Las casas no están a lo largo del río, están *en* él. Entorno los ojos y vemos que todas son barcas. Son tantas y están tan juntas unas de otras que apenas puedo ver el agua por debajo de ellas. Creía que la parte del río donde casi me ahogo era el mayor cuerpo de agua que había visto, pero ahora parece una corriente de callejón comparada con esto. Más allá de la ciudad, el agua se extiende por siempre. No tiene fin.

Las pequeñas barcas se apiñan cerca de la orilla. Parecen estar hechas de bambú, y algunas tienen dos tablones de madera por encima con cubiertas enrolladas. Imagino que son para desenrollarlas cuando llueve y así se mantengan secas. Algunas de las barcas se mueven hacia delante y hacia atrás a través del estrecho tramo de agua de Osimiri. En muchas, chicos desgarbados que parecen más o menos de mi edad pasan el rato y bromean y ríen. No puedo entender lo que dicen, ni siquiera cuando nos acercamos.

Todo el lugar está vibrante por la actividad. Alguien está preparando comida que huele muy bien... picante y un poco dulce. El olor flota a lo largo del camino, hasta donde estamos Aliya y yo. Escucho perros ladrando y pollos cloqueando. Escucho canciones, ollas chisporroteantes y gente gritándose entre sí... no está enojada, sólo intenta hacerse oír por encima del ruido.

Estamos más cerca, y puedo ver que hay pequeños carriles de agua entre algunos de los barcos más grandes para que pasen por ahí los más pequeños. Los tablones de madera conectan algunos de los barcos más grandes. La gente corre y da saltos sobre ellos, algunos cargando pesadas ollas, algunos con gallinas agarradas por las patas; nadie parece estar preocupado por caerse. Es como si estuvieran corriendo en cualquier vieja calle. A medida que nos acercamos, veo una especie de taller, alguien haciendo zapatos, otro hombre martilleando trozos de no sé qué material. ¿Metal? ¿Piedras preciosas?

—Lo logramos —suspira Aliya.

—Esto... se ve como el fin del mundo —una parte de mí está asustada, pero una parte más grande está temblando por la emoción. Hay tanto mundo aquí afuera, tanto que ver. Es como si cada día prometiera algo nuevo, alguna maravilla que ni siquiera podría haber soñado antes. Ciudades flotando en el agua y barcos que pueden ir a cualquier parte. Esto se ve como el fin del mundo. Sólo puedo imaginar lo que espera más allá.

Aliya entrecierra los ojos en la orilla. Luego jadea y salta en el aire, sonriendo y agitando los brazos. Antes de que pueda preguntarle qué vio, se dirige hacia Osimiri. Me tropiezo para alcanzarla, mientras busco aquello que tanto la emocionó.

Una pequeña mancha negra recortada por el sol se desprende de la costa. La persona se acerca y Aliya ya está a medio camino hacia su encuentro. Entorno los ojos para distinguir los rasgos.

Es ella.

Dejo escapar un grito y comienzo a correr lo más rápido que puedo, más rápido de lo que nunca pensé ser capaz de correr. Siento como si estuviera volando, prácticamente planeando sobre rocas, zarzas y malezas, dejando a un lado juncos, sin aliento hasta que los tres nos estrellamos unos contra otros y colapsamos en el suelo en una maraña de miembros y risas.

—Arzu —susurro entre lágrimas mientras todos nos abrazamos tan fuertemente como podemos.

—Estás vivo —dice mientras las lágrimas corren también por su rostro. Todos nos tumbamos en el suelo, dando vueltas y tratando de estrecharnos al mismo tiempo, todo mientras reímos y lloramos, y parecemos haber enloquecido.

Sé que estoy comiendo demasiado rápido, pero no puedo parar.

Arzu nos condujo a una de las casas flotantes, y ahora nos encontramos alrededor de una humeante olla. La comida es un poco diferente aquí, pero el sabor picante es familiar. Distingo la pimienta, el clavo, el cilantro, la menta, los tomates y el ajo. Mi lengua está viva con los sabores. Que caiga muerto por el Innominado antes de decir que algo sabe mejor que el arroz *jollof* de mamá, pero esto... cualquiera que sea el arroz y el estofado, esto me llena de alegría.

El incienso se mezcla con el olor de la comida, y se oye como si alguien rezara cerca de aquí. Este lugar bulle de actividad. Me recuerda al Foro en Kos, todo este ruido y todos estos olores y personas: es lo mismo. Tomo un gran bocado de arroz y pollo. La comida es igual de picante también. Estoy perdido en mis pensamientos, pero todavía puedo escuchar lo que Aliya y Arzu dicen sobre sus tazas de té caliente. Estamos en el segundo "piso" de la casa flotante. Es más como un techo que cualquier otra cosa, con una lona colgando sobre nosotros para protegernos del sol. Sobre las barandillas del bote, la extensa ciudad bulle por debajo de nosotros. Osimiri nos rodea por completo.

Hago una pausa. Mi pecho está en llamas, y dejo escapar un suave eructo que atrapo con el puño. Les debo al menos tratar de ser educado.

—Las *inisisa* tienen armadura ahora —dice Aliya por encima de su taza. He pasado mucho tiempo mirándola fijamente, y sólo puedo preguntarme qué tan rápido se está moviendo su cerebro en su intento de juntar todas las piezas. Me doy cuenta de que ésta es la primera oportunidad real que tenemos de sentarnos a recuperar el aliento.

—Más armas nuevas de Karima, sin duda —añade Arzu, sacudiendo la cabeza.

Las cejas de Aliya se unen.

—¿Pero cómo? No parece posible…

Estoy arremolinando mi último trozo de pan en la salsa de mi plato, pero me detengo a mitad del movimiento.

—La visión.

Ambas cabezas se vuelven hacia mí.

—Cuando vencí a la bestia del pecado con la armadura, el pecado fue… diferente. Vi Magos. Y gente con túnica marrón.

Estaban formando un círculo, cantaban —miro mi plato, tratando de recordarlo todo en medio del remolino de colores y los murmullos apagados. La banda negra en mi brazo, la marca de esa bestia con armadura, pica. Intento doblar mis dedos para recuperar de nuevo la sensación—. Estaban arreglando baldosas en el piso.

—Algebristas de Palacio —dice Arzu. Ella todavía tiene esa concisión que recuerdo de nuestro tiempo juntos en Palacio—. Karima los ha hecho parte del orden de Palacio; trabajan junto con los Magos para crear nuevas armas —lleva la taza hacia su boca. Al levantar la barbilla, se le resbala la bufanda y veo una vívida cicatriz alrededor de su cuello. El dolor oprime mi corazón. ¿De dónde vino eso?

—Eso tiene que ser... —responde Aliya— ecuaciones —todavía está mirando su taza—. Han encontrado una manera de unir el metal que se hace al norte de Kos con las *inisisa* a través de la geometría algebraica.

Entonces Aliya golpea su mano en la mesa.

—Una prueba. Estaban escribiendo una prueba. Taj, ¿recuerdas esa prueba que escribí en la arena junto al río?

—El kiwi.

—Cada elemento en el Universo puede ser descrito con una prueba —sus manos se mueven como si estuvieran buscando algo que hacer o sostener, pero al final sólo las pliega frente a ella. Apuesto a que estaba buscando fechas para reorganizar o un palo para garabatear con él en la mesa de madera—, incluidas las *inisisa*. El metal endurecido es fácil de describir, dado que su naturaleza y componentes no se mueven, pero las *inisisa*... ¿Cómo hicieron eso?

—No lo sé —dice Arzu—. Todo es un arma en las manos de Karima —tose en su puño. Sus manos tiemblan por un momento, luego se detienen.

Me muevo para verter un poco más de agua en su taza y alcanzo a ver otra vez la cicatriz en su cuello, sólo la parte que se muestra por encima de su bufanda. Ella me descubre mirando y rápidamente mueve la tela para cubrirla. Abro la boca para preguntarle al respecto, pero la expresión en su rostro me impide hablar.

Cuando la vimos en la orilla, tenía un sombrero de ala ancha para protegerse del sol, pero aparte de eso, viste ropa holgada. Una camisa que ondea alrededor de su cuerpo delgado y pantalones de algodón sueltos que se agitan en el viento. Tengo tantas preguntas para ella. *¿Cómo escapó? ¿Estuvo en prisión? ¿Quién le hizo esa cicatriz?*

—¿Y Bo? ¿Él también es un arma? —pregunto en cambio.

Arzu mira hacia mí y asiente.

—Ella lo envió a buscarte.

—Lo sabemos —dice Aliya—. Pasamos por un campamento de refugiados que tenía supervivientes de algunas de sus masacres.

—Kos, como la conocíamos, está muerta —dice Arzu—. No hay nada allí para nosotros.

Sus rostros destellan frente a mis ojos. Tolu. Ifeoma. Emeka. Omar. Noor. Ugo. Ras. Todo quedó atrás. Y luego, están aquéllos retorcidos por Karima, doblegados para cumplir su voluntad. Aquéllos como Bo. ¿Y cuántos más? Me niego a creer que se acabó. Que todos se han ido. Que la ciudad no puede ser salvada. Me niego a creer que mamá y baba quedarán atrapados para siempre en la prisión que Karima construyó en mi ciudad. Me niego a creer que ella haya ganado. Pero no puedo encontrar qué decir a Arzu. Quiero decirle que está equivocada, pero no puedo obligarme a pronunciar las palabras. Dejo el último trozo de pan en mi plato.

—*Iragide* —añade Aliya de repente.

Arzu y yo parpadeamos sorprendidos y esperamos que continúe.

—Es el arte de vincular. Es lo que solían hacer los algebristas de Antaño para cambiar la propiedad física de las cosas. Lo usaban para doblar metal, construir estatuas, derribarlas —Aliya mira sus manos—. Ka Chike, el Séptimo Profeta, fue el practicante más hábil de *iragide*. Él podía extraer agua de la nada, pero el poder lo abrumaba. Esto fue considerado una herejía. Una afrenta al Innominado porque su propósito era rehacer las piezas del mundo —nos mira a los dos—. Si se usa de cierta manera, podría hacer añicos las montañas, podría romper el mundo. Eso es lo que están haciendo en Palacio. Así es como pueden unir el metal a las *inisisa* —sacude la cabeza con asombro—. Se suponía que estaba prohibido. Todas sus notas y pruebas fueron quemadas con él.

—¿Y Karima tiene ese conocimiento? —pregunta Arzu.

Aliya niega con la cabeza, todavía pensativa.

—No todo. Ka Chike conocía la Ratio. La única ecuación que podría describirlo todo. Eso significaría un control total y completo no sólo de Kos, sino de todo el Reino de Odo —levanta la mirada hacia mí y Arzu—. Ella está tratando de encontrarla.

El silencio cae sobre nosotros. El resto de Osimiri bulle debajo, gente viviendo su vida, aparentemente ajena a lo que está sucediendo a media luna de viaje hacia el este. Pero las palabras de Aliya me dan esperanza, por extraño que parezca. Ella todavía está pensando en Kos, en los problemas que enfrenta su gente, en una forma de solucionarlos.

Arzu se pone en pie. Las manchas salpican el frente de su camisa. Comida. Ceniza. Sangre seca.

—¿Adónde vas? —pregunto—. ¿Qué harás ahora?

—Iré al oeste —Arzu sonríe—, a casa. A estar con mi gente.

—Pero...

—Taj, mi madre puede estar allí.

Siento que mis ojos se abren por completo.

—¿Tu madre?

Arzu asiente lentamente.

—Después de que ella dejó Kos, el único lugar donde pudo haberse curado de su pecado está en casa. Entre los *tastahlik*. Si sobrevivió al viaje, allí estará.

—¿Su pecado?

Arzu me mira con una triste sonrisa en el rostro. Tiene el mismo tinte gris en su piel que el resto de los refugiados.

—Se atrevió a amar a un Mago. Y él se atrevió a amarla a ella.

—Tú naciste en Palacio —dice Aliya.

Arzu asiente.

—Mi madre solía decir que la inquietud la había llevado a Kos. Se cansó de la vida con la tribu. Un día, en la calle, conoció a un hombre y se enamoró. Y ese hombre encontró para ella un trabajo en Palacio, para que pudieran estar cerca el uno de la otra. Mi madre todavía era nueva en su oficio cuando yo nací, pero su posición permitía mi cuidado, a pesar de que me había dado a luz soltera.

"Los niños se dan cuenta de todo. Y de entre todas las personas en Palacio que me atendían, había un hombre que pasaba más tiempo con nosotras que cualquier otra persona. Él era un Mago. Un *kanselo*, un legislador. A veces, él y mi madre se miraban de manera extraña. Ella lo veía diferente que a los otros Magos. Lo trataba diferente. No había forma de que yo lo pudiera haber sabido en aquel entonces, pero él era mi padre. No descubrí hasta mucho después que había intentado cambiar la ley para que lo que él y mi madre habían hecho no fuera ilegal —se encoge de hombros—. Soy el resultado de un delito.

Casi no puedo creerlo. Los Kaya, en mi opinión, están tan separados del resto de Kos que la idea de que alguien en Palacio tenga un hijo con una persona común me resulta incomprensible. Y recuerdo lo que solía pensar de los Magos. Recuerdo a los Magos que solían reunir *aki* después de cada Bautismo, recorriendo la *dahia* en busca de los nuevos huérfanos o, en algunos casos, arrancándolos de los brazos de sus padres tan pronto como se descubría que sus ojos habían cambiado. Y recuerdo a los Magos que venían a la chabola donde vivíamos y nos llamaban cada vez que alguien en Palacio o una persona rica en la colina necesitaban que les quitaran un pecado y podían pagar por ello. Yo solía pensar que todos los Magos eran los peores lamejoyas, que lo único que les importaba era el dinero y usar a los *aki* para conseguirlo, drenándonos hasta dejarnos secos, hasta que Cruzáramos y no pudiéramos Devorar más pecado, y después nos arrojaban a la basura. Entonces conocí a Aliya y, después de eso, a los Magos que habían intentado —y fallado— rebelarse contra Izu y los Kaya, y salvar a Kos de la invasión planificada de las *inisisa*.

Ahora, pensar en un Mago enamorado ya no es tan asombroso. Quizá son como el resto de nosotros.

—¿Cuál era su nombre? —pregunto.

—No importa —cuando ve la pregunta en mis ojos, añade—: Está muerto. Los Kaya lo asesinaron cuando se descubrió su crimen. Él intentó escapar con mi madre, pero fue perseguido y asesinado. Ni siquiera le concedieron un juicio.

Y a la madre de Arzu se le concedió un indulto bajo la condición de que su hija fuera despojada de su capacidad de procrear y sirviera a Karima por el resto de sus días, con lo cual su línea familiar sería interrumpida.

Entonces, así sin más, la familia de Arzu se había dispersado. Desgarrada y luego arrojada al viento. Su padre muerto, su madre desaparecida. Y ahora está ella aquí, varada en una tierra que no es la suya.

—¡Vamos a ir nosotros también! —no es hasta que escucho las palabras que me doy cuenta de que fui yo quien las pronunció.

—Espera, ¿qué? —Aliya sólo puede pestañear.

—Hay una recompensa por mi cabeza. Eventualmente, la palabra llegará a Osimiri. O, peor aún, Bo vendrá y convertirá todo este *obodo* en cenizas en el río —me vuelvo hacia Aliya—. Nos dirigíamos en esa dirección de cualquier forma, ¿cierto?

—Sí, pero...

—Hay un transbordador que sale esta noche —dice Arzu—, ya reservé el pasaje. Los contrabandistas me conocen, así que no habrá problemas para que subas a bordo.

Me pongo en pie.

—Hecho —digo, y eso lo dice todo. Después de que Aliya me fulmina con la mirada por unos segundos, Arzu y ella comienzan a hablar, y yo camino sin prisa hasta el borde del techo desde donde observo Osimiri. Ahogo la persistente vergüenza que brota cada vez que recuerdo a Noor y Miri y Nneoma y Dinma, y todos los demás que dejé atrás, en el bosque. *No es mi culpa*, me digo. *Son los pecados que he Devorado*. Incluso cuando pienso en esas palabras, sé que es una mentira.

En la tierra natal de Arzu están los *tastahlik*, personas como los *aki* con sus marcas de pecado y su capacidad de consumir los pecados de los demás. Pero allá, son reverenciados, respetados. Cada vez que pienso en Kos, siento dolor. No puedo regresar. Quiero regresar. Por la oportunidad de ver a mamá y baba, por saber que están a salvo; de saber con certeza que Karima nunca me amó, que su única intención fue usarme; de hablar con Bo de cualquier *lahala* de la que Karima lo haya convencido de hacer. Pero ¿qué bien podría hacer que me apareciera en Kos después de todo lo que ha pasado? Por lo menos si hago esto, si ayudo a Arzu a encontrar a su madre, si me alejo de las personas a las que puedo poner en peligro, podría volver a sentirme útil.

El agua corre como una cicatriz en el horizonte más allá de la ciudad. La casa de Arzu está ahí. Su gente. Quizá mi futuro esté allí también.

Capítulo 8

—¿Todavía las ves? —le pregunto a Aliya mientras estamos en la cubierta de un barco, bajo las estrellas. Éste es el barco que nos llevará hacia el oeste. En menos de un cuarto de luna, nos encontraremos en la tierra natal de Arzu.

Ambos tenemos nuestros colchones enrollados, que nos sirven como almohadas. Es lo suficientemente cálido, incluso con la brisa del mar, para que no necesitemos mantas. Estamos en el borde exterior de Osimiri. La mayor parte del ruido y el bullicio de la ciudad ha quedado atrás. Aquí, los barcos grandes y pequeños están atracados, atados a amarres que se extienden alrededor de la ciudad y tocan la orilla.

—Las ecuaciones —explico—, ¿todavía las ves cuando miras las estrellas? —señalo los fragmentos de luz dispersos en el cielo negro azulado. Me gusta hablar con ella. Me impide pensar en la banda de tinta negra en mi antebrazo, en todas mis otras marcas y en la gente de mi país.

—Por supuesto que las veo —contesta, sonriendo.

Hombres y mujeres jóvenes, desnudos hasta la cintura excepto por la tela sobre el pecho, trabajan en el barco, apretando y probando cuerdas, moviendo cajas, haciendo nada,

charlando o bebiendo; algunos miran en silencio a las estrellas, igual que nosotros.

La sonrisa de Aliya se hace más amplia.

—A todos los niños se les habla sobre las constelaciones y
las historias que hemos creado sobre ellas.

—A mí no.

Se queda en silencio, y sé que entiende el error que come-
tió. Los *aki* no son como los niños normales: no crecemos con
nuestros padres, no vamos a la escuela. No escuchamos historias sobre las estrellas a la hora de dormir. Tan pronto como
nuestros ojos cambian, somos atrapados por los Magos y to-
mados para trabajar bajo contratos impuestos, Devorando los
pecados de otras personas por casi nada a cambio.

—Lo siento —dice al fin.

Resoplo.

—No me importa toda esa *lahala* de cualquier forma. Prefiero inventar nuevas historias. Apuesto a que las viejas son
bastante aburridas —nos quedamos en silencio—. Todos ustedes son un lío, ¿sabes?

—¿Qué?

—Aparentemente, de acuerdo con Arzu, tener un niño
con un Mago es una ofensa capital.

Se retuerce un poco a mi lado.

—He oído eso, sí.

—Eso nunca sucedería conmigo. Los *aki* y los Magos somos dos cosas diferentes —digo.

Durante un largo rato, ninguno de los dos dice una palabra.

—¿Lo somos? —dice Aliya, rompiendo el silencio con su
susurro—. También has visto a los Magos y a los *aki* luchar
juntos, sacrificarse para salvar una ciudad —se gira hacia mí

y me mira a los ojos—. Y has visto a una Maga muy amable, muy servicial y, debo decir, bastante inteligente, consolarte mientras tú estabas ocupado suspirando por una reina malvada. Francamente, creo que ése es el más noble esfuerzo. Sin duda, el más difícil de los dos.

Dejo escapar una risa.

—Eso es verdad.

—¿Qué parte?

Nuestros ojos se conectan por un segundo. No estoy seguro de quién mira hacia otro lado primero, pero el contacto se rompe y nos relajamos en la tranquilidad de la noche. Eventualmente, el único sonido que escuchamos es el suave balanceo del mar debajo de nosotros.

—Vienen a mí en sueños también —dice, tan suavemente que no sé si es para mí o para ella misma—. Las ecuaciones —todavía está mirando a las estrellas—. Se construyen una sobre la otra.

—¿Qué te muestran? —pregunto después de unos segundos de silencio.

Se queda callada largo tiempo.

—Kos. Pero no Kos como la dejamos. Una Kos que es hermosa, brillante y en Equilibrio.

Capítulo 9

El viaje es una mancha difusa.

Arzu, a quien los otros le dicen lascar, va y viene en el barco, tira de cuerdas, escala mástiles y se asoma para observar el agua. Grita palabras y órdenes que no puedo entender, en un idioma que parece un guiso hecho de un montón de otros idiomas. Es extraño, porque se mueve con una libertad que no había visto antes en ella. En Palacio, se veía rígida y escueta. Las raras veces que pude sacar de ella una frase de más de cuatro palabras fueron grandes victorias. Aquí, ladra a los otros lascares, los marineros, y los desafía a juegos peligrosos que implican correr a lo largo de finas vigas de madera en el barco o por la cubierta, esquivando cajas y barriles y compañeros de la embarcación. También canta con ellos, y son canciones tan ruidosas que me alegro de no conocer las palabras, porque si yo comenzara a cantarlas, tal vez avergonzaría tanto a Aliya como a Arzu de aquí hasta el Infinito. Es casi como si cualquiera que haya sido la enfermedad que Arzu tenía en Osimiri, ya se hubiera desvanecido. Tal vez estar en el agua la ha sanado.

Incluso después de lo que nos contó en Osimiri, conozco muy poco sobre el pasado de Arzu e ignoraba que podía hacer todas estas cosas. Me siento un poco avergonzado de no haber preguntado por ella más cuando estábamos juntos en Palacio. Antes de que todo se rompiera. ¿Cuándo aprendió a volar así por el aire? ¿O a hablar de la forma en que hablan los otros lascares? ¿De dónde aprendió de botes y cómo mantenerse firme sobre ellos, incluso cuando se mueven y se balancean sobre las olas? ¿Cómo sabe una persona nacida y criada en Palacio de todas estas cosas? Arzu nos habló sobre lo que llevó a su madre a Kos, y me pregunto si su madre habrá sentido el mismo desasosiego que a veces siento yo: querer estar en otros lugares, ver cosas nuevas y peligrosas.

Aliya pasa todo su tiempo debajo de las cubiertas trabajando casi en la oscuridad. Hay una ventana en su habitación que deja entrar la luz del sol cuando el cielo está despejado. Algunas veces, por la noche, me asomo para verla trabajar a la luz de las velas. Una de las compañeras se escabulló con un pergamino para ella al principio, y apenas la he visto desde entonces.

Paso la mayor parte del tiempo mirando el agua. Los animales brillan bajo la superficie. Peces pequeños y peces más grandes. Apuesto a que Arzu conoce sus nombres, incluso los que a veces saltan del océano y se arquean en el aire, todos destellos, antes de volver a chapotear bajo el agua. Algunos de los lascares parecen peces de piel oscura y la forma en que se mueven sobre la nave hace pensar que nacieron en ella.

Dos de los mástiles tienen en ellos lo que los lascares llaman "nidos de pájaro": plataformas circulares cerca de la parte superior que hacen sonar el poste de madera.

Los lascares a menudo pasan el rato allí y a veces incluso duermen en ellos. Miro hacia arriba y veo a dos, más o menos de mi edad, gritándose entre sí. No puedo saber lo que dicen, pero parece que se están burlando el uno del otro. Me sorprendo sonriendo. Me recuerdan a Bo y a mí cuando corríamos por los tejados de las chabolas para ver quién podía cruzar la *dahia* más rápido; nos deslizábamos sobre las láminas de metal de los techos, saltábamos sobre balcones, nos estrellábamos contra la ropa tendida de la gente, y a veces caíamos a través de agujeros en un techo para aterrizar sobre la cena de una familia. Éramos muy rápidos, éramos libres.

Entrecierro los ojos para ver los nidos de pájaros. Si Bo y yo hubiéramos nacido en otro lugar, quizás éstos podríamos haber sido nosotros.

Me sacan de mis pensamientos cuando un silbido agudo corta el aire. Los lascares en los nidos de pájaro giran. Allí, justo sobre el horizonte, el pico de una montaña. De repente hay un frenesí de actividad y, a medida que nos acercamos, veo la parte superior de otras naves. De la nada, otros barcos nos rodean. Naves mercantes, al parecer. Todos gritan órdenes o señales. El barco cambia de forma ante mis ojos. Las velas se despliegan y se ondulan con la brisa. Alguien está enrollando una manivela en alguna parte, bajando un travesaño de madera y levantando otro. Todo se desarrolla como una danza coreografiada. Todos saben exactamente adónde ir y qué hacer.

Veo a Arzu en lo alto, en la parte de la cubierta más cercana a la orilla. Se mantiene completamente inmóvil. Sólo puedo imaginar la expresión en su rostro. Se ve tan estoica e imperial en esa plataforma. El viento azota su ropa holgada a su alrededor y su cabello rubio flota en ondas. Parece personaje de uno de los libros de cuentos que solíamos compartir de niños, los que robábamos en los puestos de libreros y mirábamos en los callejones o en los balcones a los que nos habíamos colado. O los que la tía Sania y la tía Nawal nos daban en el *marayu*. Antes de que pueda caminar hacia ella, una puerta se abre detrás de mí. Aliya sale de su cueva y mira al sol, con las manos sobre los ojos.

—Lo logramos —dice.

—¿Cómo lo sabes? Has pasado todo el viaje encerrada como gallina en esa mazmorra tuya, me sorprende que tus manos no se hayan caído todavía.

Ella levanta una ceja hacia mí.

—Sabes que esto es un barco, ¿cierto?

—Por supuesto que lo sé.

Se cruza de brazos, mira hacia delante y sonríe.

—Entonces, por supuesto, sabrás que hay mapas en esta nave —me mira para ver si me sonrojo—. ¿Y cartas de navegación? ¿Y formas de rastrear la distancia durante nuestro viaje?

—Bueno, sí, eso es obvio —miento—. Presto atención a estas cosas —señalo el nido de pájaro más cercano—. Sé lo que es eso —señalo algunos de los aparejos—. Y sé para qué sirve, y apuesto a que tú no sabes cómo dejaron esas embarcaciones más pequeñas en el agua, ¿cierto?

Ríe pero guarda silencio. Negando con la cabeza, se abre paso a través del caos en la cubierta donde se encuentra Arzu. La sigo, asegurándome de no meterme en el camino de nadie, arreglándomelas apenas para esquivar algunos lascares que prácticamente saltan por el aire de una tarea a otra.

En las manos entrelazadas de Arzu hay una cadena de piedras. Cada perdigón se encuentra en un broche de bronce con anillos que los unen a la cuerda alrededor de sus dedos. Son como las cuentas de oración que sostenían Izu y los otros Magos, pero más ásperas.

—*El cielo es nuestro techo, la tierra nuestro lecho* —susurra ella—. *El cielo es nuestro techo, la tierra nuestro lecho. El cielo es nuestro techo, la tierra nuestro lecho* —su cabeza está inclinada, sus ojos cerrados. Es como una oración, una que nunca había escuchado. Miro en la dirección hacia la que nos dirigimos y vemos una cadena de montañas. Y en esas montañas, pequeños puntos negros se están moviendo. Nos acercamos, y descubro que se trata de personas—. *El cielo es nuestro techo, la tierra nuestro lecho.*

Alrededor de nosotros, algunos de los lascares hacen lo mismo. Cierran sus manos frente a ellos e inclinan la cabeza, con pulseras de piedra colgando de sus muñecas. Y todos repiten las mismas palabras una y otra vez.

El ruido que cubría la nave se ha calmado, y puedo sentir el momento pesando sobre mis hombros. Siento que debería estar haciendo lo mismo, como si debiera orar junto con ellos, pero miro a Aliya para ver si ella sabe qué hacer y me doy cuenta de que permanece allí, en silencio. En cambio, miro alrededor, asimilándolo todo. Aunque la cabeza de Arzu está inclinada, parece como si toda ella estuviera brillando. La luz resplandece desde ella. Tal vez es la forma en que el sol cuelga en el cielo, o la forma en que los rayos del sol rebotan en las olas como si fueran fragmentos de vidrio. Pero parece que su cabello está ardiendo y su cuerpo está bañado por la luz del sol.

—*El cielo es nuestro techo, la tierra nuestro lecho.*

A medida que nos acercamos, veo los puntos negros de las montañas, las personas, caminando por las rocas dentadas y deteniéndose cada pocos pasos para recoger algo del suelo y ponerlo en un bolso que atan a su cintura.

Todos los que rezan continúan murmurando, luego Arzu dice en voz baja:

—*Que mi mano y mi corazón encuentren Equilibrio* —se queda callada por unos momentos, luego levanta la vista y suspira.

Nos acercamos a los muelles, donde todo tipo de personas —comerciantes, lascares, peregrinos— corretean o deambulan alrededor. Es como una pequeña versión de Osimiri.

Miro a Aliya, y ella me mira, luego sus ojos se abren ampliamente.

—Taj, estás brillando.

Miro mis brazos, tiene razón. La misma luz que irradiaba Arzu se refleja en mis marcas de pecado.

Una nube pasa sobre el sol y mi piel vuelve a la normalidad. Arzu y Aliya siguen mirándome, y cuando me giro me doy cuenta de que también lo hacen un montón de los otros lascares. Sabía que debería estar cubierto. Supongo que pensé que una vez que dejáramos Kos y que estuviéramos libres de la reina Karima y la recompensa que impuso por mi cabeza, no importaría si estaba marcado o no. Puedo sentir cómo la vergüenza hierve en mi vientre y comienza a subir por mi garganta. Pero luego veo que Aliya y Arzu están sonriendo. Los ojos de Arzu están húmedos de lágrimas.

—¿Qué está pasando? —pregunto.

Arzu descansa una mano en mi brazo.

—Olurun te da la bienvenida —dice.

—¿Olurun? ¿Es a quien estaban rezando?

Arzu asiente. Todavía está sonriendo.

—¿Todas estas personas, los lascares, son de tu tierra?

Asiente de nuevo.

—De mi tierra y de otras tierras.

Miro el cielo. La nube se desliza lejos del sol, y todo brilla de nuevo excepto yo. Las mismas viejas marcas de pecado. Miro mis brazos desnudos.

—¿Qué pasó? —a pesar de que los lascares han vuelto a sus labores, algunos todavía me miran. No puedo decir si me temen o si están contentos de que esté aquí—. ¿Y por qué todos me miran de esa manera?

—Porque eres un *tastahlik*, Taj —Arzu me da una palmada en el hombro—. Eres venerado por lo que puedes hacer.

Recuerdo todo lo que Arzu me dijo antes sobre los *tastahlik*, los *aki* que viven entre su gente y consumen los pecados de los demás, pero que son respetados por ello. La gente los admira. Cuando escuché por primera vez de ellos, se me inflamó el pecho ante la idea de que las personas pudieran respetarme, que no me echaran a un lado en la calle, que no me pagaran menos por Devorar los pecados de la familia real. Pero ahora se siente como un enorme peso sobre mis hombros.

Arzu y Aliya están paradas a mi lado, y todos miramos a la gente en la montaña, recogiendo lo que ahora me doy cuenta de que son guijarros, quitándoles el polvo y poniéndolos en sus bolsas para hacer más cadenas de oración.

Al menos, en este momento, las cosas no parecen tan pesadas.

Capítulo 10

En el caos de los muelles, Arzu encuentra un maestro de establo, y los dos entablan una conversación en un dialecto que apenas puedo seguir. Luego somos llevados a un pequeño granero y cada uno recibe su propio caballo y silla de montar.

Había visto fotos de caballos antes, leí acerca de ellos en los libros que miré cuando niño. Pero ver uno en la vida real, así de cerca, es muy distinto. Después de ajustar sus arreos, Arzu y Aliya montan con facilidad. Intento seguir su movimiento —un pie en el estribo, luego levanto la otra pierna—, pero me balanceo demasiado. Me estoy trepando, y sé que estoy a sólo segundos de caer de cabeza cuando Arzu me atrapa.

Mis mejillas arden de vergüenza.

—El caballo es tu amigo —susurra, en una voz lo suficientemente baja para que sólo yo pueda escuchar. Luego se va, y nos las arreglamos para salir de la costa sin que mi supuesto nuevo amigo se sacuda y me arroje al suelo.

Arzu dirige la cabalgata y avanzamos por el sendero rocoso a través del valle y hacia la llanura del desierto. La tierra se levanta y se hunde de maneras inesperadas. Pequeñas montañas nos sorprenden y, a veces, cuando los descensos son demasiado empinados, tenemos que encontrar otra forma de avanzar. Tratamos de encontrar tanta sombra como podemos, pero el sol nos castiga cuanto más avanzamos hacia el oeste. Al final, ya no quedan árboles.

Cuando llegamos a un pequeño puesto fronterizo, prácticamente caigo al suelo y alabo al Innominado. Con las monedas que nos quedan, adquirimos algunos odres con agua y esos sombreros de ala ancha que recuerdo haber visto en los hombres en el huerto de kiwis, cuando Aliya y yo estábamos siendo perseguidos por las *inisisa* asesinas con armadura. Miro a Aliya y me pregunto si está pensando lo mismo. Ella está mirando hacia el cielo desde debajo de su gran sombrero de paja, con su frente fruncida por la concentración. Es como si estuviera buscando estrellas durante el día.

La niebla se eleva desde el horizonte, y en poco tiempo se ha tragado las rodillas de nuestros caballos. A medida que avanza el día, los vientos se aceleran. La brisa huele como si viniera de la costa, y aleja la niebla hacia la distancia, al oeste. Dunas de arena montañosas teñidas de rojo se encuentran frente a nosotros. Subimos hasta que podemos ver las primeras huellas del asentamiento quemado: el suelo se volvió gris con la sal y cada edificio ennegrecido es como un esqueleto de sí mismo. Nuestros caballos bailan debajo de nosotros, y se necesita toda la habilidad de Arzu para tranquilizarlos. A pesar de que estamos en el borde del pueblo, nuestros caballos saben que algo horrible nos está esperando.

Cuando por fin llegamos al pueblo, vemos que todos los edificios han sido quemados. Algunas de las ruinas se inclinan por su propio peso. Un olor rancio, como cuando los curtidores encendían sus fuegos y quemaban lo que fuera que estaban quemando en el Foro, se aferra a la base de cada hogar y corre a lo largo de sus soportes verticales, antes de madera. En el polvoriento sendero, veo pasos y huellas de cascos; hacen formaciones en zigzag y caminos enrevesados. Como personas y animales intentando escapar frenéticamente.

No hay una sola cosa viviente en este lugar.

Puedo sentir los *inyo* en el aire. El asentamiento está cargado de ellos. Escucho atentamente, y puedo oír a las almas impuras gimiendo en el viento.

Me vuelvo hacia Arzu. Ella mantiene una mano sobre la bufanda que cubre su boca, la otra mano aferra las riendas. Aliya se limpia una lágrima de la mejilla.

Bo estuvo aquí.

Después de que pasamos por un campo de hierba alta con tallos de color marrón verdoso que se inclinan en ángulo con el viento, el brazo izquierdo de Arzu deja de funcionar. Noto que lo lleva a su regazo de manera que pueda guiar al caballo con una mano y fingir que está dejando descansar ese brazo. Pero cuando éste resbala, simplemente cuelga lánguido a su lado. Mientras cabalga, también me doy cuenta de que se frota el cuello. La cicatriz que vi antes debe molestarle.

—Arzu, vamos a descansar —dice Aliya—. Tiene que haber agua cerca, dada la naturaleza de esta flora. Podemos encontrar una corriente y esperar hasta el anochecer, cuando el aire esté más fresco.

—Estoy bien —dice Arzu. Suena como un graznido en su garganta.

Continuamos hasta llegar al arroyo que Aliya había sentido antes, pero cuando desmontamos, la pierna izquierda de Arzu se derrumba debajo de ella y cae al suelo.

—¡Arzu! —grito, mientras Aliya y yo nos apresuramos a su lado.

La tendemos sobre su espalda. Ella comienza a toser y la sangre fluye por los lados de su boca. Pongo mi palma en su frente, está hirviendo.

—Aliya, ¿qué está pasando? ¿Cómo es que está tan enferma?

Ella está a punto de responder cuando la mano de Arzu se agita y aferra la muñeca de Aliya con una mirada suplicante en sus ojos. Algo pasa entre ellas. Entonces Arzu traga saliva varias veces y parece convocar fuerzas desde algún lugar profundo de su ser.

—Agua del río —otro trago—. Hay una manta en mi paquete. Empápala en el agua del río al anochecer para que pueda permanecer fría durante el tiempo que sea necesario —Aliya se inclina más cuando Arzu baja la voz y le susurra más instrucciones.

Hacemos una almohada con mis cosas y luego ya no hay más que hacer, salvo esperar ansiosamente hasta el anochecer para hacer lo que nos pidió Arzu.

Obtengo la atención de Aliya y asiento con la cabeza hacia un parche de campo despejado no lejos del arroyo, fuera del alcance de su oído, pero lo suficientemente cerca para vigilar y estar atentos a Arzu. Me levanto y Aliya me sigue.

—¿Qué está pasando entre ustedes dos? —susurro.

—¿De qué estás hablando, Taj?

—Si sabes algo sobre su enfermedad, dímelo ahora.

Aliya frunce el ceño, casi como un padre cuando mira a un niño que está hablando de algo que está más allá de su comprensión. Me frustra tanto que quiero gritar, pero sé que eso asustaría a los caballos, así que aprieto los dientes.

—¿Y bien? —pregunto.

Aliya se toma un momento y luego deja escapar un suspiro.

—Haremos lo que Arzu nos está pidiendo. Ella conoce su cuerpo mejor que cualquiera de nosotros —se da media vuelta y se dirige al arroyo. Observo cómo saca la tela de su mochila y la empapa en el río, luego la dobla y la pone sobre la frente de Arzu. Hablan y hablan, y ni siquiera me molesto en tratar de escuchar más.

Lo más difícil en el mundo es esperar y ver sufrir a alguien que te importa. Pero si eso es lo que me están pidiendo que haga, entonces, por el Innominado, supongo que tengo que hacerlo. Así que vuelvo a nuestro pequeño campamento y le sonrío a Arzu cada vez que tiene energía suficiente para mirar hacia mí.

Llega el atardecer.

Cuando la manta está lo suficientemente húmeda, Aliya y yo la envolvemos alrededor de Arzu para hacer un capullo. El rostro de Arzu se pone azul, y ella tiembla cuando la noche cae sobre nosotros. No puedo más que vigilarla, ansioso y frustrado. Cada vez que despierta y la desenvolvemos, sus ojos se vuelven más apagados, más vacíos. La luz que una vez brilló bajo su piel se apaga más y más.

En la noche, cuando Arzu está dormida, me acerco a donde yace Aliya. Pasé gran parte de ese tiempo pensando, pensando y pensando, y cuando me di cuenta de lo que estaba sucediendo, me golpeó como una patada de mula en el pecho.

—Es un pecado, ¿cierto? —le susurro a Aliya.

No responde.

—Si es un pecado, ¿por qué no lo invocas de manera que yo pueda consumirlo? Así podemos salvar su vida. No es como si no hubiéramos hecho esto antes.

80

Aliya niega con la cabeza. Todo el tiempo, ella ha estado mirando al suelo, a los guijarros que brillan azules bajo la luz de la luna y los insectos y escarabajos que deambulan por debajo de ellos.

—No.

—¿Qué? ¿Qué quieres decir con eso? —señalo el cuerpo de Arzu—. Nuestra amiga está muriendo, y si no hacemos algo, la culpa la comerá viva.

—No.

Siento una opresión en mi pecho.

—¿Por qué no? —mi voz se rompe, y las lágrimas brotan de mis ojos—. ¿Por qué no vas a hacerlo?

—Ella me pidió que no lo hiciera.

Mi aliento se atora en mi garganta.

—¿Por qué?

Aliya se niega a mirarme a la cara.

—Sea cual sea el pecado, Arzu está dispuesta a esperar hasta que lleguemos a su aldea y conozcamos a su gente. Los *tastahlik* podrán ayudarla.

—Pero, Aliya, *yo* soy *tastahlik* —golpeo mi pecho con mi mano—. ¡Ambas lo dijeron en ese barco! ¡Esto es algo que puedo hacer! Yo puedo ayudar.

—¡Taj, no! —grita Aliya. Echa un vistazo a Arzu, claramente preocupada de haberla despertado, pero Arzu sólo se remueve en medio de sus sueños. Aliya baja la voz—. Respeta sus deseos.

Cuando me doy cuenta de que no hay forma de que Aliya cambie de idea, vuelvo a mi cama improvisada. Todos tratamos de dormir, pero Arzu gira y gira en su capullo. Ni siquiera puedo imaginar las visiones que la atormentan. Lo que sea que esté soñando, debe sentirse como la muerte. Sus dientes rechinan unos contra otros mientras duerme. No hay forma de que yo consiga dormir. Quiero ayudarla, salvarla, y no puedo soportar sentirme impotente.

Todavía estoy despierto cuando llega el amanecer. El insomnio me ha puesto ansioso, y mi corazón martillea en mi pecho. Mis dedos y mis párpados se contraen. Tengo que hacer algo.

En ese momento me golpea.

En el bosque, justo después de que habíamos escapado de Kos, invoqué a una bestia del pecado. Cierro los ojos y recuerdo vívidamente el guiso de sentimientos que retumbaban dentro de mí mientras el dolor me quemaba la cabeza. Recuerdo que caí de rodillas. Recuerdo que mi cabeza nadaba con imágenes de mi traición: ir contra Karima, pelear contra Bo y tener que abandonar a los demás mientras escapaba de Kos. Pensé que estaba Cruzando en ese momento, pero estaba invocando mi propio pecado.

Puedo hacerlo. Si Aliya no va a salvar la vida de Arzu, entonces lo haré yo.

Le echo un vistazo a Aliya para asegurarme de que todavía esté dormida.

Luego me acerco de puntillas a Arzu, envuelta en su manta. No recuerdo haber dicho un hechizo o haber hecho alguna de las cosas que los Magos normalmente hacen cuando invocan un pecado. Y no recuerdo haberme puesto en el medio de ningún patrón en el piso. Simplemente sucedió. Así que coloco una mano en el vientre de Arzu y una en su frente, porque se siente como si fuera lo que tengo que hacer. Luego cierro los ojos y trato de regresar a ese momento en el bosque cuando vomité el pecado de mi traición en la hierba. Si todo esto funciona según lo planeado, podré invocar y controlar la *inisisa*, matarla fácilmente y Devorar el pecado. Y Arzu habrá sanado. El pensamiento me emociona, pero es tiempo de concentrarse.

Aprieto mis ojos cerrados. Me golpea sin previo aviso. Una torsión en mis entrañas, luego una explosión en mi corazón que hace que parezca que mi cuerpo se está desvaneciendo. Estoy llegando a algún otro espacio en mi mente. Es como si me estuviera uniendo con Arzu, convirtiéndome en ella, para poder sacar a la luz su pecado.

Un espacio oscuro, húmedo. Agua goteando, cadenas deslizándose contra la piedra. Alguien cuenta. Luego afuera el viento golpea mi rostro. Una daga, escalones con manchas de sangre. La escalinata de Palacio. Viene a mi mente en destellos. Muy breves, demasiados para que tengan sentido. Como un millón de fragmentos de espejo.

Entonces mi cuerpo se apodera de mí y vuelvo a la realidad.

Me repliego. Nada ha cambiado. Arzu está completamente quieta.

De repente, ella tose y una tinta negra se derrama de su boca. La muevo para que quede sobre su costado, para que no se ahogue con el pecado. Fluye y fluye y fluye de su boca, y con cada arcada, su cuerpo tiembla. Sus ojos están cerrados, y no puedo saber qué tan despierta está por esto o cuánto dolor siente, pero parece seguir para siempre. Es como si el pecado fuera lo suficientemente grande para que hubiera terminado por desgarrarla desde adentro si no lo hubiera invocado.

Después de lo que parece una eternidad, ella se detiene. Le echo la cabeza hacia atrás, y cuando me levanto, miro alrededor. Ha amanecido, así que está lo suficientemente claro para que lo vea.

Estoy parado en él. Estoy parado en un estanque de pecado que se extiende todo el camino hasta el río en uno de sus extremos, más allá de los árboles cercanos en el otro. Incluso se filtra debajo del colchón de Aliya mientras ella duerme, completamente inconsciente de lo que acabo de hacer.

Comienzo a temblar pero aprieto los puños a los lados. Sé lo que hay que hacer, así que espero a que el pecado se convierta en una *inisisa*. He matado dragones del pecado antes, esto no tendría por qué ser un problema.

Los charcos explotan en corrientes que forman un arco en el aire y caen otra vez en estanques alrededor de mí. En un instante, cada uno toma la forma de un lobo del pecado.

¿Múltiples pecados? ¿He invocado *múltiples* pecados?

Forman un círculo a mi alrededor, gruñen, sus hocicos gotean gruesas cadenas de saliva y peludas pieles negras veteadas de relámpagos que pulsan debajo de su piel. Trato de invocar lo que sea que tenía en mí cuando controlé la *inisisa* que nos atrapó en el bosque. Extiendo las manos.

Uno de los lobos levanta el cuello y olfatea el aire, luego todos se giran para verme.

Dan un paso adelante.

¿Por qué no está funcionando?

Me tambaleo y caigo al suelo. No tengo daga ni arma, lo entiendo demasiado tarde.

¿En qué estaba pensando?

Capítulo 11

Los lobos gruñen y ladran. Puedo oler su aliento caliente en el aire a medida que se acercan. El líder del grupo se lanza hacia mí, y el resto lo sigue. Levanto los brazos para defenderme, pero en ese momento un relámpago de luz atraviesa el cielo. El trueno estalla y el primer lobo explota sobre mí en una lluvia de sombras y tinta. Algunas partes rocían el suelo como lluvia. Giro y me cubro la cabeza. A través de los espacios entre mis dedos, veo a una chica derrapar hasta detenerse frente a mí. Brilla. Antes de que pueda darle una buena mirada a su rostro, salta sobre mí y su espada corta directamente a través del segundo lobo: su piel se deshace como si fuera un fardo de paja.

Me escabullo de regreso al campamento para despertar a las otras, si es que aún no están despiertas, pero el estruendo de los truenos y la suciedad que estalla en el aire me arrojan de regreso al suelo.

La guerrera está sobre mí. Trozos de la *inisisa* gotean de sus dedos y su rostro. Está cubierta de sus entrañas. Pero, despacio, se deslizan fuera de su forma brillante. Mirarla a ella es como mirar directamente el sol. No puedo moverme, y no sé si es por el dolor que me atraviesa o por la conmoción o por algo completamente distinto. Estoy congelado donde caí. Ni siquiera cuando escucho al solitario y gruñón lobo del pecado que se abalanza sobre mí consigo levantarme para defenderme. Miro hacia arriba para ver sus colmillos descubiertos. Me pongo rígido, preparándome para el ataque, pero otra hoja de luz atraviesa el cráneo de la bestia. La *inisisa* se convulsiona antes de quedar lánguida y disolverse en un estanque de tinta. Con un movimiento de su muñeca, la guerrera arroja los restos de la *inisisa* de su espada al suelo del desierto.

La chica extiende una mano hacia mí y, después de un par de segundos atónitos, sostengo su muñeca. Mis ojos se disparan. Otro lobo del pecado está a punto de atacarla por detrás.

—¡Cuidado!

Sin girarse, la chica balancea su espada. La *inisisa* se lanza justo hacia ella y cae al suelo en volutas negras. Ni siquiera tuvo que soltar mi muñeca.

Los charcos de pecado salpican el piso del desierto. Se agitan y burbujean, pero ninguno se mueve, ninguno se convierte en fuentes para nadar por nuestras gargantas. Es casi como si estuvieran esperando.

No puedo hablar, apenas puedo respirar. La chica me jala hasta que me pongo en pie. Es injusto llamarla así. Ella parece algo más grande, algo del cielo. No es como el resto de nosotros. La luz que la envuelve se desvanece, y es entonces cuando noto que todo proviene de sus marcas de pecado. Las bestias rodean sus brazos: dragones, osos y serpientes. Los leones se persiguen unos a otros en sus piernas; las alas de un grifo circundan su cuello. Ella usa una túnica simple, sin mangas, hecha de tela ligera. Su pañuelo rojo oscuro se ha caído. Su cabello brilla plateado en el resplandor de la mañana.

Ella es una *tastahlik*.

Sin decir palabra, enfunda su espada en una presilla alrededor de su cintura y mira alrededor. Los charcos de pecado se agitan. Levanta los brazos y mira hacia el cielo como si se estuviera preparando para algo. Ella va a Devorarlos...

De repente, todo se detiene. Se congela.

Contra el sol naciente, veo que las formas se agitan.

La noche comienza a desvanecerse, y las veo: Aliya tiene el brazo de Arzu colgado sobre su hombro. Arzu camina cojeando. El sudor hace que el cabello se pegue a su frente. Puedo escuchar su respiración desde donde estoy parado. Pero cuando ve a la chica, su columna vertebral se endereza, como si descubriera una nueva fuerza.

La chica mira directamente a Arzu. Sus marcas de pecado han dejado de brillar y, de repente, parece tan humana.

Los charcos de negrura se arquean hacia arriba sobre la chica, y ella levanta el cuello, abre la boca y se traga los pecados mientras forman un gran chorro directo por su garganta. Ella no se mueve, y todos miramos en un asombrado silencio. Los ojos de la chica están cerrados y su espalda se arquea tanto que me preocupa que pueda caerse.

Cuando todo termina, ella se endereza y da un paso hacia nosotros.

Arzu tiembla. Ahora puedo saber que no es porque esté enferma de pecado: reconoce a esta chica.

—Juba —susurra. Arrastra los pies hacia delante, un paso, el siguiente, hasta que las dos corren la una hacia la otra. Arzu tropieza y Juba abre los brazos justo a tiempo para atraparla. Juntas, caen al suelo. Arzu entierra su cabeza en el hombro de Juba mientras ella acaricia su cabello.

Juba le susurra a Arzu algo que no entiendo y, después de unos minutos, ambas se ponen en pie. El rostro de Arzu está húmedo, pero ni siquiera se molesta en ocultar el rastro de las lágrimas que brilla a la luz del sol.

La chica se adelanta y pone una mano en su pecho.

—Mi nombre es Juba —dice—. Mis disculpas por este… espectáculo. Por lo general, mi tribu puede ser más educada cuando damos la bienvenida.

Aliya da un paso adelante.

—Yo soy Aliya —dice y extiende su mano. Juba la toma con un agarre firme. Se produce una pausa mientras Juba me mira. Aliya me empuja con el codo.

—Ah, claro, soy Taj —digo.

—Es un placer conocerlos a ambos —responde Juba con calidez y mira nuestro campamento improvisado—. Ustedes han recorrido una gran distancia. La aldea no está lejos de aquí, los guiaré y habremos llegado a última hora de la mañana —abraza a Arzu—. Veo que te has vuelto mejor en esto de hacer amigos. Pero peor en mantenerte alejada de los problemas.

Arzu deja escapar una risita que se convierte en una tos sanguinolenta. Cae sobre una rodilla, y Aliya se precipita hacia ella.

—Estoy bien —murmura Arzu—. Estoy bien —Juba la ayuda a levantarse, y las dos comienzan a caminar frente a nosotros, mientras Aliya y yo nos mantenemos a la zaga.

Tengo muchas preguntas, pero todavía estoy luchando por procesar lo que sucedió. En el centro del torbellino en mi cerebro está la idea de que Arzu todavía vive. Podré preocuparme por quién y cómo la salvó más tarde. Por ahora, debería estar feliz de que ella parece más saludable.

Aliya me golpea en el brazo con tanta fuerza que casi me tira al suelo.

—¿Qué te dije? —me dice en un susurro.

—¡Ay! ¿Por qué haces eso? —digo, frotándome el brazo—. ¿Qué rubí aplasté para que mereciera algo así?

—¿Qué te dije sobre entrometerte en algo cuando te piden que no lo hagas?

Me encojo de hombros, pero sólo puedo mover uno.

—Todo salió bien, ¿cierto?

Aliya me lanza una mirada casi tan feroz como la de esos lobos del pecado. Luego avanza pisando fuerte detrás de Arzu y Juba.

Me siento bien, útil. Entonces recuerdo el dolor agudo en mi brazo derecho. Si tenemos que pelear con más *inisisa* en el camino, ella se arrepentirá de haberme dado ese puñetazo.

Capítulo 12

El sol cuelga en lo alto del cielo. Cuando alcanzamos la cima de una colina en una llanura desierta, lo primero que vemos es un grupo de hombres y mujeres de cabello plateado que les cae hasta los hombros en gruesas trenzas anudadas. Todos visten túnicas de color arena, atravesadas por hebras rojas. Están completamente inmóviles, como estatuas. Usan collares, brazaletes y pulseras en los tobillos con piedras lisas que se mueven con el viento. La cresta donde se encuentran parados me recuerda a las que rodean a las *dahia* en Kos, las que hacen que esos barrios y sus chabolas parezcan trozos de carne de cabra en el fondo de un cuenco de estofado.

Juba aparece a mi lado.

—No estoy segura de cuánto te ha dicho Arzu sobre nuestra tierra, pero lo que en Kos llaman *arashi* son tan comunes como los relámpagos y los truenos aquí. No nos podemos librar de ellos, así que siempre los estamos dejando atrás —señala a los hombres y mujeres a los que nos acercamos—. Centinelas. A veces, cuando envejecemos, podemos sentir en nuestros huesos las tormentas que se aproximan. A un anciano del pueblo le duele la rodilla izquierda cuando la lluvia está cerca —ríe—. Para algunos de nosotros, sucede lo mismo con los *arashi*: podemos oler cuando están cerca. Y podemos correr —los brazaletes de Juba hacen música mientras camina.

Durante la Caída de Kos, los *arashi* descendieron del cielo con tal brusquedad que, al principio, todos nos quedamos congelados. Ninguno de nosotros podía moverse. Algo que habíamos pensado que existía sólo en los viejos cuentos o que era un invento sólo para asustar a los niños, para obligarlos a que se portaran bien, surgió de un enorme agujero en el cielo y flotó sobre Palacio, hasta casi bloquear la luna y las estrellas. Cada monstruo colgaba sobre una sola *dahia*, luego escupía fuego y relámpagos en ráfagas de destrucción que incendiaron la ciudad. Estos Centinelas podrían haber salvado a la gente de Kos. Me sacudo de mi ensoñación.

—Eso es bastante sólido —le digo a Juba. Ella levanta una ceja hacia mí, y me doy cuenta de mi error—. En Kos, "sólido" es como… duro. Como una piedra dura. Es algo bueno.

—Sí —dice Juba, sonriendo de una manera que me hace saber que todavía no lo entiende—. Es bueno.

Los Centinelas no se mueven, ni siquiera cuando pasamos el perímetro de la aldea. No hay expresiones brillando en sus rostros. Sólo miran fijamente, con los ojos en blanco, a la distancia, cada uno en una dirección diferente. Quiero moverme frente a ellos, provocarlos, pero no sé si podrán hacer lo que hizo Juba cuando luchó contra los lobos del pecado. Mejor no procurarme una paliza.

A medida que descendemos por el borde del cuenco, tropiezo y tengo que inclinarme para mantener el equilibrio. Arzu y Aliya tardan en bajar también, pero para Juba es como si el mismo suelo estuviera subiendo para recibirla. Está claro que ha hecho este viaje muchas veces.

—Hey —le digo a ella en cuanto alcanzamos un terreno más plano—, ¿cómo hiciste eso?

—¿Cómo hice qué? —pregunta, mientras la totalidad del pequeño pueblo aparece a la vista.

—Luchar contra los lobos del pecado de esa manera. Era como si estuvieras completamente hecha de luz.

—Oh —sonríe y mira sus manos. Las marcas de pecado cubren el dorso y trazan líneas a través de sus palmas—. ¿Estas viejas cosas? —suelta una risita—. Es sólo la forma en que aprendemos a pelear —lo dice con tanta naturalidad, como si no acabara de derrotar a media docena de lobos del pecado asesinos. Como si Arzu, a quien aparentemente conoce muy bien, no hubiera estado a punto de echar abajo las puertas de la muerte como un guardia de Palacio buscando a los *aki* en el Foro—. Somos gente sencilla, pero afortunados aquí —da unos golpes en su pecho y continúa bajando por la ladera.

—¿Todos en tu tribu pelean de la misma manera? —pregunto. No puedo sacar sus movimientos de mi cabeza.

—Todos pelean —me dice—. Algunos porque tienen que hacerlo, otros porque quieren —mientras caminamos, se vuelve hacia mí y entrecierra los ojos, casi como si tratara de descubrir qué me mueve—. Es peligroso pelear sólo porque uno quiere —no da más explicaciones, así que no me queda más que pasar el resto de la caminata preguntándome si ya ha decidido que soy un problema.

Por fin llegamos a la parte inferior, donde nos encontramos rodeados por el bullicio silencioso de la aldea del desierto. De repente parece mucho más grande. Veo edificios que no había visto antes, tal vez porque su color se mezcla con las paredes rocosas circundantes y las dunas de arena. No sé lo que esperaba. Pero este lugar parece menos un campamento temporal para errantes y más un pueblo que ha estado aquí durante muchas lunas. A lo largo del campamento, pequeños felinos de la jungla deambulan mientras las hienas juegan y luchan. Un niño en la calle lanza una pelota al aire y un pequeño zorro salta para atraparla. Me recuerdan a los animales salvajes que vagaban por los callejones de Kos. Los animales que los adultos te dicen que nunca toques, pero que los *aki* solíamos alimentar de todos modos. Eran tan salvajes y estaban tan abandonados como nosotros mismos. Pero estos animales son diferentes. Bajo su piel, los relámpagos pulsan.

A la sombra de la saliente de un edificio, un antiguo miembro de la tribu se sienta en una caja de madera con un grupo de niños en semicírculo a su alrededor. Se han garabateado números y letras en el suelo, y los niños se inclinan sobre ellos. ¡Pruebas! Iguales a las que Aliya surcó en la tierra.

—¡Ésas son pruebas! —grito, incapaz de contenerme.

Juba sonríe mientras seguimos caminando.

—Ah, veo que estás familiarizado con uno de nuestros lenguajes. Es como… ¿cómo lo llaman en Kos? ¿Estudios religiosos?

—¿Religión?

—La palabra de Olurun. Estos… —busca la palabra, luego chasquea los dedos. Sus brazaletes suenan— ¡algoritmos! Y las ecuaciones son sus enseñanzas —miro a Aliya, y una lenta sonrisa se dibuja en su rostro mientras observa el círculo de niños con la cabeza inclinada hacia su maestro.

Afuera de una vivienda de adobe, las mujeres se sientan en un círculo perfecto, cada una con un niño frente a ella. Las charlas zumban en el aire a su alrededor mientras bromean y ríen. Sus dedos trabajan hábilmente trenzando el cabello de los niños, que se retuercen y se retuercen, en su intento fallido de permanecer quietos. Por momentos alguno se suelta y se balancea hacia otro niño, riendo. Los animales vagan alrededor de ellos. Uno de los niños toma el cuello de un pequeño gato de la jungla.

Juba les sonríe. Caminamos por un tramo de tiendas con la ropa lavada colgada en tenderos entre ellas. Las vigas de madera que apuntalan las estructuras están adornadas con intrincadas tallas de rostros y animales. Luego hay filas de pequeñas viviendas de adobe. Cada una tiene una máscara diferente de colores brillantes colgando de la puerta principal. Las máscaras están grabadas con bestias talladas en la madera: un ave de cola larga en una mejilla, un lobo corriendo por una mandíbula. Caminamos junto a un carpintero con una hilera de bastones dispuestos sobre una mesa frente a él, perfectamente derechos; tallados en ellos, me doy cuenta, hay animales demasiado oscuros y rudos, como si fueran *inisisa*. Tan pequeños, tan detallados. Las antorchas se alinean en las calles, ahora sin luz en la tarde brillante, pero incluso los postes que las sostienen tienen historias enteras grabadas en ellos. Aliya extiende la mano y recorre una de las tallas con su dedo.

—¿Adónde vamos? —pregunto a Juba.

Ella sonríe a su pueblo, como si estuviera feliz de mostrármelo.

—Antes de que te instales, debo llevarte a que conozcas a los Ancianos.

Una tropa de mujeres se aproxima. Las túnicas de colores brillantes que desnudan sus hombros abrazan pechos y cinturas, y llegan hasta los tobillos. Pequeños palitos sostienen sus trenzas en patrones complejos, perfectamente simétricos.

—*Ayaba* —dice la primera mujer. Lleva una mano a su corazón.

Juba da un paso adelante, y las dos encuentran suavemente sus frentes, con amplias y cálidas sonrisas en sus rostros. Sus marcas de pecado brillan cuando se tocan. Juba hace esto con cada una de las mujeres, luego da un paso atrás y hace un gesto hacia nosotros.

—Por favor, estas viajeras están cansadas —mira a Aliya y a Arzu—. Llévalas a la tienda de enfermos, donde puedan ser cuidadas. Éste...

Levanto mi mano en señal de saludo.

—Taj —digo.

Pero antes de que pueda añadir algo más, la primera mujer pone su mano en mi nuca y acerca mi frente a la de ella.

—Bienvenido —las otras se adelantan y realizan el mismo gesto.

Miro hacia abajo a mis brazos y mis manos. Estoy radiante también: todas mis marcas de pecado pulsan con un relámpago, a excepción de la banda negra en mi antebrazo, la marca de la bestia del pecado con armadura.

Las mujeres se acercan y toman a Aliya y a Arzu de las manos, luego las guían hacia la tienda de los Sanadores.

Una vez que se marchan, mis marcas de pecado regresan a la normalidad.

Llegamos a una gran vivienda circular hecha de adobe con techo de paja. La puerta principal está custodiada por hombres con trenzas que corren por sus espaldas. Cuando entramos, mis ojos deben adaptarse a la oscuridad. Veo hombres y mujeres mayores, todos con marcas de pecado en la piel. Los brazos y las piernas, los dedos de las manos e incluso los de los pies están cubiertos de marcas. Algunos tienen marcas de pecado grabadas a los lados de sus rostros, que rodean sus ojos. Se ven frescas, o permanentes. Como las mías. Pero ¿cómo pueden vivir tanto tiempo con tanto pecado en ellos?

Juba hace un gesto para que me siente en un cojín en la parte del círculo más cercana a la puerta. Luego camina hacia un trono que se encuentra en la parte superior de una plataforma elevada en el otro extremo de la habitación. Asiente con la cabeza hacia uno de los *tastahlik*, que se levanta y me entrega un cuenco con algunas nueces.

A nuestro alrededor cuelgan máscaras, como gente de madera que nos mira. Igual a los que vi antes.

—Taj —dice Juba, y me pregunto cómo puede hablar tan suave pero tan sonoramente. Su voz llena toda la habitación—. ¿Vas a romper la nuez de cola con nosotros?

¿Qué respondo? ¿Hay una frase u oración especial para esta ocasión?

Ella sonríe de nuevo cuando percibe la confusión en mis ojos.

—Un simple sí o no servirá.

—Oh, entonces, sí —tomo una. Todos los demás ya tienen una. Al mismo tiempo, todos muerden sus nueces de cola.

Casi escupo la mía, es muy amarga. Pero me las arreglo para mantenerla en mi boca. ¡Uhlah! Esto debe ser una de esas cosas que las personas hacen y que no tengo la menor esperanza de comprender.

—Debemos comenzar por agradecerte por habernos traído de vuelta a nuestra Arzu.

—Espera, yo no la traje de vuelta —pienso en Osimiri y en la intención de Arzu de volver aquí de cualquier forma—. Ella ya había reservado el pasaje en un barco para venir aquí desde Kos. Yo nada hice, en realidad. No puedo tomar el crédito por esto.

—Eso no es lo que queremos decir —todos miran hacia mí, y la sonrisa de Juba se desvanece. Está tan seria como no la había visto, y no puedo decir si es porque he hecho algo mal, si rompí alguna tradición antigua o algo así—. Nos referimos a su Sanación. Tú participaste en su Sanación, y por eso expresamos nuestra eterna gratitud. Que permanezcas bendecido y en Equilibrio por el resto de tu vida.

—Gra-gracias —me las arreglo a responder—. Yo... sólo hice todo lo que pude para salvarle la vida —miro alrededor con nervios. No conozco sus modales, así que calculo qué tendría de malo seguir adelante con mi duda—: ¿Puedo preguntar cómo es que ustedes conocen a Arzu? —espero—. Yo trabajé, bueno, serví en realidad, en Palacio, en Kos. Yo era un *aki* de la familia real. Arzu, en ese momento, era una sirvienta también. Fue mi sicaria. Ella me dijo entonces que había nacido en Palacio pero que su madre había emigrado a Kos desde aquí. ¿Ella había regresado alguna vez a este lugar?

Juba niega con la cabeza.

—Ésta es la primera vez que ella está en casa. Pero mi familia y yo hemos visitado Kos muchas veces. Durante mucho tiempo, hemos mantenido buenas relaciones con la familia Kaya. Cuando era niña, viví un tiempo en Palacio, incluso. Conocí al padre y a la madre de Kolade. Karima y Arzu eran inseparables, pero para Arzu y su madre creo que fue una bendición tener contacto con su patria —sonríe ante los recuerdos que ni siquiera puedo imaginar. El Kolade y la Karima de los que habla son como personas de otra vida, muy diferentes de los que son ahora—. Estoy familiarizada con tus extrañas tradiciones y me entristece escuchar lo que le ha sucedido a tu ciudad. No hace mucho nos llegó la noticia de que una nueva reina la gobierna. Después hemos visto pasar a refugiados como ustedes en las caravanas. Unos pocos viven entre nosotros ahora, pero la mayoría no se queda por mucho tiempo —mira sus brazos, a los animales que suben y bajan por encima de sus manos—. Creo que los asustamos.

Entonces me doy cuenta de que Juba piensa que sólo somos refugiados. Ella no tiene idea de quién soy, de que soy la razón por la que hay refugiados en primer lugar. Abro la boca para hablar, para decirles la verdad, pero luego lo pienso mejor. Si saben quién soy, no pasará mucho tiempo antes de que sepan que Karima me está persiguiendo y entonces me echarán de la ciudad. Y luego, ¿dónde me escondería? ¿Qué pasaría con Aliya y Arzu?

—Oramos para que tu ciudad encuentre el Equilibrio una vez más.

—Yo también —digo en un murmullo.

Un momento de silencio ocupa la habitación. Luego, la voz de Juba rompe el silencio.

—Aunque me imagino que algunas de nuestras tradiciones y costumbres son extrañas para ti, Taj de Kos, creo que encontrarás que compartimos con los tuyos bastantes cosas.

Un plato llega frente a mí, y se me hace agua la boca.

Nunca había estado tan agradecido por un plato de *moimoi* en toda mi vida.

—Y ahora, comamos.

Es de noche cuando salgo de la cabaña de los Ancianos. Ha pasado tanto tiempo desde que comiera hasta hartarme que me siento mareado. Durante el convite Juba contó historias de los días de fiesta, cuando sus tíos y los otros hombres mayores de la aldea, después de un banquete, se movían pesadamente como osos a lo largo del asentamiento, se aflojaban los cinturones y buscaban taburetes de madera donde pudieran desmayarse. Ella y sus amigas correteaban alrededor y hacían todo tipo de travesuras sobre ellos para ver cuánto aguantaban dormidos: les sacudían las orejas, hacían tintes y pintaban sus rostros, o les pasaban plumas de pájaro en la nariz. La respuesta era "casi todo".

Afuera, el pueblo se ha sumido en la calma. Juba sale y me sonríe.

—¿Damos un paseo? —pregunta.

Rodeamos el centro del pueblo hasta que llegamos a un edificio de cuatro plantas, hecho de adobe y piedra. Suena como si hubiera una guerra adentro: todo es gritos y fuertes golpes y maldiciones, según me doy cuenta, pero Juba suelta una cálida risita.

—Aquí es donde tú y Aliya se quedarán —señala hacia el último piso—. La familia ha hecho un espacio para ustedes.

—Espera, ¿ésta es una sola familia? —parece que dos ejércitos se están batiendo en duelo allí dentro.

—El pueblo es pequeño —responde a modo de explicación—. No tenemos más remedio que mantener a nuestra familia cerca —se da media vuelta—. Camina conmigo —y nos dirigimos hacia lo que parece ser el borde de la aldea.

Me acerco al borde del cuenco, entre tropiezos y arañazos, mientras Juba camina con la misma elegancia que antes. Tal vez, con el tiempo, descubra los caminos adecuados. En este momento, es como subir una colina muy, muy empinada, y me voy resbalando por todo el lugar, tratando de encontrar puntos de apoyo para mis pies y manos. Sin embargo, eventualmente, llego a la cima y me sacudo el polvo de encima.

A nuestra izquierda y derecha están los Centinelas. Los acechadores de *arashi*. Sus ojos son blancos como los de los *aki*, como los de los *tastahlik*, pero no tienen marcas de pecado. Quizás ésa es la razón por la que logran vivir tanto. ¿Quién podría vivir una larga vida haciendo lo que nosotros hacemos? Sin embargo, eso no es una explicación para los Ancianos.

—Vengo también aquí a veces —dice—. El aire es diferente aquí arriba. Y nos recuerda la vastedad del mundo más allá del nuestro —me mira—. Incluso nuestros *Onija* se arrullan en la contemplación pacífica cuando ponen un pie aquí.

—¿*Onija*?

—Combatientes —vuelve su mirada hacia la extensión—. Las mujeres que te recibieron cuando llegaste a nuestra aldea, son *Larada*. Nuestras Sanadoras. Nosotros nacimos con un don extraordinario. Lo que ustedes en Kos llaman Equilibrio. Es lo mismo para nosotros: expulsamos las imperfecciones del alma y las portamos cuando nadie más puede hacerlo. Nosotros cerramos el Círculo. Nuestra costumbre dicta que los *tastahlik* debemos ser *Onija* o *Larada*. Creo que Olurun nos hizo ser *Larada*. Otros en mi pueblo creen lo contrario —mira sus manos, aprieta una en puño, luego la relaja—. Yo preferiría que todos fuéramos *Larada*, Sanadores.

El silencio se cuelga en el aire a nuestro alrededor.

—¿Puedo preguntarte algo? —hago una pausa—. ¿Tú y Arzu...?

Juba suelta una suave risita, una sonrisa permanece torcida en sus labios. Inclina la cabeza, como si estuviera recuperando los recuerdos, como si saltara a un lago y los pescara con sus propias manos.

—Conozco a Arzu desde que éramos niñas —dice por fin—. Ser la hija del jefe acarrea ciertas ventajas. Y ciertos inconvenientes. Solía odiar nuestras visitas a estas partes extranjeras del Reino de Odo. Todas estas otras ciudades con todos los otros gobernantes con quienes teníamos que intercambiar regalos y mantener relaciones. A veces, cuando no era apropiado un regalo real, me daban a mí como regalo.

—¿Qué?

Me sonríe irónicamente.

—Yo era un rehén —se encoge de hombros—. Me trataban con el mayor respeto, por supuesto. Pero, sí, era un rehén. Si las relaciones se tensaban entre mi familia y alguna otra, yo debía ser el sacrificio. Una forma de pagar las deudas.

—¿Cómo podía tu padre hacerte eso? —intento imaginar a mamá y baba haciendo lo mismo conmigo. Recuerdo cómo lloró mamá cuando vio que mis ojos habían cambiado y se dio cuenta de que yo era un *aki*. Recuerdo cuando baba, con su cara de piedra, entendió lo que esto significaba para mi futuro. Tener que renunciar a mí rompió sus corazones. Aun así, eso es exactamente lo que los padres de Juba hicieron con ella.

—Ésta es otra de nuestras costumbres que estoy segura que resulta muy extraña para ti —me mira, escudriñando mi reacción, luego enfoca su mirada en el negro horizonte nocturno—. A menudo me tomaban como rehén en la familia Kaya. Me trataban maravillosamente, y la comida en Kos casi no tiene igual. Quizás ésa sea la razón por la que reconocerás algo de eso aquí.

—¿Robaste nuestras recetas?

—Las tomé prestadas —guiña—. Como sea, ahí fue donde conocí a Arzu y a su madre.

—¿Y se hicieron amigas?

Juba parece perdida en la contemplación.

—Más que eso.

—¿Más?

—Para Arzu y su madre, mis visitas al Palacio eran la única conexión que les quedaba con su tierra natal. Yo llevaba noticias conmigo, noticias de uniones, de nacimientos, de muertes.

—Ya veo.

—Ellas se aseguraron de que en Palacio se conocieran todas nuestras costumbres para que nada de lo que hiciera la familia Kaya nos ofendiera ni a mí ni a mi padre. Y, a cambio, Arzu me enseñaba sobre Kos —Juba mira hacia el cielo y frunce el ceño como si estuviera buscando recuerdos o historias en las estrellas—. Nos escabullíamos y pasábamos días enteros vagando por los terrenos de Palacio antes de que los guardias nos encontraran y nos llevaran de regreso. Hacíamos enojar mucho a los que se encargaban de cuidarnos. Ella me mostró el Foro y la Ciudad de las Gemas. Un día, me mostró unos pendientes de piedras preciosas que había hecho que los joyeros tallaran para mí y me las puso en las orejas. Cada vez que regresaba a casa, el resto de la tribu se maravillaba de lo que había traído de Kos —las lágrimas comienzan a formarse en los ojos de Juba.

—Estaban enamoradas.

—Sí —asiente, y es lo más triste que he visto en mi vida. Como ver que su corazón se rompe otra vez—. Incluso de niñas, sabíamos que estábamos hechas la una para la otra. No había alguien más con quien quisiera pasar el tiempo. Yo detestaba visitar otras familias reales, pero esperaba cada visita a Kos y a los Kaya. Cada visita significaba que volvería a ver a mi Arzu una vez más.

—¿Y entonces qué sucedió? Ya no usas los aretes que ella te dio.

Juba se toca los lóbulos de las orejas.

102

—No, ya no —su mano cae a su lado—. Soy una Sanadora. Y lo que los Sanadores hacemos nos desgasta mucho, drena severamente el cuerpo. Como sabes, pocas personas que Devoran pecados alcanzan la vejez —se mira las manos—. Hace mucho tiempo, se decretó que los *tastahlik* tenían prohibido formar uniones de la que Arzu y yo queríamos. Nosotras nunca podríamos casarnos. Nunca formaríamos una familia. Todos los *tastahlik* estamos hechos para vivir de esta manera. Cuando mis ojos se transformaron, fue el final de nosotras, de mí y de Arzu. Mi padre murió poco después, y las visitas a Kos terminaron. Como yo era su única heredera, me vi obligada a permanecer ahí y enviar emisarios en mi lugar.

—¿Así que ésta fue la primera vez que viste a Arzu desde entonces… desde que ambas eran niñas?

Ella asiente, triste.

—Sí. Sí, lo fue.

Nos quedamos en la cresta durante mucho tiempo, ninguno de los dos hablaba, entonces Juba se vuelve para irse.

—Te deseo una noche pacífica, Taj de Kos.

—¿Taj de Kos? —río. Me hace pensar en los pequeños títulos que los *aki* más jóvenes que me admiraban solían darme cuando vivíamos en las chabolas de Kos. El Portador de Luz. Puño del Cielo. Como si fuera una especie de héroe. Siempre me incomodó o, por lo menos, pretendía que así era. En secreto, me hacía sentir muy bien. Legendario, incluso. Ahora parece una mentira—. Sólo Taj, así está mejor.

—Taj, entonces.

Ella se gira para marcharse, pero uno de los Centinelas se mueve. Entonces todos giran y observan en la misma dirección. Al este. Sigo su mirada. Hay movimiento en la oscuridad.

Lo que parece ser una sola masa retorciéndose resulta ser personas. Muchas. Más refugiados.

Mi corazón salta en mi garganta.

De Kos. No sé cómo lo sé, pero siento la certeza en mi corazón tanto como siento el suelo bajo mis pies. Son de Kos.

Capítulo 13

Los refugiados comienzan a correr cuando ven las luces del pueblo. Para este momento, los *tastahlik* se han congregado para saludarlos, y algunos se apresuran a reunirse con ellos en el desierto. Pero el primero de los refugiados se detiene abruptamente. Incluso desde donde estoy parado, en la cresta, puedo ver el miedo y el horror en sus ojos.

—¡*Aki*! —grita alguien, luego todo se convierte en caos.

Una mujer que lleva a un niño envuelto en su pecho sale corriendo a la oscuridad y conduce a una multitud de personas hasta donde no alcanzamos a ver. Algunos de los niños más pequeños en la parte delantera sacan piedras, hondas y cuchillos de sus paquetes. Saltan al frente del grupo para proteger a los demás. Algunos de los refugiados colapsan donde están parados, llorando. En ese momento me doy cuenta de lo que está sucediendo.

Han escapado de Kos, del sitio donde los *aki* sirven como soldados de Karima. Tal vez algunos son supervivientes de las masacres de Bo. Cada vez que han visto marcas de pecado, esto ha significado muerte y destrucción.

Antes de saber lo que estoy haciendo, me alejo de los *tastahlik* y agito los brazos.

—¡No somos *aki*! —grito. Suena extraño decirlo. Es cierto, pero he sido *aki* toda mi vida. Me han escupido debido a eso, han pasado por encima de mí debido a eso, he sido usado por los Magos debido a eso. Rezo para que ninguno de estos habitantes de Kos me reconozca por lo que soy en realidad, o por lo que alguna vez fui—. ¡No somos *aki*! —grito de nuevo.

Tres de los jóvenes refugiados cargan contra mí, con sus armas en alto. Sus ropas son jirones sobre su piel cenicienta. Derrapo hasta detenerme.

—¡No, no! Estamos aquí para ayudarlos. ¡Tenemos agua! ¡Tenemos comida!

—¡Es un truco! —grita alguien entre la multitud—. Son los soldados de la reina Karima.

Una niña pequeña con cuchillos improvisados tallados en piedra en cada mano se abalanza al frente del grupo, lista para rebanar a cualquiera que pretenda acercarse. Sus hombros tiemblan de ira.

De repente, Juba se encuentra a mi lado.

—No servimos a Karima —su voz retumba en la noche. No parece provenir de su garganta, sino del cielo. Como el trueno—. No servimos a Karima —repite—. No somos *aki*, somos *tastahlik*. Somos Sanadores —desenvaina su espada y la pone a sus pies. Los niños que se habían abalanzado hacia mí se detienen. Juba da un solo paso hacia el frente. Entonces Aliya se une a ella, y también Arzu. Lucen saludables y descansadas, y determinadas. Ambas llevan canastas con *puff-puff* y pan. Alguien del pueblo trae un enorme jarrón de agua en sus brazos. Juba los conduce hacia el frente y se encuentran con los niños; los otros refugiados se agazapan detrás.

No puedo oír lo que Juba dice a los niños, pero hablan durante mucho tiempo. En voz baja. Entonces uno de los chicos desliza su cuchillo de regreso al interior de sus zapatos rotos y sumerge sus manos en el agua, la acuna en sus palmas y la lleva a la boca para beber. Al principio, parece tímido, inseguro. El agua se resbala por sus brazos. Pero luego la engulle y cae de rodillas. Las dos chicas que están con él toman un trozo de *puff-puff* y lo giran entre sus manos antes de morderlo. Sonríen.

Cuando los otros refugiados ven a los niños caminar más allá de Juba, Aliya y Arzu, hacia el resto de nosotros, comienzan a abrirse camino. Avanzan lentamente, vacilantes, pero enseguida los veo dejar sus preocupaciones. Algunos comienzan a correr, muchos lloran de agradecimiento. Aquellos que colapsan son levantados por los otros y llevados en brazos o sobre sus espaldas. Nos apresuramos hacia el frente del grupo y los llevamos hacia la aldea.

En el caos de llegar aquí y encontrarme con estas nuevas personas y ser bienvenidos, no había pensado en Kos. La culpa se extiende a través de mi pecho. No había pensado en mamá y baba, en las tías o en los *aki* que alguna vez fueron hermanos para mí. Si estuvieran en algún lugar entre esta multitud, no sé incluso si tendría el coraje de mostrarles mi rostro.

Una de las mujeres, una *Larada*, con trenzas atadas y retorcidas en un patrón en zigzag detrás de su cabeza, nos lleva a algunos a un arroyo cercano. Tan pronto como alcanzo la cima de la colina, puedo ver la hilera de aldeanos llenando ollas. Las sumergen en el agua y luego, cuando están llenas, emprenden el camino de regreso escalando la colina hacia donde acampan los refugiados. Me han dado mi propio jarrón, y también Aliya tiene el suyo. El aire está frío ahora, por lo que ya no se ve extraño que lleve esta capa de color arena cubriendo la piel de mis brazos y piernas. Pensé que nunca me avergonzaría de mis marcas de pecado otra vez, pero entonces recuerdo las miradas en los rostros de los refugiados y me arden las mejillas. En mi cabeza estalla lo que debieron pasar en Kos. Lo que otros todavía están pasando. Mamá, baba, las tías... Ninguno de ellos está entre los recién llegados.

—Estoy segura de que están a salvo —dice Aliya a mi lado, y sé que se refiere a mis padres.

Intento sonreír, pero ambos sabemos que no es así. Llegamos al río y entramos en él hasta que nuestras túnicas flotan en torno a nosotros. A nuestro alrededor, la gente habla en voz baja. Cuanto más escucho las historias que cuentan los refugiados sobre los *arashi* que se ciernen sobre la ciudad, sobre la forma en que Karima destruye de manera indiscriminada las *dahia* con dinamita y reorganiza las calles de Kos, sobre el modo en que los *aki* patrullan el Foro con las *inisisa* con armaduras, más difícil me resulta no preocuparme. Se siente como si los hubiera abandonado.

Los aldeanos nos miran, a Aliya y a mí, cuando creen que no estamos mirando. Veo la sospecha en sus ojos. No somos los usuales mercaderes en caravanas que están acostumbrados a ver. Somos algo diferente, extraños. Y hemos traído nuestros problemas con nosotros.

Aliya termina de llenar su jarrón, y me pregunto en qué está pensando. Con la olla sobre su hombro, camina hacia delante y yo la sigo. Reduce la velocidad como si estuviera ajustando su equilibrio. Su cuerpo se balancea un poco. Su brazo izquierdo se afloja y, sin ninguna advertencia, ella se derrumba; su vasija se rompe en las rocas a sus pies y el agua se derrama.

—¡Aliya! —corro hacia ella, dejando caer mi propio jarrón mientras ella escarba en la tierra, tratando de recuperar el agua. Su brazo izquierdo ya no funciona. Ella cae de espaldas, y trato de poner su cabeza en mi regazo mientras su cuerpo se recupera—. Aliya, ¿estás bien?

Se sacude con tanta violencia que, muchas veces, me preocupa que me rompa la nariz, pero la sostengo lo mejor posible. Gotas de sudor salpican su labio superior. Sus ojos se abultan, una película los vuelve vidriosos.

Su temblor se vuelve más violento, y entonces entiendo. La humedad en el suelo que nos rodea se mueve. Luego, despacio, las corrientes de agua, como cuerdas, se levantan de la tierra. Forman dedos que se levantan en arcos como si fueran pecados listos para ser Devorados. Mi boca se abre por completo por el asombro ante esta visión.

Aliya está quieta en mi regazo. Las delgadas columnas de agua colapsan. Miro alrededor, pero nadie más parece haberlo notado. ¿Fue real? ¿Acabo de imaginarlo?

Cuando miro hacia abajo, los ojos de Aliya vuelven a la normalidad.

Esta vez, cuando tiembla, sé que es por miedo y no por lo que sea que la haya sobrepasado. Quiero preguntar qué pasó, adónde fue cuando estaba poseída, pero sé que lo mejor que puedo hacer ahora es abrazarla así y hacerle creer, hacerle saber, que sea cual sea la dificultad que tenga que sortear, estoy aquí para hacerlo con ella.

Capítulo 14

Después de su episodio en el río, quise pedir ayuda para Aliya, pero ella insistió en caminar sola.

—Fue sólo un desvanecimiento... estoy deshidratada —dijo.

Dentro del edificio, subimos por las tortuosas escaleras de piedra que conducen a la pequeña puerta del ático en el techo. Aliya sube primero y yo la sigo.

La morada que Aliya y yo ocupamos nunca está en silencio. Siempre hay una fiesta debajo de nosotros: cantos, vasos que tintinean, cuencos que aterrizan en mesas de madera, risas de niños. Los ruidos felices son agradables, y estamos agradecidos de que Juba haya podido hacer los arreglos para que nos quedáramos aquí, pero nuestras habitaciones se sienten un poco estrechas, más como un ático que otra cosa.

Una sola familia vive en este edificio, pero es lo suficientemente grande para llenar tres pisos enteros. Parece que hay una planta por cada generación. No puedo imaginar cómo debe ser tener a todas las personas con las que estás emparentado viviendo prácticamente encima de ti.

Le han dado a Aliya un escritorio aquí, con basura de pergaminos y libros a medio enrollar. Los restos forman una especie de cementerio a los pies de su silla. Pero ahora ella yace en su cama, descansando. Su respiración comienza a volverse más lenta, y puedo saber que se ha quedado dormida.

Me siento en el suelo y miro los trozos de pergamino. Son todas sus ecuaciones y pruebas y todo ese tipo de *lahala*. Me sorprende cómo ha podido acumular un desastre en tan poco tiempo. Escucho que Aliya se revuelve en sueños. Sus ojos todavía están cerrados, y el cabello cae en mechones sobre su rostro, las mejillas están encendidas con un ligero rojo rubí. El corazón martillea en mi pecho, y mi garganta se tensa.

El vuelco que sentí en el estómago cuando pensé que estaba herida me aterroriza. En Kos, Devorando pecados para ganarme la vida, viendo morir a los demás por el trabajo, aprendí que preocuparse por lo que le sucedía a los otros siempre conducía a la angustia. Y, aun así, ¿está palpitando mi corazón por Aliya? Esto complicaría todo. Además ella necesita ahora un amigo, no un compañero del corazón.

Los ojos de Aliya se abren y desvío la mirada rápidamente; finjo que estoy ocupado ordenando los papeles.

—Estás despierta —le digo, de espaldas a ella.

—A duras penas —responde.

Se impulsa en la cama, apoya su mejilla en la palma de una mano y me mira, con la cabeza inclinada hacia un lado como un pájaro.

—¿Recuerdas ese jabalí del bosque? —pregunta adormilada. Cuando no respondo, ella continúa—: Cuando invocaste tu propio pecado y salió la *inisisa*, surgió como un jabalí. Pusiste tu mano en su cabeza y sus sombras se derritieron, y se convirtió en una bestia hecha de luz.

—Sí, lo recuerdo —honestamente, sólo tengo destellos de ese momento en el bosque. Recuerdo haber escapado de Kos, de haberla dejado atrás. Recuerdo que mis pulmones estaban a punto de estallar. Recuerdo haber vomitado mi pecado en la selva y recuerdo la intensa mezcla de dolor, culpa y tristeza que sentí cuando el pecado salió burbujeando de mí. Luego partes y piezas del animal. Pero debo haberme desmayado inmediatamente después—. Sólo un poco.

—Bueno —se levanta despacio de la cama y tropieza. Me apresuro a su lado, pero ella me aparta con un movimiento de mano. Manchas oscuras, como si fueran *ramzi* de cobre, salpican su almohada. Toma un bastón de la pared. Tallas minuciosamente labradas de bestias del pecado suben y bajan a lo largo de toda su longitud—. Parecía muy·interesante cuando lo vi por primera vez en el pueblo. El carpintero me lo dio como un regalo. ¿Quién podría haber sabido que sería tan útil? —lo usa para llegar hasta su escritorio, luego revuelve algunos papeles enrollados. Saca una hoja de debajo de una pila de pergaminos, la enrolla y me la entrega—. Lee esto.

Ha pasado tanto tiempo desde que tuve la oportunidad de hojear un libro, de ver las palabras convertirse en imágenes ante mis ojos. Lo tomo, me lo pongo a la vista y empiezo a permitir que se deslice. Al principio, es sólo un revoltijo de líneas y curvas. Tinta negra en pergamino marrón. Entonces, de repente, me congelo. No puede ser.

—Pero… ¿cómo? —mi recuerdo del jabalí regresa. Puedo verlo ahora, todo—. Esto es… dibujaste al jabalí.

Ella toma el libro de mis manos y extiende el pergamino sobre su escritorio. Son números. Números y letras.

—Tú escribiste una prueba… del jabalí.

Ella gira sobre su hombro, sin soltar las esquinas del pergamino, y asiente, sonriendo.

Corro hacia su pila.

—¿Y éstos?

—Más *inisisa*.

Desenrollo uno al azar y lo pongo ante mi ojo. Una serie de murciélagos. Luego otro, un dragón. Miro hacia arriba y veo a Aliya limpiándose la sangre de la nariz.

—Estoy bien —dice, su voz suena ahogada debajo de su manga.

Ella sostiene la tela sobre su nariz e inclina su cabeza hacia atrás. Debo verme tan preocupado como me siento porque ondea su mano y dice:

—Taj, no es nada. El aire aquí es demasiado seco y no he bebido suficiente agua —la tela que se amontona sobre su nariz ya está completamente roja—. Pronto se detendrá.

Muy pronto, así es.

De todas las emociones que esperaría sentir en este momento, no contaba con la ira. Me sorprende encontrar mis puños cerrados a mis costados.

—El río.

Ella suspira, y sus hombros caen.

—Las *inisisa* han estado viniendo a mí desde que dejamos Kos. Y portan sus colores como en Antaño.

—¿Te refieres a como los Escribas las dibujan en el Muro alrededor de Kos?

—Precisamente.

—¿Es esto lo que pasó durante tu… cuando colapsaste junto al río?

Asiente.

—Es lo que veo. Veo las *inisisa* como pruebas, como ecuaciones. Y veo… —se queda en silencio.

Estoy a punto de preguntar acerca de ese truco con el agua cuando escuchamos un golpe desde la planta baja, y un niño pequeño comienza a gemir mientras que uno mayor le grita que deje de ser tan dramático.

Después de un momento, Aliya y yo reímos. Se han unido más voces a los niños, y ahora todos gritan.

—Suena muy parecido a casa —murmuro.

—Pasarían momentos difíciles en la Gran Casa de las Ideas.

Me muevo para sentarme en su silla.

—No hay gritos, ¿eh?

—No, Taj. No hay gritos.

—¿Y si una lagartija corre por encima de tu pie?, ¿me estás diciendo que serías capaz de evitar aspavientos? —apunto hacia ella y cierro un ojo, como si mi dedo fuera una flecha.

—Un montón de lagartijas han cruzado mi pie sin que yo grite —dice.

—No te creo —respondo, sonriendo.

El ruido en el piso de abajo se hace más fuerte, pero puedo decir que es sólo una familia comportándose como una familia. Es como yo sueño que las familias suenan: ruidosas y amorosas. A veces se enojan unos con otros, a veces se divierten.

—Hey —digo al fin—, vamos a tomar un poco de aire fresco.

La mañana casi está aquí.

Los refugiados, en su mayoría, establecieron un campamento afuera de la aldea. Está empezando a quedar claro que todavía no les gustamos mucho. Algunos intentan ofrecer las piedras preciosas que llevan cosidas en sus ropas a cambio de sanación o comida, pero los aldeanos se niegan a aceptar ningún tipo de pago.

Aliya se detiene para mirarlos. Camino a su lado y juntos miramos en silencio.

—Parece que ya se están preparando para seguir adelante —dice Aliya—. No tienen intención de regresar a Kos.

¿Quién querría volver?, quisiera preguntarle a Aliya, de repente molesto. Cuando habla de los refugiados y sus movimientos, siento una punzada de culpa. Como ella dice: "Taj, eres débil para renunciar a tu hogar tan fácilmente". Y sería fácil hablarle sobre lo que era ser *aki* en ese lugar, sería fácil usar eso como mi arma contra ella, para hacerla pensar que la vida como *aki* no era más que horror y vergüenza y, finalmente, una muerte dolorosa. Pero había amistad en eso, había amor. Estaban Bo y los otros, las tías, los *aki* en el campamento, la familia que formamos para nosotros.

Para evitar tener que seguir mirando a los refugiados en su campamento improvisado, deambulo por el otro lado, en el desierto vacío; disminuyo la velocidad para permitir que Aliya me alcance.

—Sé que te gusta aquí, Taj —dice, tranquila pero insistente—. No necesitas decírmelo para que yo lo sepa.

Está empezando a sonar como una mosca tratando de entrar en mi oreja. Mis puños se cierran a mis lados.

—Claro, podemos desaparecer aquí. Hacer vidas nuevas. Pero eventualmente tendremos que…

—Regresar —digo en voz baja.

—Sí. Tendremos que regresar.

Me giro.

—¿Qué hay allá para nosotros, Aliya? Todos, todo lo que he amado se ha ido. Es hora de que lo admitamos.

—No se trata de nosotros, Taj.

Algo se atora en mi garganta. Puedo sentir que la ira burbujea demasiado para ser contenida.

—No puedo salvar a nadie —siseo. Me vuelvo sobre mis talones y salgo corriendo.

—¡Taj! —grita Aliya detrás de mí. Pero yo no tengo tiempo para su *lahala*.

Me detengo en la tienda de los enfermos, no estoy del todo seguro por qué.

Las camas tienen el suficiente espacio entre sí para que las enfermeras puedan atender a los enfermos. Juba se para en círculo con algunos *Larada*. Cuando me ve entrar, sonríe y señala a un joven que tiembla en su colchón. Las enfermeras se ciernen sobre el chico. El sudor brota de él. Nada viste salvo una tela atada a la cintura. Sus costillas golpean contra la piel azul.

Arzu se recarga contra la pared más alejada de la tienda, con los brazos cruzados sobre el pecho. Su cabello rubio cae en trenzas sobre los hombros, como las personas de algunas de las otras tribus. El chaleco que lleva y los pantalones a rayas que abrazan sus piernas tienen tantos colores que mirarla marea. Un pañuelo flojo cubre la cicatriz que yo sé serpentea alrededor de su cuello. Pero ella permanece sola, observando, y noto que desde donde está parada, puede ver todas las entradas y salidas, tal como solía hacerlo en Palacio.

Juba y las enfermeras se susurran unas a otras. De vez en cuando, Juba levanta la mirada y echa un vistazo en dirección a Arzu, algo secreto y silencioso pasa entonces entre ellas, y ambas intentan no sonreír, cuando regresan a lo que estaban haciendo antes. Así que esto es lo que Arzu ha estado haciendo. Ella se convirtió en la sicaria de Juba. La guardiana de Juba. Su guardaespaldas, su sombra. *Heh*, chica lista.

Detrás de mí, una mujer que parece ser la madre del niño sujeta las gemas cosidas en las mangas con tanta fuerza que sus nudillos se vuelven blancos.

Después de consultar con las enfermeras, Juba se mueve hacia el niño. Es más como si estuviera deslizándose por el suelo que caminando. Se deja caer sobre una rodilla y mira al chico. Luego pasa una mano por su frente. Está húmeda.

Juba se mueve hacia la cabecera de la cama y se inclina sobre ambas rodillas, luego presiona su frente contra la del niño. Ella murmura palabras que suenan como la oración que escuché antes. Su voz comienza suave, apenas un susurro, pero luego se torna cada vez más y más sonora. De repente, el niño se recupera. Juba se separa. Varios Sanadores y enfermeras se colocan a su lado.

—Un cuenco —pide Juba de repente. Una de las enfermeras se apresura y regresa un momento después con un cuenco de calabaza—. Ahora siéntenlo —los otros lentamente acomodan al niño en una posición sentada. La enfermera con el cuenco lo desliza debajo del mentón del niño. Otra enfermera se yergue detrás de él, con las manos presionadas contra su espalda.

El chico tiene arcadas, luego se atraganta. Una enfermera le susurra:

—Está bien, está bien, está bien —una y otra vez.

Los hombros del chico se levantan y entonces expulsa todo. La tinta negra se derrama en el recipiente. El niño intenta levantarse varias veces antes de colapsar en los brazos de otra enfermera. La enfermera con el cuenco lo lleva afuera, y Juba la sigue. Miro, congelado, mientras la madre del niño se precipita y se arroja sobre su hijo.

La gente corre hacia delante y hacia atrás, asegurándose de que el chico esté cómodo en su colchón. Cuando veo que el niño ya ha dejado de temblar, me dirijo afuera. Sigo el sonido de la voz de Juba. Ella y la enfermera están detrás de la tienda. El pecado, en forma de lince, salta del cuenco y corro para ayudar. Juba levanta una mano, en silencio, para indicarme que me detenga. Hago una pausa justo en el momento en que la bestia se sienta calladamente ante ella y la enfermera.

Juba da un paso adelante, y la bestia no se mueve en absoluto; luego ella lleva su mano a la frente de la bestia. La oscuridad rueda sobre sus hombros, sus piernas, su espalda. Brilla bajo su pelaje.

El lince se yergue sobre sus cuatro patas, inclina la cabeza y la mira con curiosidad, antes de dar media vuelta y alejarse de un salto. Salgo a toda prisa para ver adónde va y lo veo correr, correr y correr, brillando más con cada paso hasta que no es más que luz, y luego nada.

Juba aparece detrás de mí.

—A veces los mantenemos aquí. Los niños disfrutan tener mascotas. La mayoría de las veces los liberamos. Más aburrido que lo que ustedes hacen en Kos, me imagino —sonríe. Eso explica todos los animales que hay en esta aldea.

Camino con ella de regreso a la tienda y veo que el chico está sentado solo y su madre le susurra algo de manera apresurada. Luego se agacha, se quita una de sus sandalias y lo golpea en la cabeza con ella. Ahora le está gritando al pobre y acobardado chico. Él trata de esquivar los golpes de su madre, pero ella es demasiado rápida y, en poco tiempo, él sale corriendo de la tienda con ella a sus espaldas.

Juba ríe para sí y veo que algunas de las enfermeras ríen también.

—A veces —dice, volviéndose hacia mí—, no es la enfermedad la que impide que un niño cometa un pecado, sino la suela en la sandalia de su madre.

En este momento, la carpa se llena de risas.

Aliya ronda en la entrada de la tienda. La veo sonreír justo cuando la cortina de cuentas se cierra.

Capítulo 15

No encuentro a Aliya por ninguna parte.

Empiezo a dirigirme en dirección a nuestra morada cuando escucho algo. Ese tipo de gritos emocionados que no había escuchado desde que dejamos Osimiri.

Es fácil de seguir pero, cuando llego a su fuente, una multitud de personas bloquea mi vista. Lo único que alcanzo a ver son las espaldas y las cabezas de las personas, pero creo que reconozco a algunos de los refugiados. Su piel ya no es tan pálida y gris como era cuando llegaron aquí, pero sus rostros, incluso los de los niños, mantienen esa mirada atormentada. Ni siquiera mientras aclaman y gritan, dispersos entre la multitud, parecen completamente vivos. Me abro paso justo cuando el ruido se convierte en rugido. Algunos de los miembros y las mujeres de la tribu entre la multitud notan mis marcas de pecado, y abren un camino para mí. Se siente raro. En Kos, la gente se apartaba porque nadie quería ser tocado por un asqueroso *aki* con marcas. Luego, cuando serví en Palacio, la gente me abría el camino porque no querían que la ira de los Kaya cayera como un martillo directamente sobre sus cabezas. Pero ahora la gente me sonríe. Algunos incluso me dan una palmadita en el hombro; se mecen cuando lo hacen. Y por un breve segundo, el rostro de Zainab cruza mi mente, una de los últimos *aki* que he enterrado con mis propias manos.

Zainab inhalaba piedras trituradas para silenciar los gritos en su cabeza, para ayudarse a combatir la culpa que había acumulado tras haber Devorado tantos pecados. Esto la adormecía; la mareaba a veces, pero hacía soportable el dolor.

¿Es eso lo que estas personas están haciendo? Hay un olor dulce y enfermizo en el aire. Algo así como la basura dejada en los callejones donde hierve al sol, antes de la temporada de monzones.

En algún lugar cercano, la gente está latiendo al ritmo rápido de los tambores. Los gritos se hacen más fuertes. Se oye una aclamación sincronizada con el tamborileo, luego se calma, y vuelve a sonar.

Finalmente, llego al frente de la multitud y puedo ver que se ha formado un círculo. En el centro hay un pequeño *tastahlik* vestido con pieles similares a las que usaba Arzu cuando ella también servía en Palacio. Se yergue con las piernas bien separadas y con los brazos extendidos de modo que, desde la punta de los dedos de las manos hasta la punta de los dedos de los pies, se forma una línea recta. En una mano hay un bastón largo con una cuchilla fija en un extremo.

La gente lo está animando. El chico *tastahlik* tiene un corte en la mejilla, pero está sonriendo. Al otro lado hay un oso del pecado tan grande que cuando se para sobre sus patas traseras, se eleva por encima del miembro más alto de la multitud.

Al mismo tiempo, *tastahlik* e *inisisa* se mueven el uno hacia el otro. El oso golpea sus patas delanteras y se abalanza. El *tastahlik* da un giro. Su bastón silba en el aire y la hoja hace un corte en los brazos y las piernas del oso. Pero la bestia da vuelta un momento después, las piernas se formaron nueva-mente. Se lanza, y el *tastahlik* no puede quitarse del camino lo suficientemente rápido. Cuando se aparta rodando, el frente de su camisa cuelga de él como harapos. Coloca su mano libre sobre el vientre y su palma se tiñe de rojo brillante. El ruido de la multitud se ha esfumado.

El chico intenta ponerse en pie, usa su bastón para levan-tarse, pero cae sobre una de sus rodillas. El oso se encabrita, luego se abalanza hacia delante. Nadie más en la multitud parece ser un *tastahlik*. Beben de frascos y se balancean de iz-quierda a derecha. Unos pocos dejan escapar jadeos, algunos gritos para darle ánimos, pero nadie va a hacer algo. ¿Están... *disfrutando* de esto?

Sin detenerme a pensarlo, salgo de la multitud y levanto las manos frente a mi rostro, luego cierro los ojos e intento concentrarme.

Todo el mundo guarda silencio.

Cuando abro los ojos todas las cabezas se han vuelto hacia mí. Hay confusión en algunos rostros y, curiosamente, enojo en otros. ¿Qué, en todo el Infinito, podría haberlos hecho enojar? Sólo estoy tratando de ayudar.

Mi concentración se diluye, y el oso del pecado rompe mi agarre. Corre hacia mí. Sus mandíbulas están abiertas. La saliva hecha de sombras gotea de sus colmillos. Antes de que pueda saltar hacia mí y tragarme entero, una lanza atraviesa el aire y corta directamente a través de la nuca de la *inisisa*, para terminar clavada en el suelo. El oso del pecado se aga-cha allí por un momento, empalado, luego se derrumba y se disuelve en un remolino de niebla de pecado.

El *tastahlik* herido está en pie ahora, sosteniendo su mano contra su vientre, y me mira como si yo hubiera escupido en su sopa de *egusi*. Está tan concentrado en mí, que apenas parpadea cuando abre la boca y deja que el pecado disuelto nade por su garganta. Lo traga como si acabara de beber del interior de un coco.

Los murmullos ondean a través de la multitud. No tengo idea de lo que la gente dice, pero sé que están decepcionados. Despacio, comienzan a dispersarse. Ni una sola persona interviene para agradecerme.

El *tastahlik* pisa fuerte en dirección a mí, luego, con rabia, saca su bastón del suelo.

—No parece que estés a punto de darme las gracias —murmuro.

El *tastahlik* me fulmina con la mirada. Su vientre está prácticamente desgarrado ¿y tiene la audacia de mirarme de esa manera? Me siento tentado a romper su piedra aquí y ahora, pero me tranquilizo. Tomo algunas respiraciones. Aliya estaría orgullosa de mí. Arzu también. Tal vez.

—Deberías visitar a uno de los, eh, uno de los Sanadores, esa herida parece profunda —le digo.

Durante unos segundos, me pregunto si el *tastahlik* es mudo, porque nada dice antes de girarse y alejarse pisoteando.

—¡De nada! —le grito a sus espaldas—. ¡Hey! —sigo al chico de regreso a la aldea, abriéndome camino entre la multitud a codazos. Se dirige a una parte del pueblo donde no he estado antes. Las casas son pocas y distantes, y no hay antorchas. Todo el barrio está envuelto en sombras, sólo débiles rayos de luz del sol atraviesan calles y callejones.

Seguimos caminando, y todo se vuelve más callado. Hay un zumbido constante de conversación, pero es un tipo de idioma o dialecto diferente, por lo que el acento nubla cualquier palabra que yo pudiera reconocer. Aun así, por un momento, soy transportado de regreso a Kos. Es el sonido de los carteristas y los niños con cuchillos en la mano, a la espera de sus objetivos. Es el sonido de las personas sin hogar, recién convertidas en *aki*, que planean desesperadamente cómo robar su próxima comida. Es el sonido de los vendedores de periódicos que comparan rutas a través de la ciudad, cómo ir de una *dahia* a la siguiente lo más rápido posible, cuáles callejones son buenos y cuáles no, dónde estar atentos a los guardias de Palacio. Es el ruido de la parte de la ciudad que vive en las sombras. Para mí, es el murmullo de una ciudad respirando. Es el sonido del hogar. No sé lo que dicen los chicos que descansan junto a la pared de ese edificio vacío, pero los entiendo por completo.

Hay quizás ocho de ellos, si mi cálculo sobre cuántos están ocultos en las sombras es correcto. El chico que seguí ya se ha ido. Todos éstos usan sacos similares, como un uniforme. Algunos a rayas, otros de colores plenos. Algunos llevan brazaletes arriba y abajo de una de sus muñecas, mientras que otros están cubiertos por marcas de pecado. Sus pantalones se ondulan, ceñidos a los tobillos, y algunos tienen una pernera de pantalón enrollada hasta sus pantorrillas. No todos, y me pregunto si es una cuestión de rango, si esa altura significa que eres el jefe o algo así, pero no veo un orden en ello. Todos me miran pero no mueven un músculo. Estoy seguro de que me están midiendo en sus cabezas, tratando de descifrarme, para ver si puedo ser uno de ellos. Éstos deben ser los *Onija* de los que Juba me advirtió, los que luchan porque quieren. Puedo verlo en la forma arrogante en que se mueven. Cualquiera que luche contra las *inisisa* por diversión debe contener un cierto nivel de arrogancia.

Se visten de manera tan diferente a los *aki* en casa, pero conozco su apariencia. Sé por qué me están evaluando de esta manera. Lo sé porque yo solía hacerlo todo el tiempo con los nuevos *aki*. Llegaban a nosotros, solos, después de haber deambulado durante algunas semanas o tal vez más, buscando comida por sí mismos, y los evaluaba para ver si tenían lo necesario para hacer el tipo de trabajo que nosotros hacíamos. O la tía Nawal o la tía Sania nos traían nuevos huérfanos del *marayu* y los ponían a nuestro cuidado cuando sus números superaban el orfanato. Y yo hacía lo mismo: tomaba sus medidas. Y también me aseguraba de que me vieran hacerlo, porque eso era parte de la prueba.

Las hienas gruñen desde las sombras. Sólo después de escucharlas veo sus ojos brillando en la oscuridad. Ese mismo rayo que pulsa debajo de su piel es el que he visto en los otros animales que vagan por el pueblo.

Me aseguro de caminar erguido. El *Onija* más alto se separa de la pared y charla con algunos de los otros. Se mueve como si estuviera hecho de goma, balanceándose y ocasionalmente pateando la tierra con los dedos de sus pies. Y siempre está sonriendo. Entrecierro los ojos y me doy cuenta de que lo reconozco. Estaba en la pelea donde el pequeño *tastahlik* casi rompe su piedra con ese oso del pecado.

Uno de ellos saca un frasco de su cinturón y lo abre. Al instante, puedo decir de dónde venía ese olor de antes. Es esa *lahala* que están bebiendo. Casi vomito. Quiero bloquear el hedor con mis manos, pero logro mantener mi reacción en un estremecimiento. No voy a permitir que piensen que no puedo manejar este tipo de cosas. Eso envía fuego por mi nariz sólo por encontrarme cerca, pero no voy a romperme. Tendrán que esforzarse más.

—Eh, ¿quién es este *olodo*?

Entrecierro los ojos en la oscuridad, y el *tastahlik* que vi pelear da un paso adelante. Todavía viste aquella camisa rota con manchas de sangre seca, y debajo de las tiras de tela, vendas blancas envueltas alrededor de su torso y pecho. Tiene un frasco en la mano y, mientras camina, toma un par de enormes tragos.

—*Eh-eh*, ¿qué estás haciendo aquí? —se acerca. Es tan bajo que tiene que estirar el cuello para verme.

Me aseguro de no moverme en absoluto.

Me mira de arriba abajo mientras camina en un círculo alrededor de mí.

—Abeo, ¿quién lo trajo aquí? —levanta una ceja hacia el alto, el que se mueve como el trigo evitando la guadaña. El pequeño toma su lugar contra la pared donde el alto estaba antes. El hedor casi me abruma. El chico se balancea con él, moviéndose como agua en un vaso. Empiezo a sentirme mareado.

Abeo lanza su brazo alrededor de mi cuello.

—No te preocupes. Éste —me da un golpe fuerte en el pecho—, éste es fuerte. Ya viste cómo venció a esa bestia por ti, Wale.

Wale mira a Abeo, luego a mí.

—¿Fuerte? Ni siquiera es capaz de soportar el olor del jugo de *stagga*. Apuesto a que sigue mamando la leche de su madre.

Me libero del agarre de Abeo y, antes de que me dé cuenta, tengo a Wale clavado contra la pared. Su frasco cuelga lánguido entre sus manos. Mi rostro está tan cerca que su aliento caliente se esparce sobre mí. Mis manos tuercen su camisa. Casi lo levanto.

—¿Qué tal si te hago beber ese frasco?

126

Wale muestra una sonrisa burlona. Todo el mundo guarda silencio.

Entonces alguien me da un tirón hacia atrás, me estrellan contra la pared y Wale ya está detrás de mí; mi brazo está torcido tan alto en mi espalda que grito.

¿Cómo lo hizo…?

La ira desgarra mi interior. Hago un movimiento con mi muñeca y me libero de su agarre, me giro e intento golpearlo con el codo, pero él lo atrapa y, de alguna manera, ya estoy en el aire. Aterrizo con fuerza sobre mi espalda, mirando al cielo.

La multitud estalla en un grito de alegría, y algunos de los *tastahlik* mayores y más altos se reúnen alrededor de Wale. Uno de ellos empuja un frasco en sus manos, y éste toma tres tragos tan largos que parece que seguirán por siempre. El jugo de *stagga* corre como un río por el costado de su boca, pero él apenas parpadea. Termina de beber y tose, y casi me lo imagino respirando fuego. Los otros rugen y le dan una palmada en la espalda.

—Creo que es un nuevo récord —dice una de las mujeres *tastahlik,* que se ve de cabeza desde donde estoy.

Una mano aparece delante de mí. Levanto la mirada y me encuentro justo enfrente del rostro de Abeo.

Agarro su mano, mientras una parte de mí está tensa pensando que todo esto no es más que un truco que me va a poner sobre mi trasero una vez más, pero él me empuja hacia arriba y luego comienza a quitarme el polvo de la ropa.

—No está mal —murmura Abeo, aunque suena muy poco impresionado—. Creo que eso los pone a mano.

El dolor envuelve mi torso.

—¿Qué quieres decir?

—Interrumpiste su espectáculo.

—¿Su espectáculo?

Abeo retrocede y mira su obra como si nunca hubiera escuchado mi pregunta. Luego asiente, satisfecho. Al parecer, he sido limpiado lo suficiente.

Los otros se desprenden de la pared y comienzan a deslizarse en la misma dirección.

—¿Adónde van? —pregunto. Todavía duele hablar.

—Vamos a comer. Verlos nos quitó mucha energía —me golpea las costillas con el codo y casi me hace caer de rodillas. Luego se marcha corriendo.

—¡Espera!

Se gira, sin dejar de correr.

—¿Qué significa "*olodo*"?

Abeo sonríe de mejilla a mejilla.

—*Olodo* es "alguien que posee ceros" —dada la confusión plasmada en mi rostro, añade—: Alguien que sólo sabe perder.

Capítulo 16

Muchos de los refugiados han sido trasladados a descansar en el campamento a las afueras de la aldea, pero en ella quedan unos pocos. Me están doliendo las costillas y sé que lo mejor será que abandone la pelea por ahora, si es que puedo llamarla de esta manera. Así es como acabo en la tienda de los enfermos.

La pequeña niña que estaba frente a la multitud de refugiados cuando llegaron aquí, con el arma en sus manos, lista para derribarme, tiene todo el lugar para ella sola.

Me siento junto a su cama y veo su pecho subir y bajar con cada respiración. El sudor brilla en su frente. Le han puesto un vestido blanco hecho de material liviano y áspero para mantenerla fresca.

Parece tan pequeña y enferma en esa cama, y me pregunto por todo lo que ha tenido que pasar para llegar aquí. ¿A qué sobrevivió para completar su viaje? ¿Con qué tuvo que pelear? ¿O matar? Recuerdo cuando era un niño en Kos, cuando tenía que mentir y robar y luchar hasta que los Magos me encontraron y me pusieron a su servicio, cuando tuve que Devorar pecados para vivir. ¿Dónde están sus padres?

Conozco este sentimiento. Es culpa, mi propia culpa, por no querer volver.

Recuerdo las palabras de Juba acerca de los *tastahlik* y de los *Larada* y de cómo estamos destinados a eliminar las marcas de las almas, y cierro los ojos y trato de apaciguar mi corazón. Mi respiración se vuelve más lenta. Llevo las manos a mi pecho y siento que el pecado sube por mi garganta.

Abro la boca, y el pecado de tinta salta al suelo. Toma la forma de un águila pequeña, de garras afiladas. Sentado sobre mis rodillas, puedo verme a los ojos con eso. Agita sus alas unas cuantas veces para volver a volar, luego dibuja un rápido circuito en el aire antes de aterrizar nuevamente frente a mí. Nos miramos el uno a la otra. Puedo ver el pecado dentro de la *inisisa*. Mi egoísmo. Se mueve en las sombras que ondulan entre sus plumas.

Devorarla no sería un problema. Pero eso no es lo que necesito.

Cierro los ojos y vacío mi mente de pensamiento.

—Lo siento —susurro.

Mi mano se acerca al águila y toca su cabeza, como vi a Juba hacer con el pecado del niño.

Lentamente al principio, luego con mayor velocidad, sus sombras se desprenden, como si estuviera siendo bañada en luz.

Cuando se revelan sus verdaderos colores, su piel brilla; sus plumas están en llamas. Me siento más ligero.

Una voz suena en mi cuerpo, pero no se siente como una voz. Sé que alguien, algo, me está hablando. Está tocando mi corazón, pinchándolo y presionándolo y acariciándolo.

El Innominado…

Esto es el perdón. Es el pecado y la culpa diluyéndose.

—Lo hiciste —alguien murmura detrás de mí.

Aliya se apoya en su bastón, luce cansada, sus ojos apenas logran mantenerse abiertos. Pero ella está mirando el águila, sosteniendo su mirada.

Mi corazón martilla en mi pecho. Me recompongo, trago algunas respiraciones pesadas y luego trato de volver a ese lugar. Pongo mi mano en la frente del águila y cierro los ojos.

Puedo sentir cómo cada vez se vuelve más cálida. Más cálida. Como la luz que pulsa debajo de su piel. Y sé que es sólo cuestión de tiempo antes de que se convierta en un destello de luz como la *inisisa* que Juba limpió. Trato de mantener mi atención. Presiono mi palma un poco más fuerte en sus plumas.

Abro los ojos para permitirme echar un vistazo, y encuentro que el águila todavía está parada allí con todo su color, mirándome a través de mis dedos.

Salta atrás, fuera de mi alcance, y casi caigo hacia delante. Me controlo justo a tiempo; luego, con unas cuantas batidas de sus alas, el águila salta sobre mi hombro y pasa por encima de Aliya a través de la puerta de la tienda y sale al cielo de la aldea.

Dejo escapar un suspiro. Todavía está aquí. No se volvió luz. No la limpié.

Quería ser un Sanador. Juba siempre dice la palabra *"Larada"* con tanto orgullo que yo quería ser parte de eso. Ésa debe ser la razón por la que esto duele tanto.

Estoy de rodillas, mirando mis manos, cuando Aliya se postra a mi lado. Se pone rígida para conseguir llegar al suelo, pero finalmente se acomoda y coloca su bastón a un lado. Cierra los ojos y apoya la cabeza en mi hombro.

—¿Taj? —pregunta suavemente.

Me armo de valor, temo que ella vuelva a hablar de Kos. Acerca del deber y el Equilibrio y regresar para arreglar las cosas.

—¿Puedo mostrarte algo?

Asiento con la cabeza.

Ella comienza a temblar y retira su cabeza de mi hombro. La observo mientras sujeta su brazo tembloroso y cierra los ojos; quiere que su cuerpo se tranquilice.

—Aliya —le digo en voz baja.

Rasguños y marcas cubren sus brazos. Cuando me ve mirándolos, se abraza el torso con ellos y los oculta bajo las mangas de su túnica.

—Ven a pasear conmigo.

Sonrío.

—Puedo hacer eso.

El camino comienza en el borde del pueblo y serpentea a través de una llanura baja e inclinada. Aquí, el borde del cuenco no es tan empinado. Casi se siente como si estuviera caminando por un sendero recto y nivelado, pero en algún momento me vuelvo y veo la aldea pequeña y tranquila debajo de nosotros. Aliya lidera el camino, haciendo un progreso lento pero constante con su bastón. Después de un tiempo, la hierba reemplaza la tierra. Miro alrededor. Nunca había visto esto antes. La línea entre el desierto y la vegetación es tan abrupta que cuando la alcanzamos, cruzo un par de veces sobre ella para asegurarme de que es real. Sin embargo, a medida que continúo, el verde se profundiza y se extiende en todas direcciones.

Delante, no muy lejos, se levanta una pequeña choza. Parece que hubiera sido hecha de cosas que no provienen de esta tierra. Los edificios en el pueblo son en gran parte de barro y piedra con algo de madera, mientras que la estructura que se encuentra ahora frente a mí es una combinación de madera y ladrillo. Es una casa simple con un techo de tejas y un camino que conduce a ella, forrado de flores. Brotan en racimos, en grupos cuidadosamente dispuestos de oro y púrpura claro y rojo. Todo acerca de esta casa y la tierra en que se encuentra se siente imposible.

Llegamos a la entrada, y justo cuando Aliya alcanza la perilla de la puerta, pongo mi mano sobre la de ella.

—¿De quién es esta casa? —pregunto—. ¿Qué estamos haciendo aquí?

—Confía en mí —Aliya empuja la puerta principal y la sigo.

El lugar está escasamente amueblado. Una o dos sillas hechas de madera, un escritorio y eso es todo. Los libros forman una pirámide contra una pared. Sobre el escritorio hay una pila de pergaminos; algunos de los papeles han caído al piso. No tengo una daga conmigo, o un arma, en realidad. Pero trato de abarcar la mayor cantidad de espacio posible en mi espectro de visión. Mis costillas aún palpitan por la forma en que Wale me estrelló.

Aliya me lleva a través de la sala hasta una habitación más pequeña, que parece un estudio, luego se encorva sobre un escritorio y busca en los gabinetes.

—Aliya, ¿qué estás haciendo? Ésas son las cosas de alguien.

—¡Exactamente! —dice ella, girándose hacia mí. Señala los libros enrollados y apilados uno encima del otro en los estantes que se alinean en la habitación. Luego, hace un gesto hacia los libros en el suelo, algunos de ellos desenrollados, textos inconexos y carentes de sentido—. Éstas son las cosas de alguien. ¡Y estuvieron aquí recientemente! —levanta uno de los libros de la mesa y lo apunta hacia mí—. Mira, ecuaciones.

Pongo la cosa frente a mi vista y la giro. Las mismas tonterías de las que Aliya se la pasa hablando. Algoritmos y pruebas. Números y letras, sólo *lahala* para mí.

—Éste es el trabajo de un Mago. Un *kanselo*.

De repente, entiendo a lo que Aliya quiere llegar.

—No sabemos lo que es. Juba dice que hacen ecuaciones y todas esas otras cosas aquí también. Es uno de sus lenguajes —miro el desorden que ella hizo—. ¿Has estado aquí antes? —no responde—. ¿Has estado tomando cosas de aquí?

—Al principio, sólo encontré este lugar porque necesitaba practicar la caminata. Mi... mi enfermedad lo ha hecho difícil a ratos. Mientras tú salías a hacer todo lo que estabas haciendo, encontré este lugar y vi estas ecuaciones avanzadas, así que las llevé de vuelta a nuestra habitación.

—Aliya, estás robando a nuestros anfitriones.

—Quienquiera que sea este Mago, ¡ellos no pertenecen a esta tribu! —grita tan fuerte que me calla—. Éstos son de Kos. Taj... el padre de Arzu era un Mago.

—¿Y crees que éste es su lugar? ¿Tan lejos? ¿Donde nadie puede encontrarlo?

—Donde nadie puede *molestarlo*.

—Suena muy parecido a ti —resoplo.

Miro alrededor de la habitación. Tantas piezas apuntan a que Aliya tiene razón.

—No podemos decirle a Arzu sobre esto... aún no.

—¿Por qué no?

En mi mente, veo el rostro de Arzu cuando mira a Juba y la forma en que éste se ilumina todavía más en el momento en que Juba le regresa la mirada. Veo lo feliz y contenta que se muestra Arzu de estar aquí, de estar en casa. ¿Por qué perturbaría ese lago? Lucho por encontrar una manera de decirle a Aliya lo que significa tener esperanzas por algo, desearlo con todo tu corazón, y luego darte cuenta de que el sueño nunca se hará realidad. ¿Qué ha perdido ella alguna vez?

—Primero vamos a averiguar qué es esto —me vuelvo hacia el escritorio y alcanzo el pergamino. El dolor se dispara a través de mis costillas, y casi me doblo. Esa pelea me quitó más de lo que pensé. Aliya me lanza una mirada inquisitiva. Y ahora me toca a mí decir—: Estoy bien —y desestimar esto de una manera poco convincente—. Pero no robemos esta vez.

Salimos y cerramos la puerta detrás de nosotros, y siento a Abeo antes de que consiga verlo. Me giro y él se despega de las sombras frente al edificio. Con las manos en los bolsillos de sus pantalones, se balancea de un lado a otro como si hubiera estado bebiendo *stagga*.

—¡Eh! Taj, no me dijiste que tenías una compañera de corazón. ¡Chai! —da vueltas alrededor de nosotros, dedicándole miradas lascivas a Aliya, y quiero romper su mandíbula sólo por eso. Debe haber estado escuchando. ¿De qué otra forma podría haber sabido mi nombre?—. Vamos, *gal*. Dime tu nombre.

Aliya lo mira fijamente, luego me mira.

Abeo resopla una risa.

—No me dejan ser parte del comité de bienvenida, y por mi vida que no sé por qué.

—Abeo, ésta es Aliya. Mi amiga, no mi compañera de corazón —digo.

—Un placer conocerte —dice Aliya, pero puedo ver en sus ojos que está mintiendo.

—¡El placer es mío! De todos modos, ya tengo que irme —se da la vuelta y se dirige hacia el pueblo—. ¡Taj! —grita por encima de su hombro—. Cuando tu *amiga* te dé permiso, ven a comer con nosotros.

Aliya espera hasta que esté fuera del alcance del oído antes de darme un codazo. En las costillas.

—Taj, ¿quién era ése?

—Abeo. Él es... —lucho por respirar— es *Onija*—me enderezo, luego me arrastro hacia delante. Aliya abre la boca para hablar, pero la interrumpo—. Voy a regresar. ¿Tú te quedarás aquí un rato?

—Sí —responde—, sólo un poco más.

—Está bien. Ten cuidado.

Cuando vuelvo a la aldea, me pregunto si Abeo alguna vez trató de ser un Sanador. Si en algún momento intentó limpiar una *inisisa* y convertirla en una bestia hecha de luz, pero abrió los ojos para encontrarse con la cosa, su fracaso, mirándolo fijamente. Me pregunto si tiene dentro de sí la misma ira que yo estoy cargando siempre. Esa ira que parece imposible de abandonar. Me pregunto si las peleas, las batallas, o "espectáculos", como ellos las llaman, ayudan con eso. Seguro que sería agradable encontrar algo que tuviera permiso para golpear.

Cuando miro detrás, no veo a Aliya. Parte de mí se preocupa por ella, dada la condición en que se encuentra, no puede defenderse, pero otra parte de mí se siente aliviada: sin ella cerca para recordarme el pasado, a Kos, no siento la frustración arrastrándose como un enjambre de hormigas bajo mi piel. No me siento culpable.

Así que no me tortura ir detrás de Abeo, seguirlo hasta el lugar donde los combatientes se reúnen.

Capítulo 17

Para cuando encuentro el camino hasta donde el pequeño Wale me dejó tendido, el sol ya palidece. Está tranquilo aquí. Unos pocos animales se escabullen por los callejones, pero parece que ya nadie vive en este lugar. Después de vagar un poco por ahí, escucho el parloteo. Y la risa.

En esta parte de la aldea hay más sombras. El lugar donde todos se encuentran reunidos tiene una cortina de cuentas, y no puedo ver lo que hay del otro lado hasta que entro. Me toma un poco de tiempo ajustar mis ojos, de manera que los oigo antes de verlos. Allí están, descansando en un rincón alejado de la habitación, sobre cojines, con platos de fruta y cuencos de *chin-chin* dispersos. Tienen esa misma indolencia fingida hacia ellos, sus pies se apoyan sobre cojines apilados o extendidos a lo largo del suelo. Veo a Wale allí, riendo con algunos de los otros por una historia que alguien más está contando.

Abeo se da cuenta de que estoy ahí.

—¡Eh! Chicos, creo que olfateó su camino hasta aquí.

Uno de los otros, con algunas trenzas grises enroscadas en su cabello negro, ladra una carcajada.

—Abeo, ¿su nariz funciona todavía, después de haber tenido que respirar el aliento de Wale? ¿O se estropeó en la pelea?

—Mi nariz funciona bien —digo.

Se detienen por un segundo, luego se echan a reír, y Abeo me llama para que me una a ellos. Cuando encuentro un espacio, me ofrece un cuenco con melón cortado en rebanadas.

—Comenzarás con comida blanda —dice—. Wale te golpeó bastante fuerte —mira al *Onija* con el gris mezclado en su cabello negro—. Ignora a Lanre, nunca aprendió buenos modales.

Tengo que tomarme mi tiempo para sentarme. Mis costillas siguen ardiendo. Dejo escapar un suspiro cuando me instalo, luego levanto unas rebanadas de melón del cuenco y las meto en mi boca. El jugo me proporciona tanto alivio que, por instinto, cierro los ojos. Se siente como imagino debe sentirse comer después de un día de ayuno.

—¡Ah-ah! —grita Abeo—. ¿Estás haciendo el amor con el melón o qué?

Los otros gritan y ruedan sobre sus espaldas o sus costados.

—Me duele, ¡oh! —grita una de las *tastahlik*, hay lágrimas en sus ojos por tanto reír.

—¡Tranquila, Folami! —grita Lanre—. ¡Antes de que tumbes nuestros platos!

De repente siento una punzada de nostalgia. Una oleada de culpa me invade, y trago saliva, forzando el nudo en mi garganta.

Me siento y recojo más trozos de melón, luego tomo un poco de *chin-chin* de otros cuencos mientras los escucho hablar sobre la aldea y sobre la vida, y bromear sobre todas las cosas antiguas. Su bravura, su arrogancia, la forma en que siempre parecen estar listos para atacar, incluso mientras se relajan...

Es como sentarse en un círculo lleno de otros Taj.

Esto no es lo que esperaba cuando Juba me habló de los *tastahlik* y cómo tuvieron que separarse de la familia. O cuando ella parecía advertirme que me alejara de los *Onija* como si fueran el tipo equivocado de Devoradores de pecado.

—Te ves confundido —dice Abeo.

—Yo sólo… —sacudo la cabeza—. Cuando Juba me habló de ustedes, de los *Onija*, bueno, esto no es lo que imaginé.

Abeo mira a su alrededor y ríe.

—¿Qué quieres decir?

—No lo sé. Tal vez pensé que serían diferentes. Más serios, supongo.

Abeo arquea una ceja.

—Hay algunos *tastahlik* aquí y en otras tribus del oeste que son así. Tienen el ceño fruncido todo el tiempo y, a veces, incluso viven separados de sus comunidades. Cuando sus tribus migran, ellos se quedan en su propia caravana separada. Pero no todos los *tastahlik* son de esa manera: a algunos nos gusta divertirnos. La vida es demasiado corta. Y cuando puedes hacer lo que nosotros hacemos, se vuelve aún más corta.

—¿Y entonces pelean contra las *inisisa* por diversión? —la idea suena aún más absurda cuando la digo en voz alta.

—Nosotros también las controlamos, así que nunca se nos salen de las manos en realidad —se encoge de hombros—. Al final, nosotros decidimos cuándo y cómo termina. Pero se vuelve aburrido si sólo vas caminando por ahí invocando y Devorando pecados, invocando y Devorando pecados —sonríe tan ampliamente que su rostro se parte en dos—. Cualquier cosa puede ser un deporte si lo permites.

Suena ridículo, pero ya puedo sentir que me están arrastrando. Estoy intrigado.

—¿Y usan dagas?

—Utilizamos todo tipo de cosas —se incorpora—. Ven conmigo. Te mostraré.

Los otros observan mientras Abeo me guía por un pasillo hacia la parte posterior de la habitación, y luego descendemos por un tramo de escaleras de piedra.

—Ten cuidado. No hay luz aquí abajo, ni siquiera en el día. Pero al final, subes y bajas tantas veces esta escalera que terminas por hacerlo con los ojos cerrados.

Nuestros pasos resuenan cada vez más fuerte a medida que avanzamos, luego escucho el crujido de una puerta que se abre.

Nos encontramos sumidos en completa oscuridad. Ni siquiera puedo distinguir las formas.

—¿Dónde estamos?

—En el cuarto de armas —Abeo se para en la puerta—. Sigue. Tus ojos se adaptarán. Aquí es donde guardamos todo.

Entro y puedo escuchar metales y piedras sonando suavemente juntos. Casi como si soplara el viento entre ellos. La puerta se cierra detrás de mí.

Avanzo. El traqueteo vuelve a sonar.

¿Pero cómo? No hay viento.

—¿Abeo? —siseo—. ¿Abeo? —y entonces, más fuerte—. ¡Abeo! —me apresuro hacia donde recuerdo que estaba la puerta y busco una manija o una perilla. ¡Cualquier cosa! Pero nada. Sólo madera maciza. Estoy azotando la puerta cuando escucho un largo gruñido detrás de mí—. ¡Abeo, abre la puerta! —nada—. ¡Esto no es gracioso!

El gruñido se hace más fuerte.

Por el Innominado, me dejó atrapado aquí con una bestia del pecado.

Capítulo 18

La *inisisa* gruñe detrás de mí. Me giro y maldigo la oscuridad. No tengo forma de decir qué es o qué tan grande. Cuántos brazos tiene, cuántas uñas hay en cada garra, si tiene o no una cola. Ni siquiera sé qué tan grande es la habitación. Su gruñido se hace más intenso, luego se detiene, y puedo escuchar cómo olfatea. Despacio, me muevo a lo largo de la pared donde está la puerta; tal vez así pueda calcular qué tan ancha es la habitación. El suelo se siente frío bajo mis pies. Mis manos tocan algo frío y suave que corre por las paredes: metal. Hace un sonido vibrante y trémulo mientras lo rozo. Luego oigo el rebote de la madera contra las piedras, y pienso en el bastón de Wale y recuerdo que ésta es la sala de armas.

Una ráfaga de viento señala el ataque de la bestia, y me hundo hacia el suelo. Siento que la parte inferior de la bestia del pecado se desliza sobre mí mientras me arrastro. Se golpea en la puerta y me pongo en pie, retrocedo rápidamente para poder saber hasta dónde se extiende la habitación hacia el otro lado.

La bestia del pecado gira. Oigo rasguños a lo largo del suelo de piedra. ¿Garras? ¿Una cola? Luego pequeños golpes a medida que avanza. Definitivamente son garras.

Se abalanza, y salto hacia un lado. El impacto de la pared me sacude. Bordes de metal me pinchan debajo de la camisa. Busco a tientas para tratar de sacar algo de las paredes y me encuentro sólo con cadenas. Antes de que pueda sacar un arma, algo se balancea hacia mí y levanto mi brazo justo a tiempo para proteger mi rostro de lo que creo que es la pata de la bestia. Me lanza a través de la habitación. Aterrizo con un ruido sordo. Cuando intento ponerme en pie, el dolor me apuñala el vientre y me desplomo. No tuve tiempo de sanar adecuadamente tras la pelea con Wale.

Mis ojos comienzan a ajustarse un poco, y veo la forma de algo que oscila frente a mí, otra pata. Me agacho justo a tiempo, luego trato de apartarme del camino y una de las piernas de esta cosa me roza. Me ataca de nuevo, me atrapa y me golpea contra la pared. Los bordes afilados penetran en mi piel. Cuelgo un segundo antes de desprenderme. No puedo verla, pero puedo sentir la sangre que gotea por la parte delantera de mi camisa. No soy lo suficientemente rápido para vencer a esta cosa. Me aferro de la pared otra vez e intento arrancar algo, luego siento que toda la bestia del pecado se estrella contra mí. Me tira de los pies y, cuando aterrizo en el suelo, cae encima de mí. En mis manos hay una maraña de cadenas. Ambas patas delanteras están aplastando mi pecho, y lucho por respirar. La cola de la cosa se sacude de pared a pared, golpeando contra las armas y enviando algunas al suelo con estrépito. Su rostro se inclina, se acerca cada vez más al mío. Todavía no consigo respirar y siento que mi cabeza está a punto de explotar. Estoy empezando a marearme. Mis brazos se niegan a moverse.

Me va a comer.

Justo cuando sus mandíbulas están a punto de romperme el cuello, levanto un brazo para atraparla y grito de dolor. Quema donde me muerde. Lágrimas corren por mi rostro. Sacude la cabeza con mi brazo atrapado entre sus dientes. Mi brazo está empezando a entumecerse. Con toda mi fuerza levanto una pierna y golpeo a la bestia en el pecho. Se tropieza, y me libero. Agarro las cadenas con ambas manos y las lanzo por encima de su cabeza para que giren un par de veces, luego las aprieto con potencia. Trato de mover mis dedos. Mi corazón golpea en mi pecho. Estoy perdiendo energía.

La sangre se escapa de mi boca, y mi brazo está mojado y brillante. No puedo alcanzar la cara de la bestia para tratar de controlarla, así que sostengo las cadenas rápidamente y jalo, incluso cuando la *inisisa* se inclina sobre mí y presiona sus patas. Círculos de luz, como monedas, aparecen frente a mis ojos.

Pero tiro y tiro y tiro hasta que escucho un chasquido, luego todo el animal se relaja y cae sobre mí.

No me puedo mover. Recupero el aliento, pero no me puedo mover.

Por un rato, permanezco completamente inmóvil, cubierto de sudor y sangre. La *inisisa* se disuelve en un charco que se acumula a mis lados. Cierro los ojos y espero al pecado; en comparación con la pelea, Devorar es como beber leche y comer *chin-chin*.

Intento girarme hacia un lado porque sé que no podré levantarme en un solo intento. Me levanto sobre una rodilla y estoy resoplando tan fuerte que puedo escuchar los jadeos en mi pecho. Estoy bastante seguro de que al menos algunas cosas importantes están rotas.

No me importa estar cerca de la muerte. Voy a encontrar suficiente energía en mí para matar a Abeo dos veces.

La luz se derrama en la habitación. Ni siquiera escuché el crujido de la puerta al abrirse.

Hay alguien parado en el marco, sosteniendo una lámpara.

Me arrastro por el suelo y ni siquiera me doy cuenta de que todavía estoy sujetando las cadenas hasta que las oigo raspar contra el suelo. Un sonido extraño, ahogado, se abre paso, y esto me hace preguntarme si tal vez algo en mis oídos se habrá dañado. Me acerco más. Mi visión se está difuminando.

Veo una sola figura parada en la puerta. Alta, mueve las manos juntas. Es Abeo. Ese lamejoyas está aplaudiendo.

Estoy envuelto en tantos vendajes que cuando despierto es un milagro que consiga moverme. Me siento feliz de estar vivo, pero todo duele y sólo quiero cerrar los ojos de nuevo. Lo recuerdo todo con claridad: la lucha, el miedo, la forma en que mi cuerpo se movía de cualquier manera, absoluto instinto, nada de pensamiento, y luego el orgullo estalla en mi pecho al recordar que rompí el cuello de esa cosa. Mirando hacia atrás me doy cuenta de que aunque mi mente estaba vacía de todo pensamiento consciente, las emociones se amotinaban dentro de mí. Y ahora que estoy aquí acostado, es como si también me estuviera mirando desde el techo y pudiera ver a través de mi propio pecho, mi propia piel y mis huesos, cómo los sentimientos se arremolinan en mi interior: el corazón acelerado por el miedo, la ira contra la *inisisa*, la furia contra Abeo, la satisfacción por haber ganado y la culpa residual por el pecado que tuve que consumir después de la pelea. Sé que la culpa no es mía, que le pertenece a quien alguna vez engendró ese pecado, pero eso no vuelve más fácil echarla abajo.

144

Miro por el rabillo del ojo y veo que Juba está sentada junto a mi cama. Miro más allá de ella y me encuentro a Arzu, con los brazos cruzados, parada cerca de la entrada; me está frunciendo el ceño. La expresión de Juba es un poco más amable, pero hay acero en ella de cualquier manera.

—Los *Onija* te hicieron esto —dice Juba, mirándome.

No está equivocada: Abeo me atrapó en una habitación con una bestia del pecado asesina que dijo que podía controlar, y permitió que estuviera a punto de matarme. Pero quiero contarle sobre sentarse con los *Onija* y comer melones y *chinchin*, cómo nos reímos y bromeamos y cómo, por primera vez desde que llegué a este lugar, sentí que había encontrado a mi gente. Pero me doy cuenta, justo cuando estoy a punto de decir esas cosas, que sólo la enojarían. Entonces, vuelvo la vista hacia el techo. Hay máscaras colgando de él. Máscaras con *inisisa* talladas en la madera. Máscaras pintadas con rayas de colores azul y rojo. Máscaras que nadie parece portar.

—Ellos han deshonrado a nuestra tribu.

La miro y me doy cuenta de que está temblando de furia. No sé qué decir.

—Tratar de esta manera a un huésped, a un refugiado, cuando sólo busca cobijo.

—Se suponía que era un juego —digo.

—¡Casi mueres! —grita Arzu. Se aleja de la pared, pero todavía se encuentra a media docena de pasos de la cama—. Se necesitaron varios *Larada* para atenderte. Taj, ¿cómo pudiste?

Ella está lista para decir más, pero Juba levanta una mano para detenerla. Su furia se ha enfriado. Juba se yergue en toda su altura. Una parte de mí se preocupa de que pueda recibir un castigo por esto.

—Está decidido entonces. He dejado pasar esto por demasiado tiempo. Las peleas deben prohibirse. No habrá más *Onija*. En esta tribu, eres *Larada* o eres nada —dice en cambio.

He roto algo aquí. Sólo quería encontrar un lugar donde sintiera que pertenecía, y ahora quizás he hecho algo que no puede arreglarse.

Juba se vuelve hacia Arzu.

—Los Ancianos celebrarán un consejo urgente mañana para que yo pueda hacer el anuncio —me dispara una última mirada—. No dejaré que esto vuelva a suceder —espera en la entrada, luego se vuelve hacia mí otra vez—. Tu amiga, la erudita. Ella es valiosa para ti. A veces, cuando perdemos algo querido, tenemos la suficiente fortuna de recuperarlo —mira a Arzu, quien le regresa la mirada sin decir palabra. Agradecida—. Pero a veces ésa no es la voluntad de Olurun. Y a veces, cuando perdemos algo valioso, cuando quedamos reducidos a la mitad, nunca nos restauramos —me enfrenta de lleno—. Tu amiga está enferma, y no sé si es una enfermedad de la que uno sobrevive. Preocúpate por eso y no por toda esta… *lahala*, como tú la llamas —entonces se va, con su túnica flotando detrás de ella. Arzu me mira una última vez antes de seguirla.

146

Capítulo 19

—◆—

Apenas duermo en las horas que siguen, porque el dolor es demasiado intenso. Finalmente, consigo mover los brazos y hacer que mis piernas funcionen. Cuando intento levantarme de la cama, casi caigo de bruces, pero en el último instante me derrumbo sobre un banquillo. Un par de respiraciones pesadas después, ya estoy en pie. Si respiro de la manera correcta, el dolor se vuelve soportable. Una respiración suave me permite llegar hasta la entrada de la tienda. Necesito encontrar a Aliya.

Algunos animales se mueven en las primeras horas de la mañana. El sol aún no está lo suficientemente alto para perseguirlos en las sombras. Pero nadie está afuera todavía. Mis pasos son el único sonido que escucho. Luego, en un callejón entre dos chozas abandonadas, veo movimiento. Dos personas.

Algo brilla en la oscuridad. Monedas.

Me presiono contra una pared de madera; si estiro mi cuello por la esquina, puedo espiarlos.

—Ésa fue una grande —esa voz... Abeo—. ¿Qué hiciste para darme una bestia tan grande, eh? ¿Le robaste a tu madre? ¿Golpeaste a tu hermana? —suelta una risita. Más sonidos metálicos de monedas—. ¿Qué vas a comprar cuando llegue la próxima caravana?

—No lo recuerdo —es la voz de un niño. Puedo escuchar su pequeñez.

—Bueno, no lo gastes todo de una sola vez —luego, otra risita de Abeo. Me asomo por detrás de la pared y lo veo susurrar algo más en la oreja del niño. Me quito del camino justo cuando el niño sale del callejón y corre más allá de mí. La ceniza mancha su camisa harapienta. Corre descalzo por el laberinto de chozas y desaparece.

Lo observo correr.

El niño no es más alto que Omar cuando lo encontré por primera vez. Solo, en la cima de una cresta, sin sandalias en sus pies, con el rostro cubierto de mocos y su camisa convertida en un poco más que harapos mientras nos veía enterrar a un *aki*. Se convirtió en nuestro hermano pequeño rápidamente. Recuerdo su Día de la Daga, cuando le regalamos su propia arma, nos paramos en un círculo y lo vitoreamos mientras Sade lo cargaba sobre sus hombros.

Soy sacado de mis pensamientos cuando una mano pesada cae sobre mi hombro.

—*Eh-heh*, así que el guerrero se despierta —Abeo sonríe con esa tradicional sonrisa que le parte el rostro.

Me sacudo su mano de encima y doy un paso atrás.

—Intentaste que me mataran —digo, tratando de mantener la calma suficiente para sonar letal—. Debería cortarte la garganta aquí mismo por eso.

Abeo me examina, su mirada se demora un poco más en mi antebrazo vendado. Parece que se estremece, pero podría tratarse de un simple engaño de mis ojos. Si intentara pelear con él ahora, podría matarme fácilmente. Y lo sabe.

—Bueno, necesitábamos ver. Puedes pelear contra uno de nosotros, pero ¿qué tan bien puedes pelear contra una bestia del pecado? —se inclina hacia mí—. Tendremos un torneo pronto y me he dirigido a mi comité. Les gustaría verte pelear por nosotros.

Mi cuerpo me está gritando. Entre Wale y la *inisisa*, no sé cuánto más puede tomar mi recuperación. Y últimamente parece que todo lo que estoy haciendo es luchar. Espera, ¿ya sabe que Juba se reunirá pronto con los Ancianos? El instinto me mueve a advertirle, pero mantengo la boca cerrada. Esto es un asunto de la tribu. No es *mi* problema.

—No tienes que tomar ninguna decisión por ahora. Pero habrá muchas chicas guapas del campamento de refugiados observando —él está parado allí, con las manos recargadas en sus caderas, como si estuviera esperando un sí o un no en este preciso momento. Cuando no le respondo, Abeo sonríe, luego estira su espalda para que truene ruidosamente y deja escapar un bostezo—. Las echas de menos, ¿no es así? Las peleas. Devorar.

Bajo la mirada, me niego a contestar.

—Tú sabes lo que eres —se inclina más cerca y susurra sus palabras en mi oído—. Incluso mientras ellos intentan convertirte en algo que no eres —ríe—. Sé lo que somos. Juba piensa que somos de una manera, pero en realidad somos de otra —luego se marcha.

Me quedo allí un rato más, deseando que esté equivocado. La aldea comienza a despertar. Miro hacia atrás por el callejón. Las sombras se han calmado, pero puedo jurar que escucho algo gruñéndome allí. El impulso de combatirlo asciende en mi interior y lo aplasto. Éste es el pecado de la lujuria del que solían hablarme las tías cuando era un pequeño *aki* en el *marayu*. Luchas hasta que no sabes con qué más luchar, luego comienzas a buscar hasta que éste te consume.

Mis pensamientos son un amasijo tal en mi cabeza que ni siquiera noto a Aliya hasta que está prácticamente encima de mí.

—¡Taj! ¡Taj! —agita su bastón hacia mí. Su piel ha palidecido, se ha vuelto casi transparente.

—Aliya, ¿qué te está pasan…?

—¡Taj! ¡Ven! ¡Ven ahora! —sujeta mi brazo y me jala de un tirón, avanzando con su bastón. Su cojera ha empeorado, pero no disminuye la velocidad.

—¿Adónde vamos? —me las arreglo para decir más allá de mis dientes apretados. Ahora me doy cuenta de que es demasiado pronto para mí estar corriendo.

—¡A la casa! Hay algo que tengo que mostrarte —sus palabras tropiezan sobre sí mismas mientras salen de su boca.

—Aliya, más despacio. Por favor.

Se detiene y me mira fijamente.

—Taj, esto es importante.

Y no sé por qué, pero la forma en que lo dice es suficiente para que me quede callado todo el camino hasta la casa en la colina.

—Taj, creo que sé qué es todo esto —está parada en el estudio, en medio de un cementerio de libros desenrollados. Hace gestos a su alrededor—. Todo tiene sentido ahora. Es *iragide*. El arte de vincular.

—Aliya —digo, manteniendo mi voz suave—, ¿cuándo fue la última vez que dormiste?

Me mira como si acabara de preguntarle si es una lagartija.

—Taj, ¿no entiendes? Éste es el trabajo de un Mago. Quienesquiera que hayan estado aquí, eso era lo que estaban haciendo. ¡Taj, es el secreto!

—Aliya, ¿el secreto de qué?

—¡El secreto para salvar a Kos!

Por un momento, quedo en silencio. La ira y el dolor luchan dentro de mí. Cada vez que la veo, parece menos saludable.

—¡Taj! ¡Quienquiera que sea, está buscando la Ratio!

Eso me hace detenerme. La Ratio. La misma pieza de conocimiento que Karima está buscando. La clave para controlarlo todo. Pero... ¿qué está haciendo aquí? Las preguntas zumban dentro de mi cabeza. Camino sigilosamente más allá de ella.

—¡Taj! ¡Espera! ¡Él sigue vivo!

Me detengo en la puerta.

—¿Qué? —me vuelvo, y ella está parada allí con una nueva mirada en sus ojos. Suplicante.

—El padre de Arzu, todavía está vivo. Y está planeando algo —se acerca a mí—. Ésta no es una casa abandonada —dice en voz baja—. Alguien no se limitó a dejar todos estos libros aquí —recoge algunos del suelo—. Algunos de éstos son viejos, pero otros son nuevos. La tinta es fresca.

—Si se tratara de un Mago, ¿por qué no estudiaría este... *iragide* en la Gran Casa de las Ideas? ¿De regreso en Kos? —no puedo creer que esté considerando siquiera toda esta *lahala*, pero hay una honestidad en la mirada de Aliya de la que no puedo separarme. Y aunque no puedo entender lo que le está sucediendo, qué enfermedad se está apoderando de ella, la conozco mejor que nadie más en este lugar. Y ella confía en mí.

—Porque está prohibido. ¿Lo recuerdas? Era el poder que el Séptimo Profeta podía ejercer antes de que se volviera demasiado poderoso. Taj, si alguien más estaba aprendiendo a hacer lo que Ka Chike podía hacer… —sus ojos se abren ampliamente, y tan pronto como el pensamiento cruza su mente, me golpea. Quienesquiera que hayan aprendido cómo hacer lo que Ka Chike podía hacer… ellos gobernarían Kos.

—Se encontraría en un gran problema.

La voz suena detrás de mí. Doy media vuelta y me encuentro a un hombre tan alto que se levanta por encima de nosotros. Tiene una barba plateada unida en una larga y única trenza. Al igual que los otros Magos, sus ojos carecen de color, son como la piel que muda una serpiente. Sostiene un largo bastón apretado en sus manos como si fuera un arma.

Me vuelvo hacia Aliya y veo que la alegría brilla en su rostro. Luego volteo hacia el hombre cuyo cuerpo llena todo el marco de la puerta. Una pequeña sonrisa se dibuja en sus labios.

—Así que eres tú por el que todo mundo ha estado haciendo tanto alboroto —su voz es suave, apenas audible. Acerca su mano, con la palma hacia arriba. ¿Cuándo fue la última vez que alguien me saludó de esa manera?—. Mi nombre es Zaki.

Deslizo mi palma sobre la suya.

—Taj —digo lentamente.

—A ti y a los tuyos, Taj.

—A usted y a los suyos, Mago.

Él quita su mano y deja escapar un suspiro. Luego sus cejas se fruncen en una mueca.

—¡Y ahora, limpien todo este lío antes de que yo *pafuka* sus cabezas!

* * *

Después de que Zaki se asegura de que cada centímetro de su casa está impecable, da tumbos alrededor de la cocina, salpicando especias y hierbas frescas de su jardín en una olla hirviendo. Aliya y yo esperamos en la sala. Cada uno tenemos tapetes donde sentarnos, y sé que nos espera una buena comida. La puedo oler. De hecho, la casa es tan pequeña que estoy seguro de que la mitad de la aldea puede olerla.

Zaki regresa con cuencos de sopa humeante de *egusi* y un plato lleno de *fufu*.

—No estoy acostumbrado a cocinar para más que yo mismo, así que perdónenme si he juzgado mal las porciones. Me temo que pude haber cocinado demasiado.

Durante todo el tiempo, Aliya es incapaz de apartar los ojos de él. Como si todavía no estuviera segura de que está ahí en verdad. Casi espero que se acerque e intente tocar el dobladillo de su túnica.

Zaki cierra los ojos y murmura una rápida bendición sobre la comida antes de tomar su primera bola de *fufu*. Sigo el ejemplo, salvo por la oración.

—No existe tal cosa como demasiados *fufu* y *egusi* —digo, tanteando el terreno. No estoy seguro de dónde estoy parado con este hombre. Su rostro sigue siendo estoico, y no está claro lo que piensa de mí. No tengo idea de lo que piensa de Kos o de cuánto sabe acerca de lo que ha estado sucediendo. Así que, por supuesto, tengo que bromear.

Hay un incómodo instante de silencio antes de que Zaki suelte una carcajada. Aliya sonríe mientras intenta limpiar trozos de *fufu* de la boca con su muñeca.

Hago una bola de *fufu* en la palma de la mano, tomo un poco de sopa y luego meto la bola en mi boca. Está deliciosa.

—Entonces —digo después de que la bola de *fufu* resbala por mi garganta—, ¿usted es el padre de Arzu?

Aliya me da un codazo tan fuerte que casi me ahogo con la comida. La miro como si le dijera: *¿Para qué perder el tiempo?* Ella me lo agradecerá después.

Transcurre medio minuto antes de que Zaki sonría.

—Sí, lo soy —toma otra larga pausa, mirando hacia abajo, a su bastón—. Un día me encontré con su madre en el Foro. Ella había hallado trabajo como comerciante, y no sé por qué ni cómo, pero desde la primera vez que la vi, quedé impresionado. No, no impresionado. Perdí la cabeza —sonríe—. Ella era la persona más hermosa que había visto en toda mi vida. Y tan diferente a mí. Venía de fuera de Kos. Era como el mundo que había estado estudiando toda mi vida en *Ulo Amamihe*, la Gran Casa de las Ideas, y que cobraba vida frente a mí. Para estar más cerca de ella, hice que trabajara en Palacio. Una posición como sirvienta fue lo mejor que pude conseguir para ella sin despertar demasiadas sospechas. Arzu nació poco menos de un año después.

Frunzo el ceño.

—Ella no sabe que usted se encuentra aquí, ¿cierto?

Sacude la cabeza.

—Había estado en comunicación con los Magos en Kos después de mi expulsión, y había oído hablar de una joven y talentosa Maga que podía resolver pruebas que iban mucho más allá de su edad —mira a Aliya, y ella sonríe—. Habíamos estado planeando una rebelión durante años, pero nuestra intención era derrocar al rey Kolade y su jefe Mago, Izu. Luego me enteré de lo que Karima había hecho, y eso arruinó nuestros planes.

—Y entonces, ¿qué es todo esto? —pregunto, señalando hacia los libros y los pergaminos que ahora están ordenados en los escritorios y los estantes alrededor de su casa. Sé que sueno como un interrogador, pero una parte de mí no puede entender el hecho de que este hombre aún no haya saludado a su hija, que lo cree muerto. Intento imaginar cómo sería si volviera a ver a mamá y a baba. Si supiera con certeza que sobrevivieron al reinado de Karima, que todavía viven en la prisión que ella hizo de Kos. Me gustaría saberlo.

—*Iragide* —dice Zaki por fin—. El secreto para controlar. Es como tú controlas a las *inisisa*. Es la forma en que puedes convertirlas en nuevas armas —mira a Aliya—. Y así es como Karima controla a los *arashi*.

—¿Qué? —dejo caer al suelo la bola de *fufu* que acababa de recoger.

Zaki asiente.

—Así es. Ella puede controlar a los *arashi* que se ciernen sobre las *dahia* y mantienen toda la ciudad envuelta en una oscuridad permanente. Ella no ha aprendido todavía a enviarlos lejos, no puede alcanzarnos aquí. Pero los algebristas y los Magos están trabajando duro tratando de averiguar cómo conseguirlo.

—¿Cómo sabe usted todo esto?

—Los rebeldes me han informado de estas cosas.

—¿Y es eso lo que has estado haciendo todo este tiempo? —me dirijo ahora a Aliya—. ¿Lo que *tú* has estado tratando de averiguar? ¿Con todos esos garabatos?

Esta vez, es el turno de ella para hablar.

—Resolver la Ratio es la clave. Es lo que conecta la vida con el Infinito. Y es también lo que nos une a nosotros. Hasta ahora, nuestra comprensión ha sido incompleta, pero la Ratio desbloquea la capacidad de control.

—Es sólo un número —me burlo.

Zaki apunta hacia mí.

—Está escrita en el mundo que nos rodea. De hecho, está escrita en tu propia piel.

Sobresaltado, reviso mis brazos y el dorso de mis manos, siento mi cuello.

—¿En mis marcas de pecado?

Zaki entrecierra los ojos.

—¿Crees que aparecieron al azar? Existe un orden en cómo han sido escritas en tu cuerpo.

Recuerdo lo que me dijo Aliya la vez que nos conocimos, en casa de Zoe. Ella fue la primera persona en verme no como algo por lo que tuviera que pasar por encima, sino como algo que miraba con asombro. Dijo que había visto poemas en mis brazos. Ecuaciones.

—¿Como éstos? —pregunta Aliya, su voz es pequeña. Se enrolla las mangas de su túnica. Los moretes en sus brazos se han desvanecido y ahora revelan lo que me doy cuenta de que son letras y números. Casi me ahogo. Aliya tiene esa mirada en los ojos de quien está acostumbrada a llevar el dolor en silencio.

—¿Quién te hizo eso? —pregunto. Mi voz es débil.

—El Innominado —responde ella con una sonrisa, dejando que sus mangas vuelvan a caer sobre sus brazos.

El dolor invade mi corazón. No puedo soportar ver que esto le suceda a ella. Sea lo que sea, seguramente la está matando. Toda esta charla sobre la Ratio y salvar a Kos y la rebelión y el *iragide*. No puedo aguantar más.

Me pongo en pie de un salto.

Aliya se levanta.

—Taj, ¿adónde vas?

—Afuera —respondo. Y antes de que ella pueda decir algo más, me apresuro a salir.

Está oscuro. Hemos estado en casa de Zaki por horas. Pero a la distancia, al otro lado del pueblo, veo luces. Antorchas. Y escucho el zumbido nebuloso de la música. Alguien está tocando los tambores, otros están animando: hay una pelea en marcha.

Tan rápido como mis piernas me lo permiten, corro hacia ella.

Capítulo 20

Los espectadores rodean el foso al aire libre en las afueras de la aldea. El campamento de refugiados se encuentra lejos y ha comenzado a convertirse en una pequeña ciudad en sí misma. La gente aquí grita números, y las bolsas de monedas pasan de mano en mano. Hay demasiado ruido en la multitud. Y por todas partes, el olor a jugo de *stagga* hace que sienta ganas de vomitar.

Aliya me encuentra aquí, sobre el borde de la cresta que rodea el pueblo. Me preocupa que vaya a traer a Zaki o la Ratio o Kos, pero permanece en silencio y simplemente se queda cerca de mí y mira el foso. Ni siquiera parece que esté emitiendo un juicio sobre los *Onija* que deben estar preparándose para pelear, pero tampoco parece estar bien con todo esto. Incluso yo me siento incómodo. Se supone que Devorar no es de esta manera, lo sé, pero aun así, no puedo sacudirme la sensación de emoción que crece en mi vientre.

Parado no muy lejos de nosotros, rodeado por un grupo de *tastahlik*, está Abeo. No mira directo hacia mí pero sé que me ve. Y parece que esto lo hace feliz. Él tiene esta intensidad en sus ojos, incluso cuando se está riendo o sonriendo, como si fuera el tipo de hombre cuyo cerebro siempre está encendido.

Reconozco a una de las chicas, Folami, del día que estuve con los *Onija*. Ella se separa del grupo, sosteniendo su bastón con cuchillas en un puño.

—*¡Eh-heh!* —grita Abeo—. Una verdadera campeona da un paso adelante —se sienta en una pequeña roca—. ¿Cuántas para ti esta noche?

Ella levanta cuatro dedos, y varios en la multitud jadean.

La veo sonreír por encima del hombro antes de saltar al foso, donde aterriza suavemente sobre sus pies.

No hay expresión en su rostro. Cuando se yergue por completo en el foso, ni siquiera mira a la multitud. Puedo decir por su forma de pararse que su cuerpo está relajado. No hay tensión en ella. Tal vez su mente ya está vacía.

Ninguna emoción se registra en su rostro, ni siquiera cuando tres *inisisa* —un oso, un lince y un lobo del pecado— saltan sobre el borde del foso y aterrizan con un ruido sordo, levantando una enorme nube de polvo. Cuando se esparcen para rodearla, salta a su postura de lucha, con los pies separados, y con ambas manos sostiene su bastón. Un grifo se cierne por encima de ella, y bate sus alas, preparándose para hacer su descenso.

Todos esperamos. Nadie aplaude siguiendo un ritmo. Todos estamos completamente absortos. ¿Cómo puede alguien luchar contra cuatro *inisisa* a la vez?

El oso del pecado frente a ella se abalanza primero. Ella jala su bastón para que uno de sus extremos se encaje en la tierra. Lo usa como palanca, salta en el aire y vuela directamente por encima del oso. Se para sobre sus pies y hace girar su bastón para que las cuchillas silben en el aire. Atrapa la empuñadura con su mano libre y se desliza hasta detenerse. Todos dejamos escapar un jadeo. Ahora las bestias están frente a ella.

El grifo se arroja al mismo tiempo que el lobo del pecado a su izquierda corre hacia delante, y ella camina hacia un lado como si estuviera bailando, agita una espada para atrapar al lobo por la nuca y luego se balancea con el otro brazo y corta directamente a través de la mandíbula del grifo. La bestia aletea con furia, tratando de volar hasta un lugar seguro, pero se derrumba. Mientras se retuerce a sus pies, ella pone su espada sobre su cuello y la mata.

El lince salta a su espalda, y ella gira; el extremo libre de su bastón atraviesa directamente el costado de la cosa a medio vuelo. Cae en dos mitades muy lejos de ella. No tenía oportunidad.

Luego, con la frente en alto, se vuelve hacia el oso. Se encuentran en los extremos opuestos del foso y se miran en silencio. Entonces el oso se pone en marcha, y Folami corre directamente hacia él. Da vueltas a su espada sobre ella para que se entierre de nuevo en el suelo, y en ese momento me doy cuenta del gancho que tiene en la parte delantera de su hoja, como media empuñadura. Se sube a él, se lanza hacia delante y la cuchilla gira sobre ella de nuevo. Con la mano apoyada en la parte trasera de la espada, se encuentra con el oso, clava la hoja en su hombro. Usando su impulso, empuja la espada aún más con su mano. Rasga a la bestia del pecado, y ésta se separa en dos tenues sombras de oscuridad. Folami camina lentamente hacia él y se para sobre la mitad más grande, que se retuerce en la tierra. Con un solo golpe, separa la cabeza de su cuerpo, y una alegría se eleva desde la multitud, más fuerte que cualquier cosa que creo haber escuchado alguna vez. La puedo sentir en mis huesos.

Miro a Folami conmocionado, impresionado, maravillado. Ella apenas si ha sudado, ni siquiera respira pesadamente. Y acaba de matar a cuatro *inisisa* en menos de quince minutos.

Las *inisisa* se disuelven y se reúnen en una sola piscina a sus pies, luego la tinta brota en el aire y ella abre la boca. La gruesa combinación de pecados salta por su garganta, y la observo, esperando que el dolor brille en su rostro tras tener que consumir tantos pecados a la vez. Pero... nada.

Me vuelvo y veo a Abeo sobre su roca. Él está sosteniendo sus dagas y sonriendo. Se inclina y comienza a atarlas a sus pies para que las cuchillas sobresalgan más allá de sus dedos. Luego salta de la roca.

—¡Wale! —grita Abeo.

Wale se adelanta con su bastón detrás de él.

—Wale, ata mis manos detrás de mi espalda —sonríe a la multitud, con el pecho hinchado. Luego me ve y hace un guiño—. Así es. Voy a luchar contra estas *inisisa* con las manos atadas detrás de mi espalda.

Da un salto mortal sobre el borde del foso y aterriza en cuclillas. Varias hienas del pecado se separan del grupo de los *Onija* y saltan para unirse a él.

Al principio, se abalanzan, y él las quita con sus pies afilados. Patea a una en la boca, luego a otra. Todo el tiempo, sus brazos permanecen detrás de su espalda.

Una se lanza hacia delante, él la patea y mientras cuelga en el aire, la gira y la rebana una, dos, tres veces antes de que aterrice. La hiena se disuelve en el aire antes incluso de tocar el suelo.

La gente comienza a arrojar sus frascos de jugo de *stagga* al aire y aplaude. Abeo sonríe a la multitud y hace una pequeña danza en el suelo, desperdigando el polvo por todas partes. Algunas de las chicas de la tribu le dedican unas risitas, y él les ofrece un guiño en respuesta.

Una de las hienas intenta atacar a Abeo por la espalda, pero él extiende un pie, engancha a la hiena por la mandíbula y la arroja contra la otra restante. Luego, corre hacia delante, salta en el aire y estrella sus pies contra la maraña de hienas del pecado, girando de manera que las cuchillas corten sus cuellos.

Las hienas comienzan a disolverse, pero entonces una de ellas se levanta y derriba a Abeo. Le gruñe, luego da media vuelta y trepa por la pared.

La multitud se separa apresurada, y la bestia del pecado se dirige en línea recta hacia mí. Me estiro para tomar mi daga por instinto, pero nada hay allí. Esta cosa es lo suficientemente rápida para darme alcance casi al instante, incluso si echo a correr.

—Aliya —siseo—. Prepárate para correr hacia la multitud. La voy a distraer.

Me encuadro, listo para pelear, cuando de repente algo se lanza delante de mí, levantando el polvo.

Cuando el polvo se aclara, Juba está de espaldas a mí, en posición de lucha, perforando la mandíbula de la hiena con su bastón.

Quedan congelados así por un instante, Juba y la hiena, antes de que ella agite rápidamente su bastón de un lado a otro, y la cabeza de la hiena del pecado se separe. Devora el pecado, sin problema. Para el momento en que está hecho, Abeo ha vuelto a subir hasta el borde del foso.

—Hueles demasiado bien para que las *inisisa* te ignoren —grita Abeo, pero escucho el nerviosismo en su voz—. Si pudieras apestar un poco, entonces tal vez no se sentirían atraídas por ti —los demás se unen a las risas, pero yo mantengo mis ojos puestos en él.

Camina hasta pararse junto a la multitud de *Onija*, y el aire a su alrededor cambia. Sostienen sus armas con más fuerza. Sus posturas se han ensanchado.

Juba ahora está erguida, a mi lado. Miro hacia atrás por encima del hombro, y veo a los *Larada* desplegados detrás de mí con rostros severos y los brazos descubiertos. Tensos.

Me encuentro apoyado en las puntas de mis pies, con los puños preparados. *Sólo díganme a quién tengo que golpear.* Alguien descansa una mano en mi brazo. Es Aliya. Incluso ahora, ella es lo suficientemente fuerte para detenerme con sólo un toque.

—Esto termina esta noche —gruñe Juba.

—*Ayaba* —dice Abeo con una sonrisa—, mi reina, ¿qué ley hemos violado?

—¡No puede permitirse que esta práctica continúe! —responde Juba, y su grito resuena como un rugido. De la nada, *inisisa* purificadas aparecen frente a ella. Una fila de hienas y gatos del bosque y lagartos tan grandes como algunos de los niños, y arañas tan altas como ella misma. Me doy cuenta de que éstos son algunos de los animales que he visto vagando por el campamento. Los pecados purificados. Están ahí, en una amenazadora fila, protegiéndola. Cuando las bestias se agrupan a su alrededor, sus marcas de pecado comienzan a brillar. Pronto, el resto de los *Larada* brilla también, de modo que parece que una pared de luz se ha levantado a la espalda de Juba. Arzu está al lado de ella, con los cuchillos dispuestos.

Abeo vacila.

—Se decretará que todos los *tastahlik* deben presentarse como *Larada* y deben entrenarse para convertirse en tales. Devorar pecado no es un juego. Las bestias del pecado no son juguetes —su voz se extiende sobre toda la tierra. Estoy seguro de que incluso los que se encuentran en el lejano campamento de refugiados pueden escucharla. Mientras ella habla, las nubes se arremolinan sobre su cabeza.

—Taj —la voz de Aliya es débil en mi oído—. Taj.

Me vuelvo para mirarla y noto que todo el color ha desaparecido de su rostro. Se apoya en mí, y yo paso apuros bajo su peso.

—Aliya, ¿qué sucede?

—Taj —murmura ella. Sus ojos se cierran, luego se abren de nuevo, como si intentara no quedarse dormida. Traga saliva—. Taj, es…

El trueno cruje sobre nuestras cabezas.

La multitud se agita. Todo está en silencio. Los aldeanos también lo sienten: algo en el aire ha cambiado. De repente, Aliya se recupera. Su cuello se endereza, su mirada se mantiene fija en el cielo, los brazos doblados se quedan rígidos a sus costados. Se convulsiona y se derrumba en el suelo; sus extremidades golpean y arrojan arena en todas direcciones.

Antes de saber lo que estoy haciendo, me encuentro ya de rodillas, sosteniendo a Aliya en brazos. Sus ojos están fijos en las estrellas del cielo como si estuviera tratando de ver directamente a través de ellas. De repente, queda inmóvil.

—Aliya —la sacudo—. Aliya, di algo —mi corazón es como una lagartija en mi pecho, correteando por todos lados. Sus ojos se vuelven vidriosos. Parece como si hubiera Cruzado—. ¡Alguien! ¡Alguien, ayuda! ¡Por favor!

Ella dice algo en un idioma que no entiendo. Sale con el resto de un enorme aliento que ha estado conteniendo en su pecho.

—Aliya, ¿qué estás diciendo?

Más balbuceos, como lo que pronuncian los Magos cuando invocan un pecado.

Algunos de los *tastahlik* mayores corren hacia nosotros desde la extensión del desierto. Los Centinelas.

Detrás de nosotros, a lo lejos, la aldea despierta. La gente abandona sus hogares para ver qué está pasando. Estiran sus cuellos hacia el borde del cuenco. Las calles están llenas. Todos los ojos están puestos en el cielo.

Estoy sacudiendo a Aliya tan fuerte que me preocupa que rompa algo precioso en ella, pero quiero que todo se detenga. Más palabras salen de su boca. El trueno retumba cerca. ¿Qué está pasando?

Las nubes se forman y se arremolinan en el cielo sobre la aldea. Se vuelven más gruesas, retumban con truenos y relámpagos, y los oigo: débiles murmullos. Como los *inyo* en el Bautismo de una *dahia*. Los siento nadando alrededor. Las almas de los muertos cargados de pecado. Los rayos caen sobre el campamento de refugiados, golpean un techo y le prenden fuego. Un agujero se abre en el cielo.

Aliya lo mira fijamente.

Otro BUM. Luego, un sonido que me devuelve todos mis recuerdos de la Caída de Kos. Un alarido tan fuerte y penetrante que caigo sobre la arena, todavía sosteniendo a Aliya.

Lentamente, el *arashi* desciende del cielo.

Los Centinelas nos gritan. Sus voces son débiles al principio, pero se van haciendo más fuertes a medida que se acercan.

—¡Corran! —gritan.

Los aldeanos están gritando también. El fuego cae del cielo en oleadas y, en poco tiempo, no puedo ver más que las llamas donde solía estar el campamento. Todos se mueven al mismo tiempo. Levanto a Aliya en mis brazos y varios Centinelas nos rodean, apresurándonos de regreso a la aldea.

—¡A la aldea! —grita Arzu por encima de los truenos.

Un grupo de nosotros corre, pero no todos los Centinelas pueden mantener el ritmo, y una columna de tierra estalla en una explosión detrás de nosotros. Caen del cielo los restos del Centinela que había estado allí. Explosiones de rayos golpean el suelo y se dirigen directamente hacia nosotros.

Detrás, a lo lejos, la tierra se abre debajo del campamento de refugiados y se traga grupos enteros de personas hasta que sus gritos son sólo susurros en el trueno.

—¡Sigan! —grita otro *tastahlik*.

Juba está congelada, mirando al cielo. Arzu está más adelante, llevando a un grupo de aldeanos a un lugar seguro. Ahora Juba se encuentra sola.

—¡*Ayaba*! —es Folami. Con su bastón en una funda a sus espaldas, toma los hombros de Juba. Hace un momento, estaba lista para pelear con ella—. ¡*Ayaba*, por favor, vamos! —Juba sale de su trance.

Los cuatro corremos hacia la aldea. Levanto la vista y me trago un grito. Las alas negras se ciernen por encima de nosotros y parecen extenderse infinitamente. Un rayo afilado parte las nubes e ilumina el resto de la bestia voladora. Se revela un torso elegante y acanalado y piernas gigantes con garras que podrían arrancar una casa entera del suelo. Cuelga allí, en el aire, batiendo sus alas, con el rostro torcido en un gruñido. Y entonces deja escapar otro alarido.

El sonido nos derriba, y nos apresuramos a levantarnos, Aliya todavía está en mis brazos.

—Taj… —apenas puedo escuchar a Aliya mientras corro con ella—. Ella envió… —Aliya intenta dar bocanadas de aire, luego se calma—. Ella envió al *arashi*. Karima. Ella envió al *arashi*. Ella sabe…

Luego, queda flácida en mis brazos.

166

Mi corazón se sacude en mi pecho. Tengo que seguir moviéndome, mantenerme atento. Aprieto mi agarre sobre Aliya. La energía se escapa de mí como si me hubieran perforado el pecho. La gente llora y grita y corre a nuestro alrededor.

La tierra tiembla debajo de nosotros. El *arashi* se está acercando.

El viento azota. Me doy vuelta y veo una figura con túnica girando de tal manera que algo húmedo forma un círculo en el suelo a su alrededor. Sangre. Él encaja su bastón en el suelo y murmura una serie de palabras. Por encima de él, los agujeros se abren en el cielo, y el agua desciende en gigantescas columnas giratorias.

Zaki. Está invocando agua del cielo. Está haciendo una tormenta.

Iragide.

Las columnas rodean al *arashi,* luego se cierran sobre él.

No puedo dejar de mirar.

Unas manos ásperas me ponen en pie.

—¡Despierta! ¿Estás loco? —grita la joven mientras tropiezo para seguirle el paso, con Aliya completamente inmóvil en mis brazos.

—Yo…

—¡Vamos! ¡Sigue a Zephi! —ella me arrebata a Aliya y la carga sobre su hombro—. ¡Vamos!

—¿Quién es Zephi?

—¡Yo! ¡Idiota! —y se va.

El trueno y la furia de fuego se quedan detrás de nosotros.

Dejamos a Zaki atrás.

Capítulo 21

Para el momento en que nos acercamos a la aldea, el fuego en el desierto arde más aún de lo que imaginaba. Está por todas partes. Ni siquiera a la distancia que nos encontramos podemos escapar de su ira.

—¡Ven! —grita Zephi, apuntando hacia el cielo—. ¡Grande-grande! —y sé que se refiere al *arashi* que grita y vomita fuego sobre nosotros.

Corremos, esquivando las chozas que se están derrumbando y los techos que siguen cayendo hasta que llegamos a la parte de atrás del edificio donde Aliya y yo nos habíamos estado quedando.

El viento aúlla a nuestro alrededor, casi a gritos. Los *inyo* se arremolinan en un torbellino sobre nuestras cabezas. El aire está cargado de ellos. Sobre las cimas de algunos edificios, puedo ver el fuego que se extiende en una extensa línea a lo largo de la cresta. Las piedras y la suciedad se levantan cuando el rayo cae sobre el suelo. Si mantengo mis ojos abiertos por mucho tiempo, el polvo me ciega.

Zephi barre un trozo de tierra a un lado para revelar una puerta de metal en el suelo. La patea dos veces con el talón: *pum, pum*. Se abre, y veo todo un grupo de rostros iluminados en su interior. Media docena de manos se extienden todas a la vez, y enviamos el cuerpo de Aliya, luego entramos nosotros. Zephi es la última, y cierra la puerta con fuerza.

Miro detrás de mí y veo a toda una familia esparcida en el gran sótano. Aquí hay cojines y tapetes; en un rincón alejado una mujer amamanta a un bebé, meciéndolo suavemente en sus brazos, mientras tres niños pelean por una pelota a sus pies. Creo que incluso veo a alguien fumando en una *shisha*.

Nadie aquí parece estar demasiado preocupado de que un demonio mítico esté dando vueltas por encima de su casa y haciendo llover muerte y destrucción sobre sus cabezas. Las paredes de piedra tiemblan con cada explosión desde arriba. Me doy cuenta de que el escondite se refuerza en algunos lugares mediante vigas de madera que se están astillando, cosa que no me inspira demasiada confianza.

Zephi acuesta a Aliya en un colchón. Una niña trae un cuenco de agua. Para estos niños, lo que está sucediendo es normal. Arzu me contó una vez que los ataques de *arashi* son comunes en esta tierra.

Miro alrededor. Los adultos parecen tranquilos, pero cuando presto más atención me doy cuenta de que en algunos casos se trata de una calma forzada. Tienen miedo, pero están tratando de ser valientes por sus hijos. Los ataques de los *arashi* son comunes aquí, pero Juba dijo que los Centinelas podían detectarlos con suficiente antelación para que los aldeanos pudieran moverse a algún lugar seguro. ¿Por qué no pudieron dar la alarma anticipada esta vez? Miro hacia Aliya. Mi mente vuelve a lo que ella susurró en el desierto, acerca de Karima enviando al *arashi*. Intento alejar el pensamiento.

Hay otro *bum* encima de nosotros. Me sobresalto y levanto la vista.

—¿Sabes de nuestras *tormentas*? —me pregunta Zephi, agachada al lado de Aliya. Cuando se acomoda entre las mantas y las almohadas, me doy cuenta de que no tiene marcas de pecado.

Asiento.

—Un *arashi* destruyó mi casa.

Ella levanta las cejas.

—Así que eso es algo que tenemos en común, entonces —ofrece su mano, con la palma hacia arriba—. A ti y a los tuyos, visitante.

Deslizo mi mano sobre la de ella, con la palma hacia abajo.

—A ti y a los tuyos, Zephi.

—Sí. Finalmente, una presentación adecuada —suspira, satisfecha—. Ven, rompe la nuez de cola con nosotros.

Oh, no, eso no otra vez.

Después de la comida, Zephi se sienta conmigo mientras ambos vigilamos a Aliya. Despertó un par de veces, bebió un poco de agua sólo por insistencia mía y luego se volvió a dormir. En un momento dado, Zephi se levanta para jugar con un grupo de niños más pequeños antes de volver a unirse en mi guardia para Aliya. Los truenos se han detenido en gran medida allá afuera, pero nunca he visto el final de un ataque de *arashi*. Ni siquiera sé cómo luce. Yo pensaba que seguían adelante hasta que no quedaba nada, no había más pecado que tragar o no había más pecadores que drenar. Si nosotros seguimos vivos, ¿seguirán dando vueltas? ¿Buscándonos, a nuestros pecados?

Miro a Zephi, cuya mirada ha caído sobre Aliya. Con una mano, acomoda la manta que está envuelta alrededor de mi amiga. Quiero preguntarle a Zephi sobre los Centinelas y cómo podrían haber pasado por alto esto, pero las palabras de Aliya vuelven a sonar en mi oído: *Karima*. "Ella envió el arashi. Nos encontró."

—Entonces, tu amiga está enferma —Zephi hace que parezca una pregunta y una declaración al mismo tiempo.

—Sí —no quiero revelar demasiado. Si empiezo a hablar sobre las ecuaciones y el Séptimo Profeta y cómo parece que Aliya se está volviendo loca ante mis propios ojos, no tengo idea de cómo reaccionará ella. Cómo reaccionará cualquiera en la tribu—. Creo que no ha estado bebiendo suficiente agua.

Zephi ríe a carcajadas, luego rectifica.

—Lo siento, pero no creo que sea eso lo que le pasa a tu amiga —acaricia la manta de Aliya—. Entonces, ¿estaban en las peleas?

Asiento.

—Ahí estábamos.

Zephi chasquea la lengua.

—Tu amiga es una erudita, ¿cierto? —me mira de reojo.

—Mmmm, sí. Ella, eh, estudia álgebra.

—Ah, ¿entonces tu amiga es conocedora del álgebra?

Sonrío.

—Y es muy buena en eso —saco mi pecho, orgulloso de presumir a favor de Aliya—. Se podría decir que domina ese lenguaje.

—Si continúas hablando así, haremos que nuestros Ancianos la examinen, y ella estará muy molesta de que hayas elogiado tanto sus habilidades —mientras habla, tuerce un trapo en un cuenco de calabaza con agua y lo exprime para eliminar el exceso, luego lo pasa por la cabeza de Aliya—. Ella estará molesta y le diremos: "Oh, tu amigo dijo que podías hacer esto, y dijo que eras muy buena en ello". Y luego le preguntaremos: "Entonces, ¿tu amigo es un mentiroso?" —se inclina hacia atrás sobre sus rodillas y mira la manera en que Aliya descansa, contenta con su trabajo—. ¿Y qué crees que ella dirá?

—*Heh*. Creo que con gusto aceptará su examen —estoy tratando de seguir el juego, pero sigo mirando a Aliya, deseando que despierte, que esté bien. Zephi lo nota. Su mano cae sobre la mía y cubre el tatuaje de un pájaro en vuelo.

Después de un momento, retiro mi mano.

—No te preocupes —le digo, recomponiéndome—. Tan pronto como despierte, podrás hacerle cualquier pregunta sobre álgebra. Ella escribirá una prueba completa para ti —me levanto porque siento que necesito hacerlo y accidentalmente tropiezo con un estante, y envío un cuenco al piso. Porque tengo la peor suerte del mundo, sucede en el preciso momento en que todos los demás están en silencio. De repente, soy el único que hace ruido.

Espera.

Soy el único que hace ruido.

Un momento después, todos miramos hacia el cielo. Nada. No hay estallidos. No caen piedras del techo de la bodega. No se escuchan alaridos. No hay viento aullando. Nada.

Algunos de nosotros miramos a nuestro alrededor con nerviosismo, luego Zephi y yo cerramos los ojos. Sin decir una palabra, ambos sabemos lo que tenemos que hacer, así que nos dirigimos hacia la escalera de la entrada y los dos subimos; nos quedamos justo debajo de las puertas metálicas del sótano durante unos pocos segundos tensos. Nos toma un instante reunir valor, luego Zephi recarga su hombro en la puerta.

—No eres *tastahlik* —le susurro antes de que ella empuje. Me mira.

—No, Olurun me ha dado una dieta más simple —resopla, luego empuja. La puerta gime.

La arena cae como una cortina a través de la abertura, pero Zephi empuja más allá de ella. Veo que otros han tenido la misma idea. Más y más personas están saliendo de sus refugios. Algunos tienen que excavar en nuevos montones de arena, y algunos sostienen grandes ramas de palmeras para barrerla de las ventanas y a través de las puertas. Algunos de los más viejos de la tribu se mantienen en silencio, aturdidos. Al principio creo que es el mismo tipo de silencio triste que sentían las personas en Kos cuando salían de sus hogares después de que su *dahia* había pasado por un Bautismo y se encontraban con un vecindario destruido. Pero esto es diferente. Hay conmoción. Maravilla. Como si hubieran sido salvados.

Zaki. Corro por las calles y, antes de que me dé cuenta, ya estoy otra vez en el borde de la aldea. Otros ya se encuentran reunidos en el sitio para estudiar el daño. Los cuerpos cubren la tierra. Aquéllos que no pudieron llegar a tiempo, los que fueron tragados por el ataque y escupidos de regreso. Los *inyo* nublan el aire a nuestro alrededor y aúllan suavemente en nuestros oídos. Zephi está conmigo, luego comienza a caminar entre los muertos, revisa sus caras, se arrodilla para escuchar su respiración.

Alguien llama a lo lejos. Una voz suena con claridad. Luego grita y hace señales. Después, una ráfaga de pasos. ¿Están los Centinelas advirtiendo de otro ataque de *arashi*?

Miro al cielo para tratar de descubrir si se están formando otra vez las nubes que giran, las que escupirán a esos monstruos que incendian ciudades enteras. Pero las nubes no se mueven.

La gente de la tribu se apresura a pasar frente a nosotros en la noche, y Zephi y yo nos levantamos y los seguimos con nuestros ojos.

Luego emergen varios, cargando algo pesado.

Zaki está con ellos, su bastón apenas puede sostenerlo. Los aldeanos que regresan sostienen una manta. Un cuerpo. Pasan a nuestro lado como en un torbellino, pero no lo suficientemente rápido para que no perciba los tatuajes que suben y bajan por los brazos y piernas expuestos, brazos y piernas cubiertos de sangre. Toda la ropa de esa persona está empapada en sangre. La conmoción me adormece, elimina de mi cabeza todo pensamiento y, antes de que me dé cuenta, ya me liberé de la mano de Zephi y me apresuro detrás de la gente de la tribu. Los sigo hasta la gran carpa adonde han traído el cuerpo.

Lo recuestan en una cama elevada, y varios de ellos, hombres y mujeres, se mueven alrededor del cuerpo con la rapidez de las personas que han hecho esto muchas veces antes. Pronto suficiente sangre ha sido lavada del cuerpo y el rostro, y entonces lo reconozco.

Su rostro es más delgado, más alargado, y su cabello afro ha crecido espeso. Sus dedos son más largos y más nudosos, y sus brazos ahora están firmes por los músculos. Pero lo reconozco. Parece un fantasma, tal vez eso es lo que es. Se suponía que había muerto en Kos, defendiendo la ciudad a mi lado, en contra del ejército de las *inisisa* que la reina Karima y el Mago Izu habían desatado sobre nosotros. Pero está aquí.

—Tolu —susurro, esperando que el *aki* con el que una vez viví y con quien crecí y Devoré pecados cuando era un joven huérfano en Kos pueda escucharme.

No se mueve.

Capítulo 22

Una vez que limpian su rostro y su cuerpo, se parece más al Tolu que recuerdo, pero todavía es como un fantasma para mí. Es como si se hubiera arrastrado afuera del desierto. No sé cuánto tiempo me llevará ajustarme al hecho de que está vivo. Si él no sobrevive a lo que sea que le haya pasado, no tendré que hacerlo.

Pero de tanto en tanto escucho susurros de los miembros de la tribu afuera de la tienda. Se preguntan acerca de estas personas que, de repente, comenzaron a venir a su tierra natal y cambiar sus vidas. Y se preguntan si este nuevo y joven Devorador de pecados también es de Kos.

Ellos saben que lo conozco. Cualquiera que entre a la habitación o pase un momento respirando el mismo aire puede darse cuenta de que hay algo entre nosotros, algo que nos une, y que tal vez tenga que ver con el hecho de que ambos llevamos marcas de pecado.

Estoy feliz de verlo de nuevo, muy contento de que aún esté vivo, pero una parte de mí está de luto, desesperanzada. No importa qué tan lejos corra, lo que sucedió siempre me persigue de alguna manera.

Quiero empezar de nuevo aquí y aprender a ser un verdadero *tastahlik*, tal vez incluso un *Larada*. Quiero aprender a pelear, pero también quiero ayudar a sanar a los pecadores entre la tribu. Quiero ser venerado. Quiero migrar, vagar y descubrir tierras que no he visto. Quiero sentir lo que experimenté al salir de Osimiri. Ese sentido de aventura, de movimiento. Quiero sentirme corriendo hacia algo en lugar de estar huyendo. Me quema la vergüenza ante la idea de dejar Kos como está, pero… no puedo volver. La idea de empeorar las cosas es aún más dolorosa.

No tengo idea de qué ha traído a Tolu aquí, cómo sobrevivió a la Caída de Kos, ni cómo escapó más allá de la muralla de la ciudad. Y estoy tan aturdido cuando sus ojos finalmente se abren de golpe que ni siquiera me atrevo a preguntarle.

El color ha comenzado a volver a su rostro y a sus extremidades. Un brazo vendado descansa sobre su vientre, mientras que el otro permanece a su costado. Se han envuelto vendajes también alrededor de su cabeza, y su camisa se encuentra dividida por la mitad para exponer las vendas que los Sanadores ataron a su tronco. Sus piernas están cubiertas de manera similar y, durante varios segundos, parpadea rítmicamente, hace crujir sus nudillos y flexiona los dedos de sus pies.

Sólo puedo adivinar todas las preguntas que quiere formular, y veo que sus ojos se mueven de un lado a otro mientras junta las piezas. Entonces entrecierra los ojos y se gira para mirarme. No jadea, y sus ojos no se abren de par en par cuando me ve. Hay una nueva suavidad en ellos, como si pensara que está en un sueño.

—Todos sabíamos que habías sobrevivido —dice al fin; es más un suspiro que una oración.

—Hey, no hables —le digo, acercando mi taburete a él. No quiero que levante la voz, en parte porque no quiero que nadie de afuera nos escuche, pero tampoco quiero que use más energía de la absolutamente necesaria—. Descansa —cubro una de sus manos vendadas con las mías—. Podremos hablar de todo más tarde. Ahora que estás despierto, tal vez podamos comenzar a alimentarte de manera adecuada. Tienen algo de nuestra comida aquí. *Moi-moi*, y estoy seguro de que si busco por ahí, hasta podría conseguirte algo de *fufu*.

Tolu trata de sonreír a través de sus labios agrietados, pero su intento se convierte en una mueca.

—No tengo mucho tiempo.

—¿Qué quieres decir?

—Él viene —el agarre de Tolu se endurece—. Él está cerca.

—¿Quién viene? —incluso antes de preguntarle, sé exactamente a quién se refiere.

—Bo —dice Tolu. Su cabeza se hunde de nuevo en la almohada, y se lleva mi corazón con ella—. Bo viene hacia acá. Debes correr.

Siento que todos me han estado diciendo que corra, de una forma u otra. Sé que tengo que hacerlo o, que tendré que hacerlo, pero lo aborrezco.

—A cualquier sitio. Sólo corre —se está quedando sin aliento—. Mantente vivo.

¿Para qué?, quiero preguntarle. ¿Para quién se supone que *debo mantenerme vivo*?

Nada hay esperándome en Kos, más allá de un ejército de *inisisa* asesinas con armaduras y una reina a la que pensé que amaba y que está incendiando todo el Reino de Odo sólo para arrancarme la cabeza de los hombros. Y mi mejor amigo está arrasando aldeas enteras tratando de cumplir el mayor deseo de esa reina. ¿Adónde huiría? ¿De qué les sirvo a los demás?

Una lágrima corre por un lado del rostro de Tolu.

—¿Qué pasa? —pregunto, aunque sé que me dolerá escuchar su respuesta.

—Muchos han muerto bajo la mano de Karima.

Quiero presionarlo, descubrir todo lo que pueda, pero él no tiene la fuerza, así que lo dejo continuar a su ritmo.

—Después de tu escape, Karima aplastó la rebelión. Nos volvimos uno contra el otro. Los que pudieron escaparon a través de los túneles —traga—. Ella nombró a Bo comandante de su ejército de *inisisa*. Las bestias del pecado deambulan por las calles de Kos. No hay más que Devorar, sólo más y más *inisisa* que los Magos se ven obligados a invocar de los pecadores en Kos —ríe, luego se ahoga. Una vez que termina de toser, continúa—. No hay más enfermedad —dice con una sonrisa amarga—. Nadie debe preocuparse de que perecerán por vivir con un pecado. Ella dice que está purificando la ciudad y que hará lo mismo con todo el reino —me mira a los ojos—. Está extendiendo su mandato, expandiéndose. Ya tomó las minas en el norte. En poco tiempo habrá tragado todo al oeste de Kos —se estremece ante un nuevo dolor que corre por él—. Ella puede incluso controlar a los *arashi* —agita una mano débil en el aire—, que circundan las *dahia*. Como patrullas. Cada ciudadano de Kos, cada habitante del Foro, vive con el miedo de las sombras de arriba. Los cielos sobre Kos han estado oscuros durante mucho tiempo.

Aliya tenía razón. El *arashi* que atacó la aldea fue enviado aquí.

Había imaginado a Kos como una ciudad en ruinas, pero escuchar mis temores aplasta mi corazón de nuevo.

—Taj —dice, sonriendo tanto que está mostrando sus dientes—. Taj, Taj, Taj —levanta la mano. Me inclino para acercarme y él se mueve para tocar mi cara. Probablemente pensó que nunca tendría la oportunidad de volver a verme después de que escapé de Kos. Tal vez sólo está tratando de confirmar que soy real, verdadero, que no soy un sueño. Que fuera cual fuese su misión, ya la ha cumplido.

Me inclino y lo miro. No puedo soportar ver lo enfermo que luce ahora. No quedan músculos, sólo piel y hueso. Como si hubiera sido derrotado.

—Si un pecado te está matando, déjame invocarlo.

Ríe. Es más un jadeo que otra cosa.

—Cualquier pecado que puedas invocar de mí me mataría al salir. No te molestes, hermano. Es suficiente con saber que todavía estás vivo —apoya su mano sobre su vientre. Me mira por el rabillo del ojo y sonríe—. Los problemas que la gente ha tenido que pasar a fin de mantenerte vivo...

No hay necesidad de recordármelo.

—Pero recuerda esto: mano derecha o izquierda, todos somos parte del mismo cuerpo —tose, y aparece sangre en su boca. Levanta una mano débilmente para limpiarse, pero antes de que pueda llegar, arranco un trozo de mi camisa hecha jirones y froto sus labios—. Se supone que éste es el trabajo de Bo.

—Siempre fue el cuidador —digo, arreglándomelas para ofrecerle una pequeña sonrisa.

—Pero nosotros sabíamos que tú nos cuidabas. Ni siquiera cuando fingías que no lo hacías podías engañarnos —las lágrimas se acumulan en sus ojos—. Sabíamos que eras tú quien planeaba el Día de la Daga para todos. Supimos que fuiste tú quien hizo todo lo necesario para que Omar pudiera presenciar la Ceremonia de las Joyas de su hermana —una lágrima resbala por su rostro—. Vimos cómo lloraste a Ifeoma cuando Cruzó durante la Caída de Kos. Y escuchamos las historias del ejército de los renegados *aki* que criaste en el bosque para ayudar a derrotar a Izu.

Sacudo la cabeza.

—Eso lo hizo Aliya. Yo... —incluso cuando trato de ignorar la responsabilidad, no puedo.

—Arzu está aquí —susurra.

—¿Qué? ¿Cómo lo sabes?

—Un mensaje. Enviado a los rebeldes. Tenemos amigos... entre los refugiados. Todos hemos estado en el trabajo. No ha terminado, Taj —habla como si ya no me escuchara—. No ha terminado. Tú debes regresar. Y debes perdonarla por lo que hizo. Perdónala. Y regresa. No ha terminado.

Las preguntas se arremolinan en mi mente alrededor de Arzu, sobre lo que Tolu dice que ella ha hecho. Si esto tiene algo que ver con la cicatriz en su cuello. Pero sé que no le queda mucho tiempo. Quiero decirle que se acabó, que Karima ha ganado. Quiero decirle que todo lo que quiero es paz para mí, incluso si eso significa una vida en fuga. Incluso si eso significa ser un vagabundo, mudarme de tierra nueva a tierra nueva, nunca poner mi cabeza en el mismo trozo de arena o hierba o piedra para descansar. Ya he dejado atrás todo lo que siempre había amado. Lo único que anhelo es paz.

—No, Tolu. No ha terminado —le digo en cambio. Tomo su mano y paso mis dedos a través de los suyos—. Lo hiciste bien. Me encontraste. Salvaremos Kos. Todos nosotros. Juntos —le estoy mintiendo; el pecado crece en mí—. Hay *aki* aquí. Un ejército de ellos —mi voz se reduce a un susurro. Los ojos de Tolu se cierran lentamente—. Y luchan como nada que haya visto antes. Vi a una de ellas matar a cuatro *inisisa* en menos de lo que se hace un buen *jollof*. Con ellos a nuestro lado, y con Aliya y los demás que nos esperan en la ciudad, lo lograremos... —mi voz se desvanece. Su mano se ha debilitado en la mía—. ¿Tolu?

Sé que se ha ido, pero lo sacudo de todos modos. Suavemente.

—¿Tolu...? —y otra vez—, ¿Tolu?

Mis labios tiemblan. Mis manos tiemblan. Intento disipar los sollozos, pero igual acuden y entierro el rostro en su manta.

No sé cuánto tiempo he estado llorando sobre el lecho de Tolu, pero al final las enfermeras llegan, envuelven su cuerpo en mantas de muchos colores y se lo llevan.

Desaparecen por la puerta de la tienda. Transcurren varios largos minutos antes de que consiga reunir la fuerza para levantarme. Cuando estoy en pie, algo en la cama llama mi atención. Donde había estado la mano de Tolu, ahora hay una piedra. Podría haber brillado azul en un collar alrededor de su garganta o verde en una pulsera para su tobillo; podría haberla usado en su oído. Pero debe haberla mantenido cosida en algún lugar de su ropa. Ahora es un pedazo de cristal opaco y ceniciento. La levanto y la sostengo con tanta fuerza en mi puño que siento que la sangre se filtra a través de mis dedos.

Cuando salgo de la tienda, deambulo aturdido. Los incendios ya fueron apagados. Pero en todas partes, grupos de personas conducen cuerpos. Algunos de los paquetes son más pequeños que otros. Una mujer pasa junto a mí solemnemente, con un bulto pegado a su pecho. Surcos de lágrimas marcan sus mejillas, pero tiene la misma expresión en su rostro que tantas otras: una frialdad, como si sus rostros hubieran sido tallados en piedra. ¿Por qué no lloran? ¿Por qué no se permiten llorar?

Busco rostros familiares: Zaki, Arzu, Aliya, cualquiera, pero me detengo cuando escucho unos susurros.

Sobre una caja en un callejón está sentada Juba con la cara en sus manos y sus hombros agitados por la tristeza. Arzu está arrodillada frente a ella. Estoy viendo algo que no debería. Algo íntimo, precioso y secreto que pasa entre ellas. Me siento como un espía.

—Le he fallado a mi gente —solloza Juba—. Siempre nos hemos movido, siempre hemos migrado. Pero vi el río... —mira a Arzu a la cara— vi el río, el agua. Vi un hogar para nosotros. Y había pasado tanto tiempo desde la última tormenta. Y...

Arzu lleva su mano al rostro de Juba y la silencia.

—Arzu, ¿qué he hecho?

—*Ayaba* —dice Arzu con una voz tan baja que casi no la oigo—, tú no controlas a los *arashi*. No puedes gobernar el clima.

Eso me golpea tan fuerte y tan repentinamente el pecho que casi caigo. Juba no puede controlar a los *arashi* pero, al parecer, Karima sí. Y ella envió a éste detrás de mí. La razón de toda esta ceniza, de toda esta muerte, soy yo.

Juba se yergue. Algo en su rostro se endurece.

—Déjame —susurra.

—Juba... —sale de Arzu como un gemido.

—Déjame, sicaria —Juba se levanta de la caja de madera—. Ve a hacer algo útil —ahora tiene esa frialdad en el rostro, la mirada estoica de su gente—. Necesitarán muchas manos para enterrar a nuestros muertos. Debo servir a *mi* gente.

Arzu permanece tan quieta que es como si se hubiera convertido en piedra. No puedo ver las lágrimas que se acumulan en sus ojos, pero puedo mirar la forma en que tiemblan sus hombros cuando Juba da media vuelta para alejarse.

Me apresuro a marcharme antes de que cualquiera de ellas se dé cuenta de que estoy aquí.

He salido de la bruma del dolor lo suficiente para sentir el deseo de ser útil. Los aldeanos, los que conducen cadáveres y los que llevan herramientas, se dirigen al borde de la aldea, donde atacó el *arashi*. Arzu camina a mi lado pero guarda silencio, su rostro se mantiene inexpresivo. Ambos somos sólo una parte de la multitud que se dirige al cementerio. Alguien nos entrega gruesas palas de madera para cavar.

Cuando llegamos al borde, veo a muchos que ya están trabajando. Algunos cavan tumbas mientras que otros arreglan la ropa de los muertos. Los *inyo* oscurecen el cielo sobre nosotros y el aire que nos rodea. Sus aullidos se elevan, luego menguan, luego se levantan de nuevo. En medio de todo esto, la gente trabaja.

Arzu y yo nos dirigimos en la misma dirección. Ella encuentra su camino hacia un hombre alto y ancho de hombros que tiene problemas usando la pala. Cae de rodillas e intenta sostenerse con su bastón. Zaki. Arzu se apresura para llegar hasta él y se arrodilla a su lado. Las sombras se arremolinan alrededor de su túnica negra.

—Descanse —le dice ella—. Cavaré mientras usted reúne su fuerza.

Encuentro una parcela vacía cerca, me arrodillo y empiezo a cavar. Sé que no debería estar escuchando, pero no puedo evitarlo. ¿Le revelará quién es?

—No sé lo que hizo —dice Arzu, como si estuviera tratando de entablar una conversación—, pero se lo agradezco. Por su parte en salvar la aldea.

Zaki tose. Oigo la sangre brotar.

—Sólo un poco de magia prohibida, eso es todo lo que era.

Arzu cava.

—Usted es de Kos. Su acento.

Zaki levanta la pala del suelo y reanuda la excavación. Los dos están tan juntos que parece que se conocen, pero son sólo dos personas unidas en un trabajo íntimo, la comunión de su tragedia. Después de los Bautismos en la *dahia*, los habitantes de Kos se miraban unos a otros como si se conocieran. Absolutos extraños se ayudaban o se consolaban unos a otros, recogían los escombros de las casas de personas que no habían conocido. Compartían una tragedia, estaban obligados por ella.

—Sí —dice Zaki después de una larga pausa—. Una vez viví en Kos —se queda mirando al suelo y sonríe—. Yo era un Mago, de hecho. Un legislador. Lo que llamamos *kanselo* —entre sus palabras se mezcla el sonido de la pala de madera recogiendo tierra—. Pero me encantaba estudiar. En secreto esperaba ganar un lugar en *Ulo Amamihe*, La Gran Casa de las Ideas. Desafortunadamente, lo que me encantaba estudiar era peligroso, lo suficiente para ser echado de Kos, para no volver jamás —la mira—. ¿Y tú? También escucho a Kos en tu voz.

Arzu toca su cuello, como si acabara de recordar lo que le pasó.

—Está en el pasado —se arruga la bufanda alrededor de la garganta y la cicatriz desaparece—. Debemos continuar.

Me acerco a ellos para escuchar mejor. Cavan en silencio durante un cuarto de hora antes de que Arzu vuelva a hablar.

—Escapé. Me marché por elección. Fui parte de una rebelión. No sé hace cuánto tiempo fue la última vez que usted estuvo en Kos, pero ahora la gobierna una reina a la que no le importan sus súbditos. Yo formaba parte de un grupo que quería salvar la ciudad, nuestra ciudad —mira la tumba que ha estado cavando todo este tiempo—. Pero fui capturada y convertida en su sirvienta. De nuevo. Esta vez, mi tarea era elegir a los rebeldes capturados para las ejecuciones públicas —su mano tiembla—. Quería contraatacar. Preferiría haber muerto antes que hacer eso. Incluso lo intenté una vez… para acabar con eso. Puse una cuerda alrededor de mi cuello, pero no pude hacerlo. Mis amigos me dijeron que era mejor para la rebelión si yo seguía adelante, si le dejaba creer a Karima que podía confiar en mí. Yo iba a ser su agente en Palacio. Me vi obligada a seleccionar a muchos de mis amigos para llevarlos a la muerte —sujeta su mano temblorosa con la libre y la sostiene cerca de su pecho.

Zaki arroja su colchón al suelo y abraza a su hija. Le acaricia el cabello en silencio.

Unos momentos después, se aleja y comienza a cavar de nuevo. Con más violencia que antes.

—Escapé —dice ella, sus palabras son puntuadas por su pala golpeando la tierra—. Los Magos que formaban parte de nuestra rebelión me hicieron un vino de palma especial que simulaba la muerte: parecería como si me hubiera suicidado, vencida por la culpa. No tomaba mucho imaginar un destino así. Los *aki* que tenían la tarea de enterrarme me llevaron afuera del Muro de la ciudad, y fue ahí donde desperté. No sabía si podía confiar en ellos, pero me dejaron ir —cava y arroja tierra sobre su hombro—. Me marché y luego esperé a los demás. No sabía si podría enfrentarlos después de lo que había hecho.

"Debes perdonarla por lo que hizo", me dijo Tolu antes de morir. Las lágrimas pican mis ojos sin previo aviso. Parpadeo para alejarlas, pero más acuden. Cuando levanto la mirada, todo lo que veo a mi alrededor es muerte. Me siento tan perdido.

Necesito estar lejos de aquí. Tan lejos como sea posible. Dejo caer la pala y me marcho del campamento. No sé cómo me llevo hasta allí, pero cuando me detengo, la casa de Zaki me mira desde lo alto de la colina. Un lugar de paz y tranquilidad, donde nadie me verá y nadie intentará decirme qué hacer. Donde nadie me recordará quién o qué abandoné.

Cuando abro la puerta y veo a Aliya tendida en una mesa, con los ojos cerrados y un paño mojado en la frente, quiero reír de lo absurdo que es todo. De todas las personas a las que podría acudir y que no me hablaran de Kos...

Pero algo ha querido que yo esté aquí, así que decido dejar de pelear y me siento junto a mi amiga enferma. Y tomo su mano en la mía.

Es la cosa más cálida que he tocado en el día.

Capítulo 23

Aliya se encuentra en un colchón colocado sobre dos escritorios. Le han dado una túnica blanca, más ligera que las pesadas túnicas color arena que había estado usando aquí. Me muevo despacio. Ni siquiera quiero molestar el aire a su alrededor porque no quiero hacer algo que pueda dañarla.

Zaki debió haberla traído aquí después de que él defendió la aldea. Antes de unirse a los demás para enterrar a sus muertos.

Aliya no está sudando tanto como justo antes del ataque del *arashi,* y su respiración se ha vuelto más lenta. Suena normal de nuevo, aunque no soy ni enfermero ni Sanador, por lo que no tengo manera de saberlo. Y, en realidad, en este momento estoy demasiado asustado para ir y preguntar por uno. Si me alejo y Aliya despierta y no sabe dónde está ni qué ha pasado, ¿quién se lo explicará? Así que me quedo e intento recordar cómo se movían las enfermeras cuando trabajaban en un paciente. Me levanto y coloco mis dedos sobre la piel debajo de la mandíbula de Aliya y tomo su pulso. Luego pongo mi oreja en su boca y escucho su respiración. Es casi como cuando desperté después de casi ahogarme en el río, cuando Aliya estaba succionando el agua de mis pulmones y regresándome el aliento. Sé que parezco tonto, pero es agradable hacer algo.

—Si en algo puedo ayudar —le digo estúpidamente, porque quizá no puede escucharme—, sólo, ya sabes, dilo o, bueno, no puedes hablar, así que supongo que puedes dar un golpe en la madera del escritorio o algo así.

Pienso en lo agotada que se ve cuando sale de estos episodios. Ha sucedido varias veces y es cada vez peor: le toma más tiempo volver a la normalidad. Siempre parece dejar un poco de ella atrás. De alguna manera, la piedra de Tolu ha encontrado su camino hasta mis manos, y juego con ella, la giro, la veo brillar a la luz de las velas.

Levanto la vista de la gema opaca en mis manos.

—¿Recuerdas ese momento en Zoe cuando nos conocimos? Tenías un montón de dátiles en tu mesa, y te mantenías reorganizándolos en filas, y me acerqué, tomé uno y me lo metí en la boca. Y dijiste que lo estabas usando, y creo que yo dije algo como: "Si lo estuvieras usando, lo comerías" o algo tan tonto como eso —río ante el recuerdo y creo que veo una sonrisa cruzar por el rostro de Aliya también, pero tal vez sea sólo la luz—. Sostuviste mi mano y mis brazos, y miraste las marcas de pecado en ellos, y por primera vez fue como si alguien no me rechazara por ellas. No te sorprendieron, no te desanimaron y no te hicieron querer escupirme. Dijiste que eran ecuaciones, que eran poemas —se siente bien hablar así, recordar cómo solía ser.

"En aquel entonces, yo era demasiado orgulloso para admitirlo o para que lo notaras, pero es algo que vuelve constantemente a mi cabeza. Ese momento. Tú tenías esta… esta expresión de alegría en el rostro, como si no pudieras creerlo. ¿Y la idea de que estas horribles marcas de pecado podían traerle alegría a alguien? Eso fue… todavía es difícil para mí creer que sucedió —se me ocurre que lo más apropiado, si fueran circunstancias normales, sería darle a Aliya una piedra, una joya familiar o algo así como una piedra de corazón. Algo para mostrarle lo que significa para mí. Pero no tengo qué ofrecerle, por supuesto. Estoy a punto de levantarme para conseguirle otra manta cuando veo que se mueve. Parpadea, tiene los ojos abiertos.

—Recuerdo ese día —dice al fin. Siento que las lágrimas pinchan detrás de mis ojos ante el sonido de su voz—. Ese día en Zoe. Se suponía que iba a ser un descanso de mis estudios. Tenía que encontrarme con otros estudiantes, pero nunca llegaron —sonríe.

El calor enciende mis mejillas.

—Llevabas tus materiales de estudio de todos modos.

Ríe.

—Oh, los dátiles. Sí, yo era una estudiante obediente. Así fue como me criaron —flexiona los dedos distraídamente hasta formar puños, como si estuviera probándolos para detectar sensaciones—. Fui tan grosera —dice al fin.

—¿Grosera?

Ella se vuelve hacia mí, lentamente.

—La forma en que tomé tu brazo en cuanto vi las marcas.

—Oh, mis marcas de pecado —enrollo mis mangas y las miro. Un león en mi antebrazo, la cola de un dragón enroscándose en un hombro, serpientes tocando mis bíceps, un grifo cuyas alas se envuelven alrededor de mi muñeca, y continúa hasta que un poco de carne se muestra entre la mancha oscura.

—Estaba tan fascinada. No podía creerlo —traga—. Eran hermosas.

Ahora mi cuerpo entero se calienta.

—Voy a conseguirte un poco de agua —digo, porque necesito comenzar a moverme o, de lo contrario, ella se dará cuenta de la manera en que estoy temblando o qué tan caliente se siente ahora mi rostro.

—Taj —murmura, y sujeta mi muñeca.

—¿Sí?

Durante mucho tiempo permanece en silencio. Entonces una mano cae sobre mi hombro. Me sobresalto y derribo el taburete cuando me giro para encontrarme con Zaki parado detrás de mí. Ya no se apoya en su bastón. Y detrás de él, en la puerta, está Arzu. Ella camina tímidamente sobre el umbral hacia la sala, hasta donde nos han traído nuestros viajes. Oculto la piedra de Tolu en mi cinturón.

—Arzu —susurra Aliya.

—Mi amiga —las lágrimas se acumulan en los ojos de Arzu, y ella corre hasta el lado de Aliya y presiona su frente contra la de ella. Algo privado está pasando entre las dos. Recuerdo cómo fue para nosotros cuando salimos de Osimiri, y fue Arzu quien se enfermó y Aliya la cuidó. Y me imagino que sucedió algo importante entre ellas cuando decidieron guardar ese secreto, la verdad de lo que Arzu había hecho en Kos. *Perdónala*, me dijo Tolu. Salgo por la puerta principal para respirar aire fresco y despejar la niebla en mi cabeza. Han pasado tantas cosas, tan rápido. Mi mente es un montón de imágenes, y todas giran como una docena de perros que persiguen sus colas.

Zaki cierra la puerta detrás de él y se une a mí. Los dos miramos hacia la aldea. La tribu de Juba camina entre los escombros y las pilas de arena y los escombros de casas quemadas. Desde lo alto de esta colina, no puedo escuchar ni un solo sonido.

—Tu amiga está tocada —dice Zaki finalmente.

Aprieto los dientes. No tengo paciencia para acertijos o hablar en círculos en este momento.

—¿Qué significa eso?

—Significa que ella, más evidentemente que el resto de nosotros, es un recipiente para el Innominado. Ella ve el mundo en su forma más verdadera. Las ecuaciones de las que habla y las pruebas que realiza en su pergamino: describe el mundo como el Innominado lo ve y lo ha diseñado. Todo. Y se está escribiendo en la misma piel de su cuerpo —Zaki espera a que yo asimile eso. Sus ecuaciones y mis marcas de pecado, ¿son lo mismo?—. Ella está aprendiendo a hacer cosas que no hemos podido hacer durante cientos de años. Muy pronto habrá descubierto cómo convertir el carbón en diamantes —se vuelve hacia mí—. Ella está conociendo el mundo para poder rehacerlo.

—Como lo que usted hizo con el agua.

Zaki asiente.

—Como hice con el agua.

Me vuelvo para enfrentarlo.

—¿Qué fue eso? ¿Aliya podrá hacer eso?

Se acerca a mí.

—Si sigue siendo lo suficientemente fuerte para sobrevivir a este proceso, podrá hacer mucho más. Soy una pequeña lagartija en comparación con el poder que habita dentro de ella —se encoge de hombros—. No lo creí cuando escuché por primera vez la noticia de una aprendiz que podía escribir pruebas con una habilidad extraordinaria en Palacio. Ya tenía bastante tiempo instalado aquí, después de mi fuga, cuando surgieron noticias entre las caravanas de que existía una Maga novata tan hábil en el álgebra que sus mayores apenas podían seguirla. Ella había sido una alumna poco destacada en la *dahia*, y ni siquiera había asistido a las competencias en Palacio de niña, pero cuando la trajeron a Palacio, mostró una habilidad inigualable —sacude la cabeza—. Como Mago, escuchas esas historias todo el tiempo, personas que intentan dar gloria a la *dahia* de donde provienen o que tratan de proclamar que tienen los mejores estudiantes y, por lo tanto, que ellos son los mejores maestros. Pero entonces esta joven Maga desapareció.

—¿Eso fue lo que escuchó?

—Al final, me enteré por mis agentes de la rebelión en Kos. Me enteré de lo que le había ocurrido a la ciudad. Y supe que finalmente había llegado el momento —frunce el ceño—. Ya habíamos perdido nuestra oportunidad antes, habíamos sido demasiado lentos, pero no volveremos a cometer el mismo error.

Miro hacia la puerta, y de repente mi cuerpo se siente muy pesado. Todo me está llevando de regreso a Kos, aunque quiera quedarme aquí, y no estoy listo para regresar.

—No creo que alguna vez esté listo para regresar —no me doy cuenta de que lo he susurrado hasta que veo la expresión en el rostro de Zaki. Preocupado, pero paciente. Como un padre que sabe que debe ver a su hijo sufrir con una lección.

—Ven —dice el Mago exiliado. Y camina hacia una cama de flores que corren por el camino hacia la puerta principal. Cuando llegamos, mete su bastón debajo del brazo y saca dos palas de su túnica.

Doy la vuelta a la mía en mi mano.

—*Oga*, ¿y ahora qué es esto?

—Vamos a revolver un poco la tierra. Está lejos de ser lo más difícil que me haya pedido este jardín.

Me arrodillo junto a él, y juntos cavamos en un trozo de tierra húmeda que se entrega fácilmente.

—Me gusta esto —dice. Su voz es tranquila pero fuerte. Cualquiera que sea la fuerza que perdió luchando contra el *arashi*, parece haberla recuperado—. Me parece que exige cosas de mí como ninguna otra actividad lo hace.

—¿Como qué?

—Atención. Paciencia —se detiene—. Amabilidad —gira la tierra con su pala, luego la pone a un lado y saca de una manga un diminuto artilugio de metal que parece dos cuchillos unidos en su parte media. Con un movimiento hábil, corta una rama de un árbol tan pequeña que puede encajar en mis dos manos unidas—. Es lo mismo con los *tastahlik* aquí. Lo que hacen ellos —frunce el ceño—. No los combatientes. ¿Los *Onija*? Lo que ellos hacen es lo contrario de la paciencia.

La *tastahlik* Juba estaba preparada para echarlos de la aldea y tal vez ahora están enterrando a sus muertos. Quizás algunos se han convertido en *inyo*, y sus espíritus atormentados por el pecado gimen sobre el suelo que alguna vez pisaron. No he visto a Abeo justo desde antes del ataque y no sé cómo sentirme ante la idea de que tal vez esté muerto. Supongo que al final debería sentirme seguro fuera de su ojo vigilante, pero me siento culpable por sentirme así. Yo no quería que muriera.

Zaki examina el árbol que acaba de podar.

—Los *Larada*. Ahora, lo que ellos hacen requiere mucha más paciencia y fuerza. Es fácil luchar, es difícil perdonar.

"En el norte —continúa—, tienen máquinas que ayudan en la curación de enfermedades. Éstas son cosas que pueden emitir un diagnóstico, pueden decirte lo que está mal sin la ayuda de un Sanador. Pero he encontrado en mis estudios, y otros han corroborado estos hallazgos, que el simple hecho de hablar con una persona es un elemento del proceso de curación —durante todo el tiempo, está cortando o echando agua de un pequeño frasco en el suelo alrededor de las plantas—. Es lo mismo con los *tastahlik*. Convertir el acto de Devorar en un espectáculo se relaciona con el propósito de la comida y, por lo tanto, el propósito de quien Devora el pecado se pierde. Deja de ser sobre la Sanación y, en su lugar, se convierte en otro acto de violencia. A la persona cuyo pecado has Devorado… le has quitado el pecado y la culpa que lo acompañaba, pero no lo has liberado en verdad de esto.

—Pero ¿qué más queda?

Zaki termina con una planta, se limpia la frente y luego se levanta lentamente. Como un verdadero viejo, se toma su tiempo estirando la espalda. Exhala.

—Lo que queda, hijo mío, es que el pecador se perdone por lo que ha hecho —pone un brazo sobre mi hombro y hace que me vuelva hacia la casa—. Has Devorado muchos, muchos pecados. Yo lo veo. Pero aquéllos cuyos pecados Devoraste, ¿crees que se perdonaron?

En mi cabeza, veo las colosales habitaciones de los ricos. Predicadores, *kanselo*, algebristas. Los Kaya. Pienso en los Magos que invocaron el pecado, y luego apartaron a todos mientras yo arriesgaba mi vida. Pienso en cómo sentí que esos primeros pecados se precipitaban por mi garganta y me ahogaban. Recuerdo llorar de dolor, incapaz de gritar porque su horror ahora era mío.

—Ellos no sienten —escupo—. No les importa el perdón.

Zaki me ofrece esa mirada triste, pero paciente.

—Estás huyendo…

—*Oga*, no me mire así cuando ni siquiera es capaz de decirle a su propia hija quién es su padre. ¿Quién está huyendo?

—sé que no estoy enojado con él, sino con todo, pero tiene la mala suerte de estar parado frente a mí en este momento—. Me habla de perdón. Se queda aquí y me da una lección sobre cómo el pecador debe perdonarse, ¡pero usted se marchó! —estoy gritando ahora, y no me importa—. ¡Abandonó a su hija!

Me lanzo hacia él, listo para aplastarle la nariz, pero me detengo justo a tiempo. Zaki no se ha movido ni un milímetro.

—Sé que estás enojado —dice, dando un paso hacia mí.

—Deténgase —lo señalo con un dedo—. ¡Deténgase! No me toque.

Pero él avanza.

—Sin embargo, lo que pasó no fue tu culpa —dice. Pone sus manos sobre mis hombros y me acerca a él.

—¡Deténgase! —sostengo mi cabeza en mis manos, pero no me alejo.

Cierro los ojos y veo al *arashi* volando sobre el campamento de refugiados, cómo llueve el fuego del cielo, el campo de cadáveres afuera del campamento y a Arzu eligiendo *aki* y Magos rebeldes, seleccionándolos para la ejecución y, al final, veo a Tolu, roto, golpeado y ensangrentado, y su rostro justo en el momento que murió.

—¡Deténgase! —mi voz se ha suavizado, los sollozos me ahogan.

Zaki me sostiene contra su pecho. Con fuerza. Mis brazos caen a mis costados, entierro mi rostro en su túnica, y lloro. Por los *aki* que dejé atrás en el bosque. Por aquéllos que dejé en Kos. Por los refugiados que buscan miembros de su familia perdidos en el campamento afuera del Muro. Por quienes murieron, tragados por la tierra durante el ataque de los *arashi*. Por Tolu. Por baba. Por mamá. Lloro y lloro y lloro.

Cuando por fin enjugo las lágrimas y limpio los mocos de mi cara, miro por encima del hombro de Zaki y veo a Arzu y Aliya que están paradas unos pasos atrás. Los gritos deben haberlas sacado de la casa. Permanecen en su sitio completamente inmóviles. El rostro de Arzu ha perdido su color.

Ella oyó.

Camina hacia el frente. Un paso. Dos. Cada uno de ellos tan rígido como el anterior. Luego extiende una mano.

—¿Tú eres mi... baba? —susurra en voz tan baja que casi no la escucho.

Zaki se ha vuelto hacia ella, y ya no puedo ver su rostro. Durante mucho tiempo, los dos se miran fijamente. Luego Zaki se adelanta y envuelve a Arzu en un abrazo. Sólo la parte superior de su cabeza rubia se asoma por encima de su hombro. Aliya se dirige hacia mí, tropezando, tratando de empujar su bastón delante de ella al compás.

—Taj —dice, y hay una advertencia en su voz—. Taj, ¡mira!

Me alejo de Zaki y Arzu.

Fuego, sólo fuego.

Las nubes en el cielo no se mueven. Ninguno de nosotros escucha algún *arashi*, pero el fuego ruge.

—Quédate aquí —grito por encima de mi hombro. Antes de que pueda detenerme, me apresuro a regresar a la aldea.

Varias cabañas están en llamas. Los *aki* pasean por la ciudad montados a caballo y las *inisisa* corren junto a ellos, casi como si estuvieran siguiendo órdenes.

La bilis sube por mi garganta y corro aún más rápido.

Él nos encontró.

Bo.

Capítulo 24

Hay *inisisa* en todas partes.

Lobos del color de las sombras persiguen a los niños por las calles, mientras las enfermeras tratan de proteger a las personas de las tribus de los *aki* cubiertos de sangre que llegaron cabalgando. El fuego flanquea la calle principal y las chozas se derrumban. Me apresuro para llegar a una de ellas para averiguar si hay alguien dentro. Justo cuando estoy a punto de irme, veo a una niña acurrucada en un rincón, gritando, en tanto una viga de madera cae del techo. Me lanzo sobre ella y la coloco sobre mi espalda. Escapamos de la cabaña justo cuando todo su techo se derrumba.

No tengo idea de adónde llevarla, así que trato de encontrar mi camino hasta la tienda de enfermos. Ahí deberá estar protegida. Ya el suelo está lleno de Cruzados. Las *inisisa* roen cuerpos inmóviles, y algunas personas de las tribus yacen en las calles desangrándose, rotas. Me muevo tan rápido como puedo para evitar que la niña vea estas cosas. Antes de llegar a la carpa de los enfermos, una voz llama. Una de las enfermeras que había estado conmigo se apresura hacia mí, y yo deslizo a la niña llorosa en sus brazos.

—Los otros, ¿dónde están? —pregunto. Pero antes de que ella pueda contestar, un caballo galopa hacia nosotros. Me lanzo al suelo, llevándome a la enfermera y a la niña justo a tiempo para evitar la espada que nos habría arrancado la cabeza—. Llévala a un lugar seguro —le digo, y entonces me incorporo.

En todos lados hay gritos.

Miro alrededor, tratando de pensar qué hacer a continuación.

Me lleva algo de tiempo reorientarme. Me giro en un círculo lento. La gente se retuerce en el suelo alrededor de mí; algunos están pidiendo ayuda. En las calles laterales, los *tastahlik* luchan con las diversas armas que han podido encontrar; se defienden con dagas de los osos, golpean con bastones y vigas de madera a los grifos; cortan a las lagartijas con sus espadas.

Una *inisisa* se lanza hacia mí. Sin pensarlo, me apresuro sobre un cuerpo inmóvil en la calle donde veo una espada curva. Me giro y rebano a través de la *inisisa*. Se divide en dos, y antes de que pueda volver a formarse y perseguirme, me lanzo por la calle hacia un hombre mayor que intenta defenderse del ataque de un *aki* montado a caballo. Está tratando de luchar contra el *aki* con una viga de madera en llamas, pero el fuego se acerca a sus manos y tiene que dejarla caer, con lo que queda expuesto a los golpes del látigo del *aki*. Corro tan rápido como me llevan las piernas. El *aki* levanta su látigo y, justo cuando lo agita, yo estiro mi brazo y atrapo el extremo, que se envuelve alrededor de mi muñeca. Tiro con todas mis fuerzas, y el *aki* cae de su montura hasta golpear el suelo con un ruido sordo. En el momento que se levanta, giro la espada en mi mano y le pego en la sien con la empuñadura.

El aldeano cae al suelo y murmura su agradecimiento antes de levantarse. Me columpio hacia la silla del caballo. La bestia se sacude y casi me derriba, pero aprieto las rodillas y agito las riendas para salir cabalgando por la calle.

Las *inisisa* pellizcan las piernas de mi caballo. Avanzamos en zigzag, tratando de evitarlas, pero nos están superando en número. Un grupo de bestias, lobos y perros de caza, brota de las chozas en llamas que nos rodean. Están purificados. Son las de Juba. Las bestias corren a mi lado y eliminan a las *inisisa* que están tratando de atraparnos. Los dos grupos de bestias pelean y se retuercen en el suelo, mordiéndose, arañándose y golpeándose entre sí. Sombras que se baten y luchan contra la piel y el pelaje resplandecientes. Las serpientes se envuelven alrededor de la garganta de un oso. Un grifo se abalanza desde el cielo y araña a un lince.

En la siguiente encrucijada, cinco *inisisa* rodean a Folami, que ya está ensangrentada. Su camisa rasgada cuelga de su cuerpo, y sus pantalones rotos exponen las marcas de pecado que cubren sus piernas. Todas cargan a la vez, y Folami hace girar su bastón sobre ellas, de manera que las rebana en un movimiento. Cuando se vienen abajo, ella cae sobre una rodilla. Un oso retumba directamente hacia ella desde dos chozas más abajo. Apuro a mi caballo para que avancemos al galope. En el momento en que el oso la alcanza, giro mi espada en un arco. Atrapa la mandíbula del oso y lo hago girar.

Los halcones se deslizan por encima de nuestras cabezas, bajan en picada y arrebatan a los *aki* enemigos de sus caballos. El mío salta sobre uno de los caídos y sigue avanzando.

Veo a Lanre a mi derecha, con sables en ambas manos, en duelo con un *aki* que blande dos dagas. Giran y se balancean, golpean y esquivan. Levantan la tierra con cada movimiento, pero Lanre consigue al fin cortar el costado del *aki*. Avanzo con mi caballo y lanzo una mirada por encima del hombro para ver a Lanre dar el golpe mortal.

Un grifo del pecado se lanza en picada, y no lo veo hasta que está encima de mí. Me columpio en mi silla, pero sus garras atrapan mi brazo y cortan mi manga. Justo cuando estoy a punto de caer, grito, y algo contundente, un oso del pecado, se estrella contra mi caballo y me deja libre. No siento más que aire en torno a mí hasta que aterrizo en el suelo con la suficiente fuerza para escuchar que algo se rompe. No me queda aliento para gritar mientras el dolor quema en mi pecho y mi vientre. No puedo encontrar mi espada.

El oso se me acerca y se levanta sobre sus patas traseras antes de que algo lo golpee por detrás. Sus sombras desaparecen, y se transforma en una bestia hecha de luz para enseguida estallar en una ráfaga.

Juba se tambalea, la oscuridad de la tinta gotea de su túnica, y me levanta. Las *inisisa* se abalanzan hacia nosotros, y ella corre al frente. Un lince salta hacia Juba, y a medio salto ella pone sus palmas en su frente hasta que explota en un estallido de luz. En el mismo movimiento, ella golpea su palma contra un lobo, y lo mismo sucede con él. Dos cobras se deslizan hacia ella, luego, cuando se levantan, Juba las agarra por sus cabezas y se vuelven luz, después estallan. Un halcón gigante se zambulle directamente hacia nosotros. Juba salta en el aire, aferra las plumas de su pecho y lo golpea contra el suelo. Lucha, pero antes de que pueda soltarse, ella toma la cabeza de la bestia y la destruye en una lluvia de chispas.

Más allá de Juba, otros *Larada* están haciendo lo mismo. Justo cuando las *inisia* los alcanzan, los Sanadores las detienen y, con un toque, queman sus sombras y las convierten en estrellas que se levantan y luego se dispersan.

La embestida continúa y cada vez más *inisisa* vienen hacia nosotros, pero Juba y los *tastahlik* forman un semicírculo a mi alrededor y las rechazan. Nuestras respiraciones pesadas parecen estar sincronizadas entre sí. Es todo lo que escucho... hasta que ya no lo es.

Chirrido de metal contra metal.

Oh, no.

Me abro paso a través del semicírculo y miro a ambos extremos de la calle. A nuestra izquierda, un grupo de *inisisa* con armaduras irrumpe. Los *aki* se sientan a horcajadas sobre ellas con afilados bastones y espadas en ristre. La conmoción drena el color del rostro de Juba. Los otros *tastahlik* están congelados, con los ojos bien abiertos.

—*Iragide* —susurro, el horror espeso en mi voz.

—Esto es una blasfemia —murmura Juba, aterrorizada, a mi lado—. Olurun, presérvanos.

No tengo ni idea de qué hacer. Son demasiadas.

—¡Corran! —grito.

Pero las *inisisa* con armaduras son muy rápidas y ya están encima de nosotros. Los *aki* balancean sus bastones y derriban a la gente y a las bestias de luz de Juba como si estuvieran cortando el aire. Las personas de las tribus se derrumban alrededor de mí. Me doy cuenta de que Juba también está herida. Ella tiene una mano sobre un corte profundo que recibió en su hombro. Sus hombros se agitan con cada respiración.

—No podemos derrotarlas... —suena resignada—. Mi gente...

Las *inisisa* con armaduras giran y retumban hacia nosotros para terminar su trabajo cuando escucho un grito de batalla.

Miro hacia arriba. Los *Onija* saltan de los techos de las casas para aterrizar justo encima de los *aki* que montan sus bestias de acero. Sumergen sus dagas en ellos y los lanzan al suelo. Folami los guía. Ella se yergue y levanta los brazos, y un ejército de *inisisa* estalla de los edificios que nos rodean. Los combatientes y sus bestias. Nuestras *inisisa* se estrellan contra las bestias con armadura y las envían a volar. En el ataque, los dos grupos de *inisisa* se funden hasta convertirse en charcos de tinta en el suelo; las armaduras estallan a su alrededor.

Los *tastahlik* que nos salvaron se apresuran en dirección a nosotros y comienzan a atender a los heridos, presionando sus cortes y arrancando trozos de tela de sus propias ropas manchadas de sangre para detener las hemorragias de sus compañeros.

—¿Arzu? —pregunto a Juba.

Sacude su cabeza como respuesta. No sabe dónde está.

Tengo que encontrarlos. No hay forma de que se queden en la casa de Zaki, no cuando hay personas que necesitan su ayuda.

Las armas de los *aki* muertos y los *tastahlik* están regadas por el suelo. Recojo dos dagas y emprendo la carrera. Zephi va detrás de mí.

—Vamos —grita mientras se acerca—, luchemos juntos.

Ella corre a mi lado, con sus propias dagas en mano.

Nos apresuramos por las calles laterales y me lanzo al interior de todas las chozas, o lo que queda de ellas, en busca de una señal de Aliya o de Arzu. Zephi se detiene cuando llegamos a la casa donde nos escondimos durante el ataque del *arashi* y entonces ella es quien se precipita dentro. La casa ha sido saqueada, y las alfombras y los cojines están manchados de escarlata, pero no hay nadie adentro. La sigo de cerca por las escaleras, y ella irrumpe a través de la trampilla que conduce al ático. Es extraño estar en este lugar cuando hay tanto silencio, siempre había sido tan ruidoso con la familia siendo familia. Aliya había dispersado pergaminos y libros enrollados por todo el suelo, garabateando ecuaciones y otras *lahala* de matemáticas en ellos, escritos que más tarde descubrí eran el secreto detrás de las *inisisa*. Aquí trabajaba, y ahora está completamente vacío. Aquí no hay sangre, ni señales de daño. No parece que alguien se oculte en este lugar.

Zephi empuja contra el techo, siente alrededor, luego encuentra un juego de baldosas sueltas y las libera. Sube a través de ellas, y la sigo. Nos arrastramos hacia el techo inclinado. Sentados allí, revisamos el pueblo. Me duele el corazón ver cuánto de él está ardiendo, pero parece que las llamas se están apagando y gran parte del movimiento se ha detenido. No hay tanto caos como hace unos momentos.

Pequeños grupos de supervivientes se tambalean, mientras intentan evitar caer entre los escombros. Los heridos tratan de encontrar un refugio. Y entonces la veo: una sola figura que avanza hacia delante cojeando en su bastón, luchando a cada paso. Aliya. Un caballo galopa por un camino no muy lejos de ella.

Sin pensarlo, salto sobre el techo de una casa cercana y ruedo, luego salto sobre el borde del siguiente. Estoy volando por el aire. Cuando aterrizo, el dolor me quema el costado. Con el brazo sobre el vientre, me arrastro hacia delante y en ese momento veo el rostro del jinete del caballo.

Me olvido del dolor. Quiero llamar a Aliya para advertirle sobre el atacante que se aproxima, pero no podrá salir de su camino a tiempo. El caballo galopa hacia ella. Sólo tengo una oportunidad para esto, de manera que mi sincronización debe ser perfecta.

Subo hasta el borde del techo con mis dagas en mano y salto justo cuando el caballo pasa debajo de mí.

Me estrello contra el jinete, y los dos caemos al suelo. El caballo sale corriendo en dirección opuesta, presa del pánico.

Me pongo en pie y me tambaleo. Él también se levanta, primero sobre una rodilla, luego sobre sus pies.

No sonríe, pero la cicatriz que cruza su rostro ha convertido su boca en una sonrisa permanente.

Bo.

Zephi salta desde el techo más cercano y aterriza a la izquierda de Bo. Luego veo a Arzu que dobla una esquina y se detiene hasta que se encuentra detrás de Bo.

Está rodeado.

Bo ni siquiera se molesta en mirar a su alrededor. Soy el único a quien ve. Es casi irreconocible. Su camisa rasgada muestra un cuerpo cubierto de marcas casi por completo. Los tatuajes han tomado más de la mitad de su rostro.

Los sentimientos forman un enjambre en mi pecho. Quiero hacerle tantas preguntas y, al mismo tiempo, quiero estrangularlo. Quiero mantenerlo cerca, y quiero golpearlo hasta que pierda el sentido.

Mi hermano.

—Ven a casa, hermano —me dice. Su voz ha cambiado. Suena como piedras que se raspan. Como gemas preciosas siendo trituradas—. Estoy aquí por ti y sólo por ti.

Apresto mis dagas, listo.

—No voy a regresar.

—¡Bo! —grita Arzu—. Estás atrapado, ríndete.

Él ni siquiera gira la cabeza para reconocerla.

—¡Bo, ríndete! —grita Aliya detrás de mí.

Él frunce el ceño y mira a Zephi, que gira sus dagas en sus manos.

Durante varios largos segundos, todos estamos allí, en pie, preparados para la batalla.

Zephi se apresura hacia delante.

—Zephi —grito—, ¡espera!

Bo detiene la embestida de Zephi y abre un corte en su vientre, luego se hace a un lado mientras Zephi cae, con los ojos muy abiertos por la sorpresa.

—¡No me hagas matarlos también a ellos, Taj! —grita Bo, de espaldas a mí.

Zephi da unos cuantos pasos tambaleantes, sosteniendo su costado, y se gira para embestir de nuevo. Arzu se abalanza en el mismo instante. La expresión de Bo no cambia cuando las esquiva, elude sus golpes y luego patea las piernas de Zephi por debajo de ella. Justo cuando está a punto de enterrar su daga en el pecho de Zephi, Arzu salta y envuelve sus piernas alrededor del cuello de Bo y lo tuerce hacia el suelo. Bo se libera y da varios saltos mortales hacia mí. Se eleva en el aire, y yo brinco a un lado justo en el momento en que su daga baja donde había estado mi cabeza.

—Bo, detente —siseo, pero es como si no me escuchara.

La ira surge en mí, y me lanzo hacia delante. Pero Bo presiona una mano contra su pecho y escupe a una *inisisa* que, en medio del vuelo, se convierte en un águila. La esquivo justo a tiempo. Con la boca aún abierta, él vomita una serpiente y otro charco de tinta se convierte en un dragón de múltiples colas.

Él también puede invocar a las *inisisa*. Y tantas casi a la vez. ¿Cuándo aprendió a hacerlo?

La serpiente se arrastra hacia Arzu. Ella se mueve de un brinco, pero la bestia es demasiado rápida. Se levanta de la tierra y se envuelve alrededor de su brazo, luego se desliza hacia arriba para morder su hombro. Gritando, Arzu la arroja al suelo. Las sombras se extienden como un morete en su hombro.

Ruedo bajo uno de los ataques de Bo y apuñalo a la serpiente en la nuca. El águila da vueltas alrededor y se abalanza sobre mí, mientras el dragón ruge en el cielo. Levanto mis manos para bloquear la carga del águila, luego veo que se dirige directamente hacia Aliya, así que corro.

—¡Aliya! —grito, pero una de las colas del dragón me golpea y me lanza hacia una choza ardiendo.

La paja cae sobre mí, y palmeo con furia sobre mi ropa para deshacerme de las llamas. La rodilla de Bo se estrella contra mi barbilla, y me envía al suelo con él encima de mí, agarrando mi cuello. Ni siquiera lo vi venir.

Algo se mueve detrás de él, y me suelta justo cuando Zephi empuja una espada hacia el frente. Ella debe haber tomado el arma de un aldeano caído. Bo la esquiva, pero la espada logra cortarle la camisa. Caigo al suelo con las manos en la garganta, luchando por respirar.

Al retorcerme en el suelo, el tintineo y el estrechar del metal contra la piedra llenan el aire. La choza arde a nuestro alrededor.

El techo de la choza cruje sobre nosotros. Una gran pieza de paja cae junto a la pared del fondo.

Bo se tensa, luego se lanza hacia Zephi. Ella bloquea el golpe con su espada, pero la fuerza del movimiento envía temblores por sus brazos. Bo ataca una y otra vez, y una nueva furia impulsa cada movimiento. Su cuerpo está rebosante de furia.

Un golpe más, y la espada de Zephi se rompe por la mitad. Ella apenas esquiva el siguiente golpe de Bo, luego el siguiente, pero Bo abre una herida en su vientre y enseguida otra en la muñeca, cuando ésta levanta el brazo para bloquear un golpe mortal.

—¡No! —grito mientras Bo lleva a Zephi sobre sus rodillas, entonces, con su espalda hacia mí, arquea su daga en un tajo descendente.

Zephi cae al suelo.

Bo da media vuelta.

La furia tiñe de rojo todo mi mundo. Mis manos se aprietan en puños. Mi cuerpo se prepara para enfrentarse a Bo y golpearlo hasta el Infinito, pero en ese momento el fuego crepita por encima de nuestras cabezas.

Me apresuro hacia la entrada de la cabaña mientras más porciones del techo se desmoronan. Se derrumban detrás de mí y entierran a Bo junto al cuerpo de Zephi.

Arzu y Aliya corren hacia mí, sin aliento, pero no veo señal de *inisisa*.

Dos de los *Larada* intentan ponerse en pie, pero, drenados, sólo consiguen levantarse hasta quedar sobre una rodilla. Su poder… toma un poco de ellos. Es como Devorar, entiendo sobresaltado. Pagas el costo con tu cuerpo. Tal vez no estén tan marcados en su piel como lo están en su interior. Uno de los *Larada* tose sangre en la tierra, a pesar de que no hay herida alguna en su cuerpo.

—¿Dónde está ella? —me pregunta Aliya—. La que luchó contra Bo.

Caigo sobre mis rodillas y sacudo la cabeza. Estoy temblando cuando consigo ponerme otra vez en pie y cojear hacia delante. Arzu ve la mirada en mis ojos e inclina la cabeza.

—Vamos —murmuro—. Vamos a buscar a los otr…

Me vuelvo y no puedo creer lo que estoy viendo. De los restos en llamas emergen tres lobos del pecado. Un oso se eleva a su altura máxima. Debajo, está Bo de rodillas. Por el Innominado… invocó bestias de pecado para refugiarse bajo ellas cuando la choza se derrumbó.

Capítulo 25

No queda más energía en mí. Nada. Intento utilizar la ira que sentí antes, pero mis extremidades no me obedecen. Aprieto los dientes y enfrento a mi enemigo; intento reunir la fuerza para luchar contra la última de estas *inisisa*. Nos acechan con Bo en el centro del grupo.

¿Cómo adquirió este poder?

—¿Alguna idea, Aliya? —pregunto.

—¡Ven a casa, Taj! —Bo grita tan fuerte que estoy seguro de que todo el pueblo puede escucharlo—. ¡Termina con esto! —camina a través de los restos de la cabaña, luego se detiene y dice, en voz más baja—: Termina con esto —y escucho la súplica en su voz, tan suave y rápida que casi la paso por alto. Él no quiere hacer esto. No quiere ser esta cosa, este monstruo, Karima lo ha convertido en…

Un grito desde algún lugar por encima de nosotros llama nuestra atención. Del cielo sale un *tastahlik* con un largo bastón.

Wale.

Nunca me había sentido tan agradecido de ver a alguien que me hubiera golpeado antes.

Él cae con fuerza sobre la cabeza de Bo, luego se gira para enviarlo por el aire y arrojarlo al suelo, a una docena de pasos de distancia. Sin perder el ritmo, Wale balancea su bastón y corta las *inisisa* de Bo. Todas las bestias se derrumban en charcos hirvientes, luego se disparan al aire y se sumergen en la boca abierta de Wale.

Él se limpia la tinta persistente de un lado de sus labios, luego asume una postura de lucha, con el largo bastón detrás de su espalda.

Bo se levanta, estira la espalda y hace sonar los músculos de su cuello. Carga contra Wale más rápido de lo que lo había visto moverse nunca, y Wale se inclina y hace girar su bastón. Bo salta sobre él y aterriza en el otro lado. Wale está de espaldas y, justo cuando Bo se apresura hacia delante, empuja su bastón hacia afuera y lo golpea en el vientre, entonces se gira y golpea a Bo dos veces en la cara antes de barrer sus piernas por debajo de él, hasta dejarlo clavado en el suelo con el extremo de madera.

Está hecho.

Wale nos salvó.

Caigo sobre una de mis rodillas, agradecido y exhausto. Me vuelvo para decir algo a Aliya, pero Bo toma el bastón de Wale, se desliza por debajo de éste y se lo quita de encima; después, corta el rostro de Wale con la daga en su mano.

Wale se tambalea, sangrando, y levanta su bastón justo cuando Bo ataca. Bloquea un golpe, luego el siguiente, después hace girar su bastón para que silbe en el aire antes de balancearlo hacia Bo, quien se inclina hacia atrás para evadir el ataque. Bo se endereza y se lanza al frente. Wale se inclina hacia atrás y gira en el aire, endereza su bastón y lo atrapa con la otra mano, para sostenerlo cerca de su costado. Bo se derrapa hasta detenerse. Luego, vuelven a intentarlo: Bo se balancea y Wale está a la defensiva, girando y retorciéndose en el aire, tratando de poner distancia entre ellos. Pero Bo permanece cerca, prácticamente encima de él, hasta que Wale se lanza al aire como lo hizo antes y vuelve a bajar; con el extremo afilado de su bastón contra la parte posterior de la camisa de Bo.

Bo grita de dolor, pero se gira, con las dagas aferradas con fuerza entre las manos, y vuelve a cargar, como si su fuente de energía fuera inagotable. La sangre corre libremente de sus heridas y deja rastros en la tierra.

Se está ralentizando, por fin, y resulta más fácil para Wale atajar sus golpes, pero éstos siguen siendo más poderosos que cualquier cosa que yo haya visto en un *aki*.

Bo se abalanza hacia el frente. Wale se agacha, luego hace girar su bastón hacia arriba y con el extremo afilado corta la muñeca derecha de Bo. Mientras Bo se tambalea, sosteniendo lo que queda de su brazo, Wale viene por detrás y encaja el puñal de su bastón a través del muslo de Bo, hasta dejarlo clavado en el suelo.

Sin embargo, con su mano libre, Bo saca una daga de su bota, se la arroja a Wale justo en el cuello.

Aturdido, Wale se tambalea; con los dedos, busca la hoja encajada en lo profundo de su cuello, pero antes de que lo consiga, cae.

Bo, reuniendo una fuerza que ni siquiera puedo imaginar, saca el bastón de Wale de su pierna mientras la sangre brota profusamente de la herida; entonces gira el bastón con su mano útil y se gira para enfrentarme. ¿Cómo puede siquiera permanecer en pie?

Antes de que pueda pensar, ya me he precipitado hacia él, y el impacto nos hace perder el equilibrio. Aterrizo encima. Los dos aferramos con nuestras manos el bastón, y lo empujo con todas mis fuerzas contra su cuello. Me he quedado sin palabras por la rabia que siento. La saliva se derrama de mi boca. Aprieto los dientes y empujo.

—Ven. Regresa —sisea Bo también con los dientes apretados.

Las lágrimas acuden a mis ojos, entonces algo dentro de mí cede, y él me patea. Aterrizo de espaldas, y Bo se arroja hacia mí.

—No quiero matarte —lo dice con una voz lo suficientemente baja para que sólo yo lo escuche—. Por favor.

—Bo, ¿qué pasó? ¿Qué te hizo ella?

Sus ojos parpadean. Su rostro luce como si en su mente estuviera luchando contra sí mismo, pero luego esa pelea se detiene.

—Karima ha traído el equilibrio a Kos. No hay ricos, no hay pobres, no hay enfermedades —levanta el bastón y lo estrella contra mi cara. El dolor explota en mi cabeza. Intento escaparme a rastras, pero Bo cojea tras de mí—. Estoy protegiendo a Kos.

No puedo creer lo que estoy escuchando. No puedo creer que Bo lo crea.

—Taj, si sigues huyendo, quemaré todo Odo hasta encontrarte.

Huyendo. Tanta muerte y destrucción porque he estado huyendo. La culpa se eleva y amenaza con abrumarme. Cuando doy media vuelta, Bo se para sobre mí, con el extremo afilado del bastón apuntando a mi pecho. La sangre gotea de él. Su sangre. Alrededor de nosotros hay una manada de leones del pecado gruñendo. Él todavía tiene la fuerza para invocarlos.

—¿Cómo? —pregunto, gesticulando débilmente hacia ellos—. ¿Cómo conseguiste estos poderes?

—Karima tiene un ejército de algebristas y Magos —mira la mano que sostiene el bastón, su otro brazo. Casi no hay piel clara en su cuerpo—. Ellos me han hecho más fuerte. Su magia ha desbloqueado estas cosas en mí. Mi cuerpo ya no es una prisión. Es un arma —lo dice como si descifrara un regalo. Algo que yo podría tener si me uniera a él, si me uniera a Karima. Los leones del pecado se aproximan.

Abandoné Kos.

Ya no.

Tomo arena y la lanzo contra los ojos de Bo. Él retrocede, y pongo mis manos en mi pecho. Mis pulmones se estrechan, mis hombros se tensan y de mi boca sale un río de tinta que se convierte en un jabalí. El esfuerzo me debilita, pero el jabalí embiste hacia Bo, quién, tomado por sorpresa, no puede levantar su bastón a tiempo. Los leones del pecado cargan todos a la vez. No puedo morir. Hoy no.

Mientras el jabalí retumba hacia Bo, doy media vuelta y veo a la primera de sus *inisisa* que se precipita hacia mí. Todo parece ralentizarse. Mi cuerpo se mueve por instinto. Extiendo mi mano y siento la piel del león del pecado contra la palma. Luego la tibieza, ésa que florece hasta volverse calor y, luego, un estallido de luz. Me tropiezo. Donde había estado el león, ahora sólo queda una lluvia de chispas.

Lo hice. Igual que Juba. Igual que el resto de los *Larada*, los Sanadores.

Pequeñas estrellas cuelgan en el aire alrededor de mí cuando me vuelvo para mirar a los demás. El jabalí se encuentra a uno o dos pasos de Bo, gruñendo. No puedo matarlo. No puedo dejar que se lo coman.

Todos los leones del pecado miran en dirección a mí hasta que veo movimiento en el otro extremo de la calle. Parece que una pared de luz se dirige hacia nosotros, cubriendo todo a su paso. Juba y los *Larada*. Una figura con túnica camina entre ellos: Zaki.

En ese instante ideo un plan. Es una absoluta locura, pero si estoy en lo cierto, podría ponerle fin a todo esto. Podría traer a Bo de regreso.

Las *inisisa* se dirigen a los *Larada* como si fueran uno solo en cuanto Bo los ve, y los leones se abalanzan entonces, sólo para explotar en fuentes de luz que saltan en el aire. El cielo nocturno brilla cuando las bestias se desmoronan.

Ahora los *Larada* están lo suficientemente cerca para escucharme.

—Zaki —grito—. ¡Invoca sus pecados! ¡Rápido, antes de que él pueda moverse!

Bo intenta lanzarse hacia mí, pero Zaki se abalanza al frente y sujeta su cabeza. No importa cuánto se esfuerza Bo, no consigue evadir su agarre. Los otros *Larada* lo sostienen. Las venas se abultan en su cuello y su frente y sus brazos.

Bo se convulsiona. La tinta se dispara en el aire como un estallido de una fuente. Un chorro continuo se arquea en el aire mientras más pecado se filtra por los lados de su boca y comienza a acumularse debajo de su cuerpo.

El pecado brota de su garganta y parece no detenerse nunca. Bo jadea; se está asfixiando. La primera ola termina, y él tiembla. El estanque a sus pies se convierte en un lobo. Los *Larada* no se han movido. Bo se recupera, y otra bestia se derrama de su boca, luego otra y otra, cada ráfaga de bilis negra surge como una flecha fuera de su cuerpo. Él continúa derramando pecados, y el estanque bajo sus pies se ensancha más y más, y la multitud retrocede con horror mientras los pecados de tinta comienzan a oscurecer la túnica de Zaki y se elevan por encima de sus rodillas. Hay tanto pecado que me pregunto cómo Bo logró mantenerse vivo durante este tiempo. ¿Cuánto pecado tiene él en su corazón?

Puedo escuchar los gritos ahogados en su garganta por el pecado que continúa dejando salir.

La multitud retrocede todavía más hasta que todos se encuentran detrás de mí, en un extremo, y de Aliya y Arzu, en el otro. Mientras tanto, los *Larada* murmuran para sí en su lenguaje de oración, con Juba al frente del grupo.

Entonces todo se detiene.

Bo se hunde en su control.

De la tinta vienen las *inisisa*. Osos y lobos y grifos con las garras enterradas en la arena, cobras y linces, hienas y dragones. Tantos pecados se extienden alrededor del pequeño círculo que formamos Bo, yo, Zaki y los *tastahlik* que sostienen a Bo. Miro hacia arriba, detrás de mí, y de vuelta a Zaki, quien se encuentra con mi mirada, luego se da vuelta y ve por sí mismo. Las *inisisa* llenan las calles. Una horda entera.

Cuando veo todas esas bestias, mi corazón sufre por Bo. Toda esa oscuridad dentro de él. ¿Cómo podría vivir con eso?

Cuando me levanto, los otros *Larada* se levantan conmigo. Juba ve la expresión en mi rostro y entiende mi deseo. Entonces, sin decir una sola palabra, los *Larada* y yo formamos una línea frente a un grupo de *inisisa*.

Arzu se une a Zaki, y ambos vigilan el cuerpo inerte de Bo.

Doy un paso al frente con el resto de los Sanadores, y todos los demás nos abren paso. Cuando llegamos a la primera fila de las *inisisa*, ponemos las manos sobre sus frentes y observamos cómo comienzan a brillar. Entonces, no son más que luz que estalla y que deja chispas como luciérnagas que se apagan a la existencia. La emoción de todo esto se sobrepone a la fatiga que sé que está arrastrándose dentro, así que camino con Juba y los demás a medida que convertimos las *inisisa* en bestias hechas de luz.

Trabajamos hasta que el cielo se pinta de rosa con el amanecer.

Cuando nos encontramos en el borde de la aldea y ya no hay más *inisisa*, me derrumbo.

Algo se mueve a lo largo del borde por encima de nosotros. Una figura se recorta contra los rayos del sol en su salida.

Se mueve, luego la veo deslizándose por el lado del cuenco, enseguida desaparece entre las chozas medio quemadas y las casas destruidas. Me encuentro demasiado débil para moverme, y veo que lo mismo es cierto para Juba. Ninguno de los *Larada* tiene la fuerza para seguir luchando.

Eventualmente, se acerca más. Sé incluso antes de ver su rostro de quién se trata. La manera en que se mueve, en que se balancea, como algo que nunca se contenta con las líneas rectas o el descanso.

Abeo. Me doy cuenta de que no lo había visto desde antes del ataque del *arashi*. En todo el caos que se desató desde entonces, ni siquiera me había dado cuenta.

Varios *tastahlik* emergen de la aldea y nos acechan. ¿Ha estado esperando todo esto? ¿Era éste su plan? ¿Hacerse cargo cuando nos debilitáramos?

Todavía siento el impulso de luchar y me pongo en pie antes de que el puño de Abeo se estrelle contra mi mejilla y me arroje de espaldas.

Todo duele, pero no puedo moverme. Ni siquiera cuando algunos de los *tastahlik* enemigos me atan con cadenas e inmovilizan a Juba.

—Juba —comienza Abeo.

—¡Dirígete a mí como *Ayaba*! —sisea ella, a pesar de que apenas puede mantenerse en pie bajo el agarre de los dos *tastahlik* que la flanquean—. Soy tu reina. Designada por Olurun para ser tu líder.

—Fuiste designada por tu sangre —se burla Abeo—. Sólo eres *Ayaba* porque tu padre era Oba. ¿Cuándo has probado que eres digna de tu título? —se acerca más a Juba, y quiero golpearlo, pero no puedo levantarme de donde me encuentro, arrodillado—. Una vez fuimos una tribu feroz que deambulaba por las tierras y tomaba lo que necesitaba sin importar el costo. Evitábamos a los *arashi* porque peleábamos con quien nos mantuviera en un lugar durante demasiado tiempo. Pero entonces te convertiste en nuestra *Ayaba*, encontramos agua y echamos raíces. Y nos fuimos marchitando —agita una mano ante la muerte y la destrucción detrás de él—. Tan fácilmente, estamos rotos —me mira—. Dejaste que un chico con una recompensa sobre su cabeza se estableciera con nosotros. Nos pusiste en peligro a todos —su mirada regresa a Juba—. No más —gesticula con un brazo—. Llévatela —luego se acerca a mí—. Tú, te enterraremos con tu amigo. Irán adonde murieron los refugiados y se sofocarán bajo el peso de sus almas sin purificar hasta que también mueran.

Su espalda es lo último que veo antes de que algo duro me golpee en la nuca y me hunda en la oscuridad.

Capítulo 26

Cuando despierto, mis piernas no se mueven. Mi cabeza se siente como si alguien estuviera construyendo una casa en su interior. Intento tocarla, pero el dolor me quema los hombros y la espalda. Mis brazos están atados detrás de mí, sujetos a un palo. Todo es oscuridad. El viento aúlla en lo alto. Entonces me doy cuenta de dónde estamos: éste no es viento normal. Es *inyo*. Espíritus sin purificar. El aire está cargado de ellos. Aquí es donde estaba el campamento de refugiados, antes de que el suelo se abriera y lo tragara por completo. Probablemente estoy rodeado de cadáveres.

Bo se desploma en sus cadenas. Han sido envueltas con firmeza alrededor del palo, de modo que sus brazos se encuentran atrapados detrás de él. Mis ojos se adaptan para poder verlo completo. Él levanta la mirada ante el sonido de mi agitación.

Puede que sea un truco de las sombras, pero sus ojos se ven como si estuvieran brillando de rojo. No puedo apartar la mirada de él, de lo tranquilo que parece, a pesar de que todo su cuerpo debe estar sufriendo tras haber invocado todos esos pecados. Ése podría haber sido yo. Si me hubiera quedado en Kos, Karima me habría convertido en su soldado, un asesino que no se detendría para cumplir sus deseos.

El brillo escarlata en los ojos de Bo parpadea, luego desaparece. Sus ojos vuelven a la normalidad y al agotamiento. Una sucia venda manchada de rojo se envuelve alrededor de su pierna donde el bastón de Wale lo apuñaló.

—Bo —susurro—. Bo.

Apenas puede sostenerse. Quiero ayudarlo, mantenerlo en posición vertical, pero con cada movimiento que hago, las cadenas se encajan en mi piel.

—¿Qué me hiciste? —primero sale sólo como un gemido, y luego otra vez, más fuerte. Una pregunta. La ira en su voz lo ha abandonado. La furia, la violencia. Ahora suena perdido.

Recuerdo aquel primer león del pecado que convertí en luz. Luego recuerdo el ejército de las *inisisa* que los Sanadores y yo limpiamos. Me estuve moviendo por instinto, apartando la mente para que mi corazón pudiera guiarme.

—El perdón —susurro. El recuerdo de la voz de Zaki zumba en mi cabeza—. El perdón.

—¿Qué quieres decir?

Incluso mientras hablo, estoy juntando las piezas. Pero el perdón es la manera en que lo desbloqueé.

—Te perdoné.

Puedo ver el confundido ceño de Bo, incluso en la oscuridad cercana.

—Me perdoné. Por abandonar Kos. Por abandonarte a ti. Yo… quería salvarte.

Durante un largo tiempo, Bo se queda en silencio. Luego deja escapar un sollozo.

—No lo merecía. Después de todo lo que hice por Karima, después de toda esa muerte. No lo merecía.

Sacudo mis cadenas. Quiero abrazarlo. Quiero decirle: *Sí*, lo merecías. *Lo mereces*.

—Ellos intentaron cambiarte —mi mente ahora está encajando tantas piezas en su lugar. Las palabras de Zaki, las ecuaciones de Aliya, el *iragide*. Pero todavía hay mucho que no entiendo—. ¿Qué te hicieron?

Bo mira el cielo, y ambos vemos que los *inyo* manchan el sol. Luego mira el suelo, avergonzado.

—Ella lo hizo fácil —suena como si hablara consigo—. Ella hizo fácil pecar. Matar.

—Ella te quitó tu culpa —le susurro.

Así es como lo hicieron los Magos y los algebristas, así es como lo convirtieron en este cazador. Mis ojos se agrandan ante la idea de los *aki* caminando a través de Kos, ahora capaces de pecar tanto como sea posible sin caer enfermos, de Devorar tanto pecado como Karima les ordena sin que Crucen. Los Magos han eliminado su culpa.

Bo sacude la cabeza.

—Aunque hay límites para sus habilidades, fui capaz de llevar un ejército de *inisisa* dentro de mí, de modo que en cualquier sitio adonde fuera podía invocarlas y pedirles que consumieran a otros. Luego, cuando terminaban, podía Devorarlas nuevamente y hacer que vivieran dentro de mis huesos —se estremece ante los recuerdos.

Mis ojos se agrandan ante el poder que Karima ha desbloqueado, ante las consecuencias de todo esto, ante el hecho de que ahora tiene lo que necesita para poner de rodillas a todo el reino. Entonces recuerdo cuánto debe doler. Incluso con la culpa suprimida, Devorar un pecado sigue siendo una de las cosas más agonizantes del mundo. Sin embargo, eso no le importó a Karima. Los *aki* nunca serán más que herramientas para ella. Armas. Ella nunca me vio como persona, como amante. Ni siquiera en aquel momento, cuando me paré en la escalinata de Palacio y ella trató de llamarme a su lado mientras Kos ardía a nuestro alrededor e intentó convencerme de que yo era digno de ella, yo jamás hubiera sido su compañero de corazón. Siempre sería un arma para ella.

Bo se relaja en sus cadenas y se sienta.

—Sólo hay una manera de que termine mi viaje —los bordes elevados de las marcas de pecado cubren casi todo su rostro. Éste ha sido su trabajo. Esto es lo que Karima le hizo—. ¿Me matarán?

El trueno crepita por encima de nosotros. Un instante después, la lluvia golpea sobre nuestras cabezas.

—No lo sé —le respondo en un susurro. Mi cabello cae sobre las orejas. En poco tiempo, la ropa cuelga sobre nuestros cuerpos, empapada. Estornudo. Y ni siquiera puedo mover los brazos para limpiarme la cara.

Pronto, el agua fangosa moja mis sandalias. Bo no se ha movido en absoluto, ni siquiera cuando el agua comienza a subir por sus rodillas.

—Bo —grito—. ¡Bo! —¿está dormido?—. ¡Bo!

Levanto la mirada y la lluvia cae sobre mis ojos. No se detiene.

—¡Bo! —empiezo a luchar contra las cadenas que me atan.

Una mirada pacífica aparece en el rostro de Bo. Como si estuviera agradecido por lo que está pasando.

—¡Bo! —ahora el agua ha alcanzado nuestra cintura.

Tenemos que salir de aquí. El agua cae en sábanas sobre la cresta del cráter. Algo está sucediendo. El cráter se está llenando demasiado rápido.

Bo está en pie ahora, mirando a su alrededor con nerviosismo. El agua ya alcanza nuestro pecho.

Mis muñecas y mis hombros arden. La energía está derramándose fuera de mí como la sangre en una herida abierta. Esto no es normal. Nada de esto es normal.

Ahora el agua roza nuestra barbilla.

—¡Ayuda! —grito. Nadie puede oírme por encima del sonido de la tormenta—. ¡Ayuda! ¡Alguien!

Bo escupe en el agua fangosa.

Algo se estrella contra mí. Entrecierro los ojos y veo un brazo, luego un torso: es un cuerpo.

—¡Chai! —grito. Luego más y más de ellos. Los refugiados muertos. El agua profanó sus tumbas. Muy pronto Bo y yo estaremos entre ellos—. ¡Bo! —grito, las lágrimas corren por mi rostro—. ¡Bo! ¡Bo, quédate conmigo!

Él se está tambaleando. Apenas puede mantenerse en pie. El agua le llena la nariz.

—¡Bo! —tiro y tiro y tiro. El agua empieza a levantarme—. ¡Bo!

Mis pies se enganchan en el palo. El dolor, como fuego, galopa a través de mis hombros, pero atrapo algunos escombros debajo de los pies y, balanceándome contra el palo, me deslizo hacia arriba. El agua sube conmigo, me persigue. Sólo un poco más. Un poco más. Mi brazo está a punto de salirse de su lugar. Tengo que cerrar los ojos contra el agua que nos ha tragado. Más alto. Más alto. ¡Y entonces, la libertad! Llego a la parte superior del palo y deslizo mis brazos por encima de él. Mis cadenas se dispersan, pero las esposas se cierran firmemente alrededor de mis muñecas. Aun así, puedo moverme.

Me libero y me sumerjo bajo el agua, luego nado hacia Bo y tomo sus cadenas en mis manos.

Son sólidas. No hay ninguna llave. Busco a tientas y me detengo cuando llego al tocón donde había estado su mano.

Todo vuelve a mí: la masacre, la lucha. Me sacudo el estupor. Mis pulmones están a punto de explotar. Salgo a la superficie y trago aire.

No consigo liberar a Bo, pero puedo mantener su cabeza por encima del agua por ahora.

Flotando, tomo su cara y la inclino hacia arriba para mantenerla fuera del agua. Se atraganta, luego escupe.

Acerco mi rostro al suyo.

—Bo —le digo—. Bo, mírame —sus ojos están muy abiertos, asustados, pero ahí está. Él ve al que alguna vez fui con él. De repente, somos dos hermanos de nuevo, corriendo por Kos, enfrentándonos en las calles, tratando de conquistar a chicas en Zoe. Permito que ésta sea la manera en que lo recuerde.

La paz se filtra en mí.

Lo abrazo fuerte, con cuidado de mantener su cabeza fuera del agua un poco más de tiempo. Karima no pudo quebrarnos.

El trueno crepita, luego retumba. Escucho voces. Susurros. El sonido de más *inyo*.

Luego, un fuerte chapoteo.

Algo pesado me golpea y me separa de Bo. Me siento pasar por una serie de manos hasta que golpeo la pared del cráter. Mi mirada se mueve hacia delante y atrás hasta que noto una escalera de cuerda a mi lado. *¿Qué?* Miro hacia arriba para encontrar a Arzu varios peldaños por encima con el brazo extendido. La lluvia sigue cubriéndonos. Miro hacia atrás, y veo que alguien lleva a Bo por encima de sus hombros, remando hacia una escalera en el otro extremo del cráter.

—¡Taj! —grita Arzu—. ¡Toma mi mano!

La tomo, y ella me jala. A mitad de la escalera, la tormenta se detiene. No más lluvia, no más truenos.

Más manos me empujan hacia arriba sobre el borde del cráter, y trato de ponerme de rodillas, tosiendo, pero apenas puedo encontrar la fuerza.

Se siente como si hubiera estado tosiendo por siempre, pero al final me detengo. Paradas por encima de mí están Arzu y Aliya. No lejos de donde me encuentro, Zaki atiende a Bo. Él no se mueve.

—Bo —susurro mientras me arrastro hasta él.

Una mano toca mi hombro.

—Taj —es Arzu—. ¿Puedes pararte?

Caigo de espaldas e intento recuperar el aliento.

—¿Qué pasó?

Aliya mira al cielo.

—Vinimos a liberarte.

—Pero Abeo. Los demás. Juba, ¿dónde está ella?

Cuando me siento derecho, Arzu me da una palmada en la espalda, y expulso más agua.

—Tenemos que salir de aquí primero. La tormenta nos permitió ganar algo de tiempo, pero necesitamos movernos rápido.

—La tormenta... —me quedo mirando a Aliya—. ¿Tú hiciste eso?

Ella trabaja rápido para quitar los amarres. No sé cómo lo hace, pero rompe mis esposas y éstas caen.

—Tuve un poco de ayuda —le dirije una sonrisita a Zaki antes de levantarme.

Los *inyo* se mueven más rápido a nuestro alrededor ahora que estamos fuera del sumidero. Arzu jala su bufanda sobre boca y nariz. Aliya tose contra el aire denso y envenenado.

—Apresúrate —dice Zaki.

Nos tropezamos en la oscuridad y, con una brusquedad que me detiene en mis pasos, el sol vuelve a salir. El día brilla. La casa de Zaki es un punto en una colina a lo lejos.

—Los *tastahlik* de Abeo están ocupados resguardando a Juba y a los *Larada* que no lograron escapar. No hay suficiente de su gente para que pueda enviarlos a mi vivienda —nos dice Zaki, y entonces nos apresuramos en esa dirección.

Aliya me sostiene. El sol calienta mi cuerpo; su toque me calienta aún más.

—Lo salvé —le digo a Aliya en voz baja—. Traje a Bo de regreso.

Capítulo 27

Llevan a Bo adentro, pero Aliya y yo permanecemos en la escalera de la casa de Zaki. Las sensaciones han comenzado a volver a mi cuerpo.

—Aliya, estoy listo.

Sus túnicas, todavía oscuras por la lluvia, cuelgan de su cuerpo. Cuando va a exprimirlas, tiene que arremangarse y revelar las marcas que suben y bajan por sus brazos. Las letras y los números cubren su piel como las bestias cubren la mía. Siento que nos ha unido algo mágico, algo más grande que nosotros mismos. Algo que proviene del Innominado.

—Estoy listo para regresar a Kos.

Deja de secarse, con los ojos muy abiertos por la incredulidad y entonces una sonrisa se dibuja en su rostro. Me abraza, y me hundo en ella. Se siente genuino, pleno. Es, me doy cuenta, lo que he querido durante tanto tiempo. Casi sin saberlo.

Luego, se aleja.

—Tenemos que hacer algo primero.

—Juba —digo, y ella asiente.

Dentro de la cabaña, Zaki y los Sanadores se congregan alrededor de los dos escritorios que se han convertido en cama para Bo. Sus ojos se abren, luego se cierran, pero su respiración es normal. Cuando me oye entrar, se sienta y balancea las piernas sobre el lado de la mesa. Todavía no está listo para pararse, pero el color ha vuelto a su rostro.

En dos saltos estoy delante de él y sostengo la parte posterior de su cuello, presionando mi frente contra la suya.

—Hermano —le digo. Él no se resiste a mi agarre—. Es bueno tenerte de vuelta.

—Hasta que sea lo suficientemente fuerte para vencerte en un combate de nuevo —dice con una sonrisa débil.

Río.

—¿Debo aprovechar mi ventaja ahora?

Miro hacia arriba. Zaki está sacando rollos de los estantes. Aliya entra por detrás de mí para ayudarlo. Los *Larada* susurran entre sí, algunos de ellos todavía miran a Bo con recelo.

—¿Dónde está Arzu?

Zaki levanta la vista y parece notar apenas que su hija no está en la habitación con nosotros.

—Se fue a orar —dice uno de los *Larada*.

La encuentro detrás de la casa, sentada con una pequeña cadena de piedras de oración en sus manos unidas. Murmura palabras que no puedo descifrar, luego dice:

—Que mi cabeza y mi corazón encuentren el equilibrio —se pone en pie y luego mira al cielo—. El cielo es nuestro techo, la tierra nuestro lecho.

Espero hasta que termina.

—Hey.

Cuando me mira, tiene una expresión de tristeza insondable mezclada con ira en su rostro.

Levanto las manos en defensa. Ella me mira como si la hubiera ofendido, entrometiéndome en su oración.

—Tu temperamento no hará que hiervan antes los frijoles —bromeo, esperando hacer que sonría.

Ella deja escapar una risa a medias y se limpia las lágrimas de los ojos.

—El decreto real de hoy será la envoltura de *suya* de mañana —*Mantén la calma*, estoy diciendo. *Nada dura para siempre.*

Esta vez, su sonrisa se convierte en una risa completa.

—Una gallina puede escapar de Kos y terminar de cualquier forma en una olla de sopa —*No puedes escapar de tu destino*, eso es lo que ella me está diciendo.

—¡Estás hablando como un chico del Foro!

—Sí —dice ella con una risita suave. Se limpia los rastros de lágrimas de sus mejillas y mira las piedras de oración en sus manos—. Cuando Juba nos visitaba, escapábamos de Palacio y vagábamos por el Foro para escuchar la forma en que hablaba la gente de Kos. Los proverbios... Juba se sentía atraída por ellos. Éramos niñas, así que nos resultaba fácil aprender —por la forma en que habla de Kos, puedo decir que la extraña. Toma sus piedras de oración y las desliza a través de su cinturón—. Te oí hablar con Aliya. Yo también voy a regresar.

Una parte de mí se alegra de que Arzu esté diciendo esto, pero otra parte se rompe. Pienso en la forma en que ella y Juba se miran y cómo Arzu nunca se aleja de su lado. La forma en que se mueven entre sí, como si estuvieran en esta danza realmente simple. Como si conocieran los ritmos de la otra. Y la forma en que Arzu lloró cuando vio a Juba por primera vez desde que eran niñas. Están enamoradas.

Arzu dirige su mirada hacia la aldea, donde la chica que ama, sin duda, está encadenada.

—Es extraño. Sólo conozco este lugar por los cuentos que me contaba mi madre. Ella pintó un cuadro tan vívido en mi mente, tan diferente de Kos y de Palacio. Pero me siento perdida de cualquier forma.

Mis cejas se fruncen.

—¿Perdida?

—He regresado, sí, pero siento que no pertenezco aquí. Ésta es mi patria, pero… es más la de mi madre que la mía. Apenas puedo hablar el dialecto de aquí. Estoy dividida entre dos lugares y a ninguno pertenezco. Nadie aquí me conoce. Y mi madre fue tan hábil en arrancar sus raíces del suelo que pocas personas aquí la conocen o la recuerdan. Las tribus migran mucho, y algunas personas se asientan en otros lugares mientras que otras tribus diferentes se unen a la nuestra, y ha habido tanto mestizaje que no creo que mi madre reconociera este lugar si estuviera aquí para verlo… —mira las manos dobladas en su regazo—. La gente de la que me hablaba siempre estaba en movimiento. Yo imaginaba las caravanas siendo perseguidas por los *arashi* y los *tastahlik* que eran… —su voz se apaga—. Estas personas han dejado de moverse. Han encontrado un refugio y viven en el fondo de un cuenco de calabaza hecho de tierra. Al igual que las *dahia* en Kos.

—Parece que no puedo alejarme de la ciudad —murmuro, tratando de que sea una broma de nuevo. Kos es la ciudad de mi nacimiento. La ciudad donde nacimos los dos, en realidad. Sólo que siempre fue *mi* patria. Mamá y baba no tenían historias de tierras lejanas para mí, ni sobre personas que se parecían tanto a mí y que eran muy diferentes de aquéllas con las que corría en las calles de Kos. Mi familia era Marya y la tía Sania y la tía Nawal y los *aki* con los que compartía una pequeña habitación. Ésa era mi tribu.

—No tengo casa aquí —dice Arzu al fin.

—Tienes a Zaki —atajo—. Tienes a tu baba —y eso es más de lo que pueden decir muchos.

Arzu asiente.

—Existe la familia en la que naciste y la que tú creas. Tú, Aliya, los rebeldes. Esa también es mi familia. Ésa es mi casa. Adonde tú y Aliya vayan, yo también iré —sonríe y se acerca a mí, luego descansa una mano en mi hombro—. ¿Vamos a casa?

Poso mi mano sobre la de ella.

—Vamos a casa.

Capítulo 28

Aliya ha movido todos los libros del estudio a la sala. Zaki se para ante una olla en la cocina, y el aroma de la sopa *egusi* espesa el aire. La casa huele a mis primeros recuerdos de la vida con mamá y baba. A aquellos días en que nos pagaban lo suficientemente bien y las habitaciones que yo y los otros *aki* compartíamos en los barrios marginales de Kos también olían así.

Mis pensamientos se van hasta esa tarde que pasé con los *Onija*, sentado en un círculo flojo y desequilibrado, comiendo rebanadas de melón y *chin-chin*. Joven y poderoso y risueño. El sol brillaba a través de la cortina de cuentas de esa habitación y salpicaba sus barras de luz sobre nuestros brazos y piernas cubiertos de marcas de pecado. Hay una parte de mí que todavía se ve allí, bromeando con Folami y Abeo y los demás sobre los tontos y sucios comerciantes de tierras lejanas que comen utilizando manchados tenedores metálicos en lugar de usar sus manos, jugando a pelear con los jóvenes Devoradores de pecado, defendiendo la aldea con los más viejos. Pensé que podría ser uno de ellos.

Sacudo la visión. Ellos son el enemigo ahora. Y Abeo los encabeza.

Aliya estudia detenidamente los libros, y una vez que Zaki termina de entregar los cuencos de sopa a los Sanadores, se une a ella. Es como si el resto de nosotros hubiéramos desaparecido, y ambos sólo tienen ojos para su trabajo. Los libros sin enrollar están dispersos por el piso, y tengo que pasar por encima de ellos para unirme a su círculo interno. Mantienen los libros desenrollados uno al lado del otro, y veo que los que están frente a Aliya no son más que formas: formas junto a formas dentro de más formas. Pero es un revoltijo. Y Zaki mira libros desenrollados que muestran ecuaciones inconexas, como la escritura en el cuerpo de Aliya.

—Esto es —susurra Aliya. Ella señala primero las formas, luego golpea un dedo contra una ecuación—. ¡Rápido! ¡Pergamino! —grita, a nadie en particular.

Recojo algunos libros a medio enrollar y coloco uno sobre la mesa. Aliya saca el lápiz que guarda detrás de su oreja y comienza a escribir. En un extremo del pergamino escribe una ecuación, luego observa las formas geométricas; después, en el otro extremo escribe texto, de derecha a izquierda. Luego regresa y, debajo de la primera ecuación escribe otra, luego una línea de texto a juego. En un lado parece líneas de poesía, y el otro, sus *lahala* de algoritmos habituales.

—¿Qué está haciendo? —pregunto a Zaki.

Pero él sólo la observa asombrado. Cuando los demás perciben la quietud en Zaki, se agolpan alrededor.

La escritura de Aliya se vuelve febril. Gotas de sudor resbalan de su frente, pero ella no emite un solo sonido. Ahora incluso Arzu observa. Aliya empuja el lápiz con tanta fuerza que lo rompe, y todos saltamos hacia atrás cuando escuchamos el fuerte grito:

—¡Necesito otro!

Arzu y yo nos metemos en el estudio, abrimos cajones y tiramos libros de las estanterías.

—¡*EH-HEH*! —grita Zaki desde la sala de estar—. ¡NO HAY NECESIDAD DE TIRAR TODO DE MIS ESTANTERÍAS Y CONVERTIR MI CASA EN *JAGGA-JAGGA*!

—¡Lo tengo! —Arzu levanta un lápiz y se lo entregamos a Aliya lo más rápido que podemos.

Ella reanuda su labor y garabatea un poco más. Luego más, hasta que ha llenado toda la página. Antes de que lo requiera, le doy otra: desenrollo el libro y lo extiendo sobre su lado libre. Ella sigue escribiendo, más rápido de lo que nunca he visto a nadie hacerlo.

Está escribiendo ahora una prueba, me doy cuenta. Pero ¿una prueba de qué?

Atrapo el movimiento por el rabillo del ojo, una forma que pasa por la ventana. Me apresuro, pero nada veo hasta que algo rápido y negro pasa corriendo. Luego, coronando la colina, una línea de más formas negras emerge. *Inisisa*.

—Tenemos que salir de aquí —digo, retrocediendo. Corro hacia la ventana opuesta sobre el área de lavado en la cocina y veo más—. No tenemos mucho tiempo. ¡Él está aquí!

—¡Olodo! —canta una voz desde afuera.

Abeo.

La oscuridad cubre las ventanas, bloquea la luz.

¡Uhlah! Todo el mundo deja de moverse. Incluso el sonido del lápiz de Aliya contra el pergamino ha muerto.

—¡Ven, ven! —grita la voz—. ¡Ven y déjame cobrar mi recompensa, *na*! Pasé por todos estos problemas para traer a tu amigo hasta aquí, para que él se encargara de matar a mis enemigos y facilitara mi trabajo. Ahora déjame cobrar mi recompensa.

Alguien en la habitación jadea.

Me vuelvo hacia Bo.

—Yo no estaba vagando por aquí —dice Bo cuando se da cuenta de que está hablando de él—, pero seguí un rastro. Un rastro que creí que había sido hecho por un *aki*. Estaba persiguiendo a un hombre cubierto de pecados —hace una pausa. Puedo sentir el cambio de aire en su ceño fruncido—. Pensé que se trataba de ti.

Abeo llevó a Bo hasta nosotros, a la aldea, a sabiendas de lo que él haría. Así que ése era su plan: llevar a Bo a la aldea para que, una vez que terminara con su masacre, Abeo pudiera derrocar a Juba. Luego, cuando el polvo se asentara, haría que mataran a Bo y le llevaría mi cadáver a Karima.

Excepto que escapamos.

—¡*Olodo* idiota! Tuviste la oportunidad de correr, y en lugar de hacerlo, como una rata que escapa de un diluvio, te atrapaste solo.

Nadie habla.

—Bien, entonces. Si tú no vas a salir, ejecutaré a Juba aquí mismo.

Oímos el ruido de las cadenas. Luego, silencio.

Esperamos. Quizás él está incitando a Juba a hablar y hacernos saber que ella está allí con él en verdad. Me imagino a Juba negándose a producir un solo sonido. Me la imagino dispuesta a sacrificarse para salvarnos.

—No estamos seguros de que ella esté ahí afuera —siseo—. Podría ser una trampa.

—Ya estamos atrapados —susurra uno de los Sanadores.

—No la voy a dejar allí para que muera —dice Arzu.

Antes de que cualquiera de nosotros pueda detenerla, ella se apresura a la puerta y la abre, entonces se abalanza hacia afuera. La luz entra en la habitación y, un momento después, los gritos se mezclan en el aire. Todos salimos disparados hacia el día.

Capítulo 29

Las *inisisa* nos rodean. Al menos una docena. Jabalíes y osos y lobos y linces y serpientes tan altas como yo. Folami tiene a Arzu de rodillas, con la punta afilada de su bastón apuntando a su nuca. Juba permanece en pie, pero Abeo está detrás de ella y sostiene las cadenas con firmeza entre sus manos.

—Ah, finalmente te encuentras con mi establo —agita su brazo libre hacia la legión de *inisisa*.

Mis manos anhelan un arma.

—Han estado molestando por un poco de aire. Verás, mantener a las *inisisa* en cautiverio sólo las hace enojar más. Uno diría que resultan menos fáciles de controlar. Son como los niños refugiados de los que las invoqué: indisciplinados, impredecibles. Pero entonces tu *arashi* tuvo que venir y cortar mi suministro —uno de los Sanadores comienza a adoptar una postura de lucha, y Abeo hace todo un espectáculo de apretar las cadenas de Juba. Ella gruñe contra ellos—. ¿Valoras la vida de tu *Ayaba*? ¿De tu reina?

El Sanador cede.

—Ahora ven conmigo, Taj —Abeo escupe mi nombre como si fuera veneno o los restos de un pecado que acaba de comerse.

Lanre saca sus sables de las vainas que cruzan su espalda y da un paso al frente.

Miro alrededor y me doy cuenta de que no tengo otra opción. Bo sólo posee movilidad en una mano y el resto carece de armas. Arzu no puede moverse. En el momento en que doy un paso, Aliya se tambalea y tropieza, hasta aterrizar en los escalones justo frente a mí, entre Lanre y yo. Se arrastra sobre sus manos y rodillas, buscando algo.

—¡Mis gafas! —grita—. ¡Mis gafas! ¡Oh, no! —se arrastra en un amplio círculo. Me inclino para ayudarla, y ella se detiene un instante para murmurar—: Atrás, Taj. Sólo da un paso atrás.

Cuando lo hago, veo que en todos los lugares donde pone su mano, deja un rastro de algo oscuro: sangre. Al igual que Zaki durante el ataque del *arashi*.

Ella se detiene. Un círculo de sangre seca la rodea donde se arrodilla. Toca su cabeza contra el suelo, fingiendo llorar, como si finalmente se hubiera rendido y hubiera dejado de buscar sus gafas perdidas.

—¿Qué es toda esta *lahala*? —grita Abeo, y los demás ríen—. ¿Todos los de tu ciudad son tan torpes?

Aliya está quieta, pero justo debajo de la risa de Abeo, puedo escuchar sus murmullos. En ese momento, el suelo comienza a temblar. Un pequeño estruendo al principio, que hace que todos dejen de moverse. Luego, más fuerte. Tanto que todos tropiezan hacia atrás. Lanre cae. Abeo se tambalea, pero aprieta más su agarre sobre Juba. Entonces una herida se abre en la tierra. La tierra en la que nos encontramos Aliya y yo se separa de aquélla donde se encuentran los *Onija*. Algunas de las bestias del pecado pasan nerviosamente de un lado a otro. Una de las *inisisa* no se da cuenta de lo cerca que está de la grieta y cae. Lo mismo ocurre con otra.

El corte en la tierra se ensancha. De repente, Bo brinca desde detrás de mí y se lanza hacia Lanre. Cuando salta dando vueltas, ya tiene uno de los sables de Lanre en mano y se abalanza directamente contra una de las *inisisa*, un lobo; salta otra vez y gira en el aire para cortar su nuca. El lobo se derrumba y al instante se convierte en un estanque de pecado que sale disparado hacia la boca de Bo en espera.

Con Folami distraída, Arzu patea, tropieza con ella y se libera de sus cuerdas. La brecha en el suelo se está extendiendo más. Arzu salta y apenas lo logra. Me apresuro a levantarla justo cuando una pared de agua se eleva de la tierra rota. Me giro, y Zaki también está en un anillo de sangre. Arzu y yo nos miramos a los ojos, y ella me entrega una de las dagas que llevaba en su cinturón.

Juntos, corremos y atravesamos la pared de agua para ver el caos a nuestro alrededor.

Bo balancea su nuevo sable ante las *inisisa* que lo tienen rodeado, hiere a una y esquiva el ataque de otra detrás. Se resbala y apenas consigue evitar al oso que se eleva por encima de su cuerpo y golpea sus patas justo donde un instante antes había estado su cabeza.

Daga en mano, Arzu se gira y con trabajo logra bloquear el golpe de Folami. La patea y luego adopta una posición de lucha.

Veo a Abeo retroceder. Las *inisisa* restantes se reúnen a su alrededor. Avanzan hacia mí como una unidad. Intento regresar a ese lugar en el que estaba cuando Juba y los Sanadores y yo libramos a la aldea de los pecados que Bo llevaba dentro de él.

Justo cuando la primera serpiente salta hacia mí, la esquivo e intento aprisionarla. Se retuerce ante mi agarre y se envuelve alrededor de mi brazo. Se levanta para morder mi cuello cuando una mano toca el suyo, y explota entonces en una lluvia de luciérnagas. Uno de los *Larada* me sonríe, luego se apresura hacia donde Bo mantiene a raya a tres *inisisa*.

Otro *Larada* se precipita a mi lado y se encarga fácilmente del resto de las *inisisa* que Abeo envió detrás de mí.

A mi lado, Bo rebana, barre y gira, y las *inisisa* que intentan consumirlo se desmoronan. Las Devora con facilidad.

Lanre lo ataca por la espalda, pero Bo frota el sable en su mano y se balancea detrás de él, para desarmarlo justo a tiempo. Luego Bo gira y lo atrapa por un costado. Lanre cae de rodillas y su cabeza golpea el suelo.

Arzu tiene el brazo de Folami torcido en su espalda con su daga en la garganta de la *Onija*.

—¡Abeo! —le grito—. Has sido derrotado. Deja ir a Juba.

—Lejos de eso —dice Abeo—, muy lejos de eso. Tu *Ayaba* está tan sólo a un respiro de que le abra la garganta. Yo tendría cuidado si fuera tú.

Tiene razón. Hemos eliminado su ejército, pero Juba todavía no puede moverse y tiene una daga apuntada directo a su garganta. Antes de que pueda averiguar cómo llegar a ella, un fuerte *bum* suena detrás de mí.

Una explosión. Gritos. Fuego.

Abeo aúlla, agarrándose la cara.

—¡Mis ojos! —grita. Se aleja arrastrándose sobre sus manos y rodillas, mientras humo se desprende de su ropa. Huele a carne quemada.

Detrás de mí, el muro hecho de agua ha cedido. Zaki se encuentra al borde de la tierra rota. Sus hombros caen y se inclina hacia delante.

Con los dientes desnudos en un gruñido animal, Abeo da vuelta y se prepara para correr hacia mí cuando Zaki agita su brazo y Abeo estalla de nuevo en llamas. Aliya hace lo mismo con su otro brazo, y más fuego devora al enemigo *tastahlik*. Éste grita, una y otra vez, se enciende hasta que cae de rodillas, incapaz de moverse.

Todos nosotros vemos a Aliya y Zaki conmocionados y maravillados. Los ojos de Aliya son amplios y brillantes, resplandecen con una rabia que nunca había visto en ella. Incluso Folami se retuerce en el agarre de Arzu para ver a mi amiga, la Maga. La Séptima Profeta.

Aliya puede convertir el aire que nos rodea en fuego.

Abeo se contrae en el suelo. Aliya se prepara para disparar más fuego cuando Zaki sujeta su muñeca.

—Suficiente —dice.

Después de un momento, sus ojos vuelven a la normalidad. A dondequiera que se haya ido mientras arrancaba fuego del aire, ya está de regreso. Parpadea como si estuviera descubriendo en dónde se encuentra.

Arzu empuja a Folami al círculo formado por mí, Bo y ella.

—Tu jefe se ha ido —escupe Arzu—. ¿Te rindes?

Folami nos mira a todos con la cara en blanco y me doy cuenta de que ella oculta un tumulto de emociones, justo como lo hace el resto de la aldea. Usan la máscara para proteger sus sentimientos del mundo. Los guardan sólo para sí. Incluso mientras caminan, con su apariencia calmada y pacífica, las emociones luchan en su interior.

Folami inclina la cabeza.

—Me rindo —dice por fin.

El humo sisea en el cuerpo de Abeo. Arzu está lejos de ser delicada mientras busca sus llaves en sus bolsillos para luego abrir las cadenas de Juba.

Lo logramos.

Zaki sostiene a Aliya en posición vertical. Espero a que vuelvan a juntar la tierra, pero Aliya se hunde en sus brazos. Ella está afuera de su círculo de sangre, y Zaki del suyo. Se arrodilla, luego pone su mano en la tierra. Un puente delgado e inestable de tierra y piedras se dibuja en un arco en el aire para unirlos con nosotros. Lentamente, Zaki lleva a Aliya a través de él, tratando de mantener el equilibrio. El puente comienza a desmoronarse a sus espaldas, y Zaki se resbala. Deja caer a Aliya en el puente, y ella rueda en dirección a nosotros, pero se detiene. Zaki corre sobre lo que queda del puente mientras se derrumba a su alrededor, toma a Aliya en sus brazos y luego, justo cuando despeja el vértice del puente, la lanza con ambas manos al aire.

Amortiguo su caída con mi cuerpo, pero cuando me levanto, Zaki no se encuentra por ninguna parte.

—¡No! —grita Arzu. Ella se encuentra en el borde del piso, con el brazo extendido—. ¡Espera! —se está resbalando, está siendo arrastrada hacia el frente. Tiene a Zaki en sus manos. Lo sostiene con ambas, pero está a punto de caer.

Me lanzo hacia el frente y me detengo para sujetar las botas de Arzu justo cuando ella está a punto de resbalar.

—¡Aguanta! —grita Arzu—. Aguanta —su voz se vuelve más y más suave—. Por favor, baba, aguanta. Baba, por favor. Por favor, aguanta. Por favor —puedo oírla llorar—. Baba, lo siento. Lo siento mucho. Baba, por favor, regresa.

Puedo sentir cómo él nos empuja hacia arriba.

—Arzu, déjame ir —cuando Zaki habla, su voz es tan débil que creo que sólo Arzu y yo podemos escucharla—. Déjame ir —una sonrisa cruza su rostro—. Estoy demasiado débil, pero me siento feliz.

—¿Feliz? —pregunta Arzu a través de sus sollozos.

—Sí. El Innominado me devolvió a mi hija, aunque sólo haya sido por un breve tiempo. Moriré en Equilibrio. *Al-Jabr*, mi niña. La reunificación de las cosas rotas —con un último estallido de energía, jala la muñeca hasta romper el agarre de Arzu y cae.

—¡BABA! ¡NO, BABA! —ella se estira para alcanzarlo, escarba, me arrastra hacia abajo. Pero siento unas manos que me tiran hacia atrás.

—Arzu —digo, pero el resto se ahoga en mi garganta.

—No —susurra ella.

Cuando la jalamos, ella se queda tendida en el suelo, llorando sobre sus manos sucias.

Los ojos de Aliya se abren. Tan pronto como la veo moverse, estoy a su lado. Tengo su cabeza en mi regazo cuando me habla.

—La conozco —dice ella—. Conozco la Ratio. La descubrí —entonces se da cuenta de que Arzu está llorando—. ¿Qué pasó?

—Perdimos a Zaki.

El labio inferior de Aliya tiembla y las lágrimas comienzan a caer.

Capítulo 30

Aliya se aleja lentamente de mí. Una de las Sanadoras llega a su lado con su personal, Aliya asiente con la cabeza en señal de agradecimiento y se levanta. Yo me levanto con ella. En el lugar donde se ha roto el suelo, Juba se arrodilla junto a Arzu, que ha dejado de llorar y ahora tiene esa expresión de piedra en su rostro. Juba extiende una mano a Arzu, sentada en la tierra, con las mejillas manchadas de barro. Los brazaletes en las muñecas de Juba están doblados. Algunos de ellos apenas cuelgan.

Arzu mira aturdida la mano, como si no pudiera entender de dónde salió. Entonces es como si alguien chasqueara los dedos dentro de su mente, y ella se pone en pie, sacude el polvo de sus pieles y aprieta su cinturón. Camina hacia donde yo estoy sentado y donde Aliya se yergue, se detiene y toma la daga que yo había dejado caer. Sin una palabra, la desliza en la funda en su cinturón.

Folami se derrumba en el suelo en medio de nosotros, con la cabeza inclinada hacia la tierra. Sus manos y su cabeza quedan frente a Juba. El humo del cuerpo ceniciento de Abeo flota en el aire entre ellos.

Los Sanadores se amontonan a su alrededor y juntos marchan como uno solo hasta que sólo queda el ancho de un dedo entre la cabeza de Folami y la bota de Juba. Juba permanece en silencio tanto tiempo que Folami incluso levanta la cabeza.

—*Ayaba* —murmura ella—, perdóneme.

Juba aprieta los puños a sus costados. Tan en blanco como permanece la expresión de su rostro, tiembla de rabia. Sus muñecas, donde se muestran entre sus brazaletes, están bordeadas de rojo. Pero el momento pasa.

—No es mi decisión hacerlo —dice Juba por fin—. El pueblo hará un juicio y decidirá tu destino. Primero, dirás a tu gente que se retire. Ustedes fueron derrotados.

—*Ayaba*, por favor, no nos eches. Me ofreceré voluntariamente en lugar de los demás.

La mano de Juba se mueve tan rápido como un relámpago. Sus dedos se envuelven alrededor de la garganta de Folami. Ahí está otra vez esa ira que parece tan familiar. La gente que te importa, la gente que amas, ha sido lastimada, y aquí está la persona que lo hizo, o al menos uno de los involucrados. Aquí está la oportunidad de hacerles daño. Profundamente. Entrañablemente. Pero eso no es el Equilibrio… no el tipo correcto de Equilibrio.

Mi mano descansa sobre el hombro de Juba.

Ella gira la cabeza sutilmente. Un gruñido retuerce sus labios.

—Éste no es tu asunto, Taj de Kos. Mantente al margen.

Mi agarre en su hombro se aprieta.

—Juba, sabes que esto está mal.

Sus dedos aprietan el cuello de Folami y la levantan del suelo.

—Juba.

Podría apartarme. Podría ver cómo los conflictos de esta tribu continúan moviéndose en círculo. Podría dejar que Juba recupere el orden que crea conveniente. Éste no es mi asunto. Pero estoy cansado de la muerte y no puedo soportar más culpa.

—Juba, déjala ir.

—¡Juba! —la voz es de Arzu.

Ante esto, Juba deja caer a Folami en el suelo. La *Onija* tose violentamente. Los *Larada* se reúnen a su alrededor. Me alejo de Juba para que nada ni nadie se interponga entre ella y Arzu.

Cuando las miro así, recuerdo la primera vez que las vi juntas, la vez que se reencontraron desde que eran unas niñas. Juba acababa de matar media docena de lobos del pecado con facilidad, acababa de comerse el enorme pecado de Arzu, el que amenazaba con matarla, y cuando terminó, la vio a lo lejos. Yo sólo puedo imaginar qué imágenes pasaron por sus mentes en ese momento. Qué preguntas, qué oraciones, qué susurros, qué gritos.

¿Es lo mismo ahora? ¿El mismo amasijo de emociones que se guarda detrás de una máscara?

Arzu camina con infinita lentitud hasta que finalmente llega con Juba. La máscara de Juba se rompe y ella comienza a respirar pesadamente, como si estuviera esperando algo. Arzu pone su mano en la mejilla de Juba, y Juba se apoya en ella.

—Quédate conmigo —oigo decir a Juba—. Ayúdame a sanar mi tribu.

—Pero tú eres *tastahlik*, y yo no —responde Arzu. Su voz es como la roca que ha comenzado a agrietarse—. Sería ir contra las leyes de la tribu que yo esté contigo. Y si no puedo tenerte como mi compañera de corazón, no me quedaré.

Juba pone su mano en la de Arzu y cierra los ojos.

—Yo aboliría la ley para ti, Arzu. Todas las leyes del mundo.

La máscara de Arzu se agrieta aún más.

—No puedo pedirte que hagas eso, *Ayaba*. No destruyas tu mundo sólo por mí.

Durante un largo rato, ambas se quedan en silencio. Entonces Juba deja escapar un suspiro tan pesado que la desinfla. Luego retrocede y se endereza.

—Tienes razón. Mi gente me necesita —Juba intenta sonreír, pero su labio inferior tiembla.

—Y la mía me necesita a mí —dice Arzu.

Juba se acerca y envuelve sus dedos alrededor de la parte posterior del cuello de Arzu. Sus frentes se tocan.

—El cielo es nuestro techo, la tierra nuestro lecho —susurra Juba.

—El cielo es nuestro techo, la tierra nuestro lecho —susurra Arzu.

Juba tira de Arzu hacia ella en un abrazo.

—Siempre tendrás mi corazón.

Arzu no habla, pero envuelve sus brazos con más fuerza alrededor de Juba.

Cuando Juba se aleja esta vez, nos da la espalda. Ella mira a los *Larada*.

—Traigan a la prisionera —es todo lo que dice antes de comenzar su marcha cuesta abajo.

Los vemos avanzar hasta que desaparecen a lo lejos.

Entonces Arzu se vuelve.

—¿Debo buscar algunas almohadas para que todos puedan seguir mirando, o deberíamos irnos ahora? Kos no se salvará sola.

Me echo a reír, y Arzu está sonriendo, y el resto de nosotros también. Es la primera vez que la veo así en mucho tiempo. Libre. Como si estuviera con los lascares en el barco.

—Ahora, ¿cómo regresamos a Kos? —pregunto, rascándome la cabeza.

Antes de recibir una respuesta, Bo ya está de rodillas sobre el suelo y la bilis negra se derrama de su boca. Sus hombros se estremecen con cada convulsión. Luego termina y se limpia los restos del pecado de su boca. Cuatro charcos de tinta se retuercen frente a él y entonces brotan sus primeras alas, luego un pico, luego una cabeza, hasta que se convierten en grifos de cuerpo completo. Bo se levanta.

—Creo que ésta es la parte donde haces lo tuyo, Taj.

Sonrío.

Todavía no estoy seguro de mi capacidad para limpiar, por lo que soy lento para llegar al primer grifo, pero cuando toco su frente, siento ese viejo calor en mi palma. Sus sombras se desprenden, y cuando sus colores se hacen puros, el rayo pulsa debajo de su piel. Hay un momento de conmoción mientras lo hago, y la gran bestia inclina su cabeza hacia mí. Como si estuviera tratando de saber quién soy. Luego, alivio. Puedo hacer esto. Limpio a los otros tres y monto el que está al centro.

Los otros dudan, estirándose para tocar las bestias.

—¡Vamos! —espeto—. ¡*Oya*, vamos!

Suben a sus grifos y agarran las plumas detrás del cuello, igual que yo. Arzu ata su cabello rubio hacia atrás, lejos de su rostro.

Mi grifo se lanza al cielo. Luego, después de un momento, el resto lo sigue.

Debajo de nosotros, se encuentra la casa de Zaki, separada del resto por una cicatriz como si un cuchillo gigante hubiera cortado la tierra. Se hace más y más pequeña por debajo de nosotros, hasta desaparecer.

Flotamos en el aire por encima de las nubes. El viento me devuelve el cabello esponjado. Miro a los demás. A cada uno. Arzu. Bo. Aliya.

Los grifos baten sus alas, y nosotros cortamos el cielo, trazando el curso hacia nuestro hogar.

Capítulo 31

Bo permanece en silencio mientras aferra las plumas de la espalda del grifo. Él mira hacia abajo y, por un segundo, me pregunto si recuerda haber recorrido este camino antes. Tal vez ésta es la misma ruta que él siguió. Entonces me pregunto si queda alguna aldea en pie allí, cualquiera que él y sus *inisisa* hayan pasado por alto. Él tiene una mirada triste en su rostro. Ve algo que nosotros no. Tal vez esté buscando a los *inyo*, esos espíritus no purificados de las personas que asesinó. De cualquier manera, estamos demasiado arriba para verlos. Quiero hacer una broma al respecto, tratar de hacerlo olvidar su pasado, pero parece inapropiado y no sé si funcionaría.

—Será bueno tener un poco de arroz *jollof* de nuevo —le grito a él por encima del viento. Nadie sonríe. *Uhlah*, ¿qué se necesita para aliviar la tensión? Todos sentimos un poco de miedo de lo que nos espera en Kos. No sabemos si habrá ayuda esperándonos o si nos estamos metiendo directamente en las fauces de los *arashi*.

Aliya puede romper la tierra y sacar fuego y agua del aire. Yo puedo limpiar los pecados. Podríamos salvar a nuestra ciudad.

Tengo que admitir que me gusta este otro sentimiento, sin embargo. Está retumbando dentro de mí, y es algo que no había sentido en mucho tiempo. Me recuerda la primera vez que vi Osimiri, y toda su novedad me abrumó. Es lo que sentí cuando Aliya y yo estábamos en ese barco rumbo a poniente. Se siente como una aventura. Miro a Aliya de nuevo.

—¡Hey, Aliya!

—¿Qué?

—¿Alguna vez vas a hacer esa prueba? —ella parpadea sorprendida hacia mí.

—¿Prueba de qué? —pregunta.

—¡De mí! —alardeo—. Creo que hay suficiente arena en ese desierto para que lo hagas —sonrío con tanta fuerza que me duelen las mejillas, y cuando ella se sonroja, mi corazón salta—. Será mejor que te apures; vamos a golpear el agua pronto.

Ella sonríe. Y es como si fuéramos dos niños robando kiwis y corriendo por la costa otra vez.

Bo, a mi derecha, no ha dicho palabra en todo el vuelo. De vez en cuando, mira el lugar donde solía estar su mano derecha. Se ve mutilado, y es como si su exterior y su interior fueran lo mismo. Estas cosas se rompen. Pero yo lo conozco. Lo conozco hasta sus piezas más pequeñas. Lo conozco por dentro y por fuera. Podemos convertirlo en algo nuevo. El mismo Bo, pero reparado, reconstruido. Como la aldea, como Kos.

Iragide.

Él es el Bo que luchó contra las *inisisa* para que pudiéramos rescatar a Juba. Él es el Bo que nos ayudará a salvar a Kos.

Me mira, y esa mirada tallada en piedra en su rostro se rompe un poco, y creo que percibo una sonrisa. O, por lo menos, un indicio de ella. Si, por algún milagro Zoe sigue en pie, ya tengo planes para nuestra celebración.

Pronto, el agua se extiende debajo.

Nuestros grifos se deslizan y navegan a lo largo de las olas, cortando un camino justo por encima del mar tan claro y brillante que paredes resplandecientes se levantan a ambos lados de nosotros. Como si dijeran: *Estuvimos aquí*. Las criaturas marinas saltan del agua y dibujan un arco en el aire, dándonos la bienvenida. Los nudillos de Bo están blancos. Su rostro comienza a tener este color verde y reprimo una carcajada. Ésta es una venganza por todas las veces que me venció en la lucha. Sonrío, pero luego cedo y vuelvo a elevar al grifo de regreso al cielo.

Los primeros botes pequeños salpican el horizonte. Flotamos hacia ellos. Los pescadores, con sus cejas en alto, nos miran. Lo mismo ocurre con los lascares que transportan personas y carga de ida y vuelta en los barcos más grandes a los que nos acercamos. Osimiri parece subyugada desde esta altura. Tal vez el gobierno de Karima ya también llegó aquí. Las sombras recorren la línea de la costa, y puedo decir desde aquí que hay *inisisa*. Sus armaduras brillan a la luz del sol. Casi estamos allí.

Nos deslizamos a lo largo de la costa y nos elevamos cada vez más alto para que sólo seamos motas en el cielo para las personas que se encuentran debajo de nosotros. Me inclino hacia una zona desierta de la costa. Desde aquí, puedo ver el punto donde el campo verde se encuentra con el bosque. Una parte de mí se pregunta qué acecha la tierra en esa maraña de árboles. ¿Todavía hay *aki* y Magos escondidos? ¿Qué van a decir cuando me vuelvan a ver? *Si* lo hacen… Mi corazón cae al pensar que tal vez lo único que queda de ellos es su *inyo*.

Cuando aterrizamos toco la frente de mi grifo. Lanza sus alas en el aire y se dirige hacia arriba hasta que desaparece en un estallido de luz. Toco a los demás, y los otros lo siguen.

El bosque se cierne ante nosotros.

—Voy a llegar hasta Karima —digo—. Esto termina con ella.

Aliya se adelanta con su bastón.

—¿Estás loco? ¿Cómo llegarás hasta allí? La ciudad está repleta de *inisisa* con armadura. Primero tenemos que encontrar a los rebeldes. Tenemos a los Magos y a los *aki* de nuestro lado.

—No lo sabemos —respondo. Estoy ansioso por moverme, por hacer lo que sea necesario—. Si quieres, *tú* puedes encontrar a tu resistencia.

Aliya se sobresalta.

—Taj, ¿qué está pasando? Esto no suena a ti.

Siento un jaloneo. No puedo explicarlo, pero me siento atraído por Kos y todo lo que hay dentro. Lo que necesito está justo dentro del Muro. Necesito llegar lo más rápido posible. Puedo salvar a Kos.

Yo puedo salvar a Kos.

—Iré con él —se ofrece Bo.

Arzu frunce el ceño hacia los dos.

Bo sonríe.

—Siempre fue mi trabajo mantenerlo alejado de los problemas.

Resoplo.

—Y siempre fuiste terrible a la hora de cùmplir con eso.

Pero Bo extiende una mano para calmar a Aliya.

—Vamos a fingir que es mi prisionero. Lo habré devuelto con vida, de acuerdo con los deseos de Karima. Haremos

252

nuestra parte, y mientras Karima está distraída, tú deberás tener tiempo para encontrar a tu grupo —Bo me mira—. Ella estará demasiado centrada en nosotros. De hecho, ni siquiera sabe que todos ustedes siguen vivos.

A Aliya no le gusta el plan. Puedo verlo en su rostro y en la forma en que ella rebota de un pie a otro y posa su nudillo en la barbilla. Pero levanta la cabeza.

—Bien. Arzu y yo encontraremos a los demás.

—Los túneles —dice Arzu.

—Correcto —la confianza vuelve a la voz de Aliya—. Los túneles —ella y Arzu se giran para dirigirse hacia otra parte del bosque. Antes de alejarse, Aliya mira por encima del hombro—. No te mueras, niño tonto —está sonriendo, pero las lágrimas llenan sus ojos. Parpadea una sola vez, y éstas desaparecen.

—Vamos a necesitar un guardia si queremos que esto sea creíble —le digo a Bo.

Bo asiente y comienza a presionar sus manos contra su pecho para invocar una *inisisa*, pero se detiene y luego se tambalea hacia atrás. Está cansado.

—Déjame —digo, luego pongo mis manos en mi pecho. Cierro los ojos. Se siente como si hubiera pasado una eternidad desde la última vez que invoqué mis propios pecados. Casi he olvidado el sentimiento, y sólo me queda el recuerdo de que se supone que duele. Bo envuelve sus dedos alrededor de mi nuca y junta nuestras frentes. Siento su calor. Me recupero en su agarre. Luego vomito mis pecados en un charco en el suelo del bosque cubierto de hierba.

Crecen hasta convertirse en cuatro jabalíes, cada uno tan grande como nosotros. Estoy mareado por todo esto, pero Bo me sostiene. Ahora me resulta todavía más difícil imaginar cómo él pudo sobrevivir guardando todos esos pecados en su cuerpo. Se ha vuelto tan fuerte. Definitivamente podría vencerme en un combate ahora.

Cuando recupero la fuerza suficiente para mantenerme en pie por mí mismo, organizo a los jabalíes en un diamante a nuestro alrededor.

—¿Estás realmente preparado para hacer esto? —pregunto a Bo, como si no fuera yo el que necesitara convencerme.

Él asiente, en silencio, y juntos entramos en el bosque.

No puedo evitar dudar sobre los túneles subterráneos. Tal vez estén vacíos. Tal vez hayan sido descubiertos por Karima y destruidos. Tal vez estén repletos de Magos rebeldes y familias de refugiados. En mi cabeza, veo a la familia de Zephi bajo tierra durante el ataque de los *arashi*, con adultos entreteniendo a los niños y haciendo todo lo posible para distraerlos del horror que estaba teniendo lugar arriba. Veo a todos viviendo sus vidas y continuando como una familia, aun cuando sus hogares están siendo destruidos. Tal vez sea lo mismo aquí, con patios de recreo siendo construidos junto a las bibliotecas, y tal vez los vendedores de libros compran sus productos bajo tierra al lado de los joyeros que venden piedras de contrabando. Tal vez exista toda una ciudad debajo de la ciudad, igual de vibrante y colorida.

Me pierdo en el sueño hasta que me doy cuenta de que no puedo respirar. De repente, el aire se vuelve tan denso que resuello cada vez que exhalo. Aunque Bo no lo muestra, su cuerpo está tenso con el esfuerzo de tratar de respirar también. Entonces me golpea. *Inyo*. El bosque está tan denso de espíritus sin purificar que el aire que inhalamos contamina. Es como lo que solía suceder en las *dahia* justo después de un Bautismo. Como sucedió después de que el *arashi* destruyó el campamento de refugiados afuera de la aldea de Juba. ¿Cuántos habrán muerto para hacer imposible respirar en este tramo de bosque?

Entonces, con la misma rapidez, el aire se aclara. Hemos llegado al borde del bosque.

El Muro es tan alto que no alcanzo a ver su parte superior, y está completamente libre de cualquier marca. No hay grafitis ni bestias del pecado pintadas por los escribas. Nada. Sólo una hoja ininterrumpida de gris. Me siento tan pequeño a un lado de eso. Ni siquiera mientras entrenábamos a los *aki* en lo que siento que sucedió hace una vida, cuando todos estábamos en el bosque afuera del Muro, me pareció tan inmenso y malo. Nunca lo había visto como algo que quería derribar.

Hasta ahora.

Alguien está galopando hacia nosotros. No, no es alguien; son muchas personas. Alrededor de una curva en la pared hay cuatro personas a caballo, todas vestidas con los colores de Palacio. Rojo y blanco, pero con un nuevo símbolo estampado en la parte delantera de sus túnicas: una llama.

Reducen la velocidad a medida que se acercan. Guardias de Palacio con una prelada a la cabeza. Probablemente estaban patrullando el Muro.

Bo rompe la formación para situarse a la cabeza de nuestro grupo. Tras un momento de vacilación, sólo la prelada se adelanta. Los guardias le temen.

Una vez que la prelada desmonta, la encuentro mirando la muñeca cortada de Bo. No hay expresión en el rostro de él, que sólo se hace a un lado y hace un gesto hacia mí.

La prelada me mira de reojo y luego retrocede en una conmoción muy mal disimulada. Entonces mira a Bo, y luego de nuevo a mí. Supongo que todavía no puede creer que él lo haya conseguido. No sé lo que Karima ha estado diciendo acerca de mí que hace que esta prelada esté tan sorprendida e incluso temerosa, pero tengo que esforzarme un poco para no sonreír. Mi reputación me precede. Una vez que se recupera, la prelada toma el cuero enrollado de donde cuelga en su cintura y camina lentamente hacia nosotros.

Los guardias ya se han unido a ella. La prelada empieza a atarme las muñecas.

—Bueno, parece que nadie pudo cobrar la recompensa —uno de los guardias le susurra al otro.

—Lo que significa que me debes los *ramzi* que ofreciste —responde uno de los otros—. Una apuesta es una apuesta.

Dice el primero en voz baja.

Bo no se vuelve para mirar a la prelada durante el camino, sólo inclina su cuello.

—No se le hará nada hasta que nuestra reina lo haya visto.

La prelada se detiene a la mitad del movimiento con los amarres.

—Ésas son sus órdenes —las palabras de Bo salen como gruñidos, como piedras pulverizadas que se tallan unas a otras—. La reina tendrá la cabeza de cualquiera que lo dañe antes de que él haya sido llevado ante ella. Y yo estaré sosteniendo esa cabeza.

Las manos de la prelada tiemblan, y ella se mueve con mis amarres.

Bo no tiene expresión en su rostro.

Es lo último que veo antes de que alguien deslice una bolsa sobre mi cabeza y me golpeen justo en la parte posterior de mi cráneo.

Ya estoy inconsciente incluso antes de caer al suelo.

* * *

Tienen mis brazos en alto, con las muñecas encadenadas por encima de mi cabeza. Estoy colgando. Las puntas de los dedos de mis pies apenas tocan el suelo. Y cuando lo hacen, se encuentran con un charco.

Gotas de agua del techo. Mis hombros están ardiendo, eso fue lo que me despertó. El dolor es suficiente para sacarme de la inconsciencia. Gruño y lucho débilmente contra mis cadenas.

También me han encadenado los tobillos. Una cadena más grande atraviesa los anillos en mis muñecas y se conecta a una polea en la pared. Pretenden torturarme.

Tiene que haber alguna forma de salir de aquí. Entonces, oigo pasos. No lentos, no rápidos. Sólo majestuosos, con propósito. Dos *aki* se encuentran afuera de mi celda, mirándome. Ataron una tela alrededor de sus rostros para que sólo sus ojos sean visibles. Ésa es la única manera en que puedo decir que son *aki*, por sus ojos blancos. La piel de sus brazos es inmaculada, no se ve una sola marca de pecado. Es probable que sus *inisisa* sean parte del ejército de Karima.

No sé cómo esperaba que terminara esta última parte de mi plan. Incluso puedo escuchar a Aliya en mi cabeza molestándome por no haberlo pensado durante todo el camino. Pero estoy cerca. Mi cuerpo se siente electrificado con anticipación.

Escucho más pasos, más lentos que el último par. Como una marcha metódica. El pasillo afuera de mi celda se llena de guardias de Palacio y Magos. Al principio, son todo lo que veo: guardias con sus armas listas y Magos con las manos dobladas en las mangas de sus túnicas. Luego la multitud se aparta y ella se aproxima.

La reina Karima.

Es aún más hermosa de lo que recordaba. Su vestido esmeralda brilla a la luz de las antorchas del pasillo. Ni siquiera sé cómo hace para resplandecer de esta manera. Debe ser magia. La piel de su rostro es lisa y oscura. Tocarla tal vez sería como tocar la piedra más limpia del río. Es tan negra que brilla azul. Es del color de la noche, con piedras preciosas esmeralda atadas con hilos en su cabello oscuro. Me olvido de respirar.

La mirada que me dedica me aplasta el corazón. Parece casi triste al verme aquí, como si en verdad quisiera que las cosas fueran diferentes. Intento sacudirme la bruma que llena mi cerebro. Con una sola palabra a sus guardias, ella podría matarme en el acto.

—Déjennos —dice en voz baja a los guardias. Los Magos no se mueven hasta que ella se vuelve hacia ellos y les dice, casi con amabilidad—: Estoy protegida —¿qué significa eso?

Le dirigen una mirada tranquilizadora, luego uno de ellos se inclina hacia delante y dice:

—Permaneceremos cerca, en caso de que nos necesite.

—Ngozi, aprecio mucho lo que hace. Ahora —asiente hacia el final del pasillo, y veo en ese gesto el poder que manda sobre ellos. Parece un suave empujón, pero me doy cuenta de que es el gesto de alguien que tiene el control total y absoluto. Cuando estamos solos, ella camina y abre la puerta de mi celda. Farfullo y dejo escapar un suspiro entrecortado. Ella está tan cerca.

Cierra la puerta después de entrar, y oigo el clic del pestillo. ¿Qué está haciendo?

Sin decir palabra, saca una daga de una vaina amarrada a su pantorrilla y camina hacia mí. Por instinto, me vuelvo y me agacho. Pero ella pone una mano en mi pecho, y es suficiente para calmarme por completo. Mi cuerpo se enfría ante su toque.

—Por favor, quédate quieto —respira. Soy incapaz de resistirme a ella.

Lleva la daga a mi pecho, luego, con movimientos descendentes, corta mi camisa para que cuelgue de mis brazos levantados. La luz brilla en sus grandes ojos cuando mira mi piel.

Se acerca y observa con mayor intensidad, luego su rostro se suaviza. Despacio, lleva un dedo hasta mi pecho y traza el contorno de una bestia del pecado. Sus dedos se mueven hacia mi cuello y corren a lo largo de las escamas de las serpientes del pecado que rodean la base de mi cuello. Todavía está sosteniendo su daga.

—Oh, Taj —susurra—. ¿Cuántas noches he soñado con esto? —sus ojos vagan sobre mí y se detienen en cada marca de pecado. Sus manos se mueven hacia mi vientre, mi cintura. Ella siente las nuevas cicatrices debajo de mis marcas—. Hay tantos ahora —murmura—, has Devorado tantos pecados —escucho dolor en su voz—. Oh, los lugares en los que has estado —se aleja, pero mantiene una mano en la parte baja de mi espalda, su brazo envuelto alrededor de mi cintura, su otra mano, su mano con la daga, todavía en mi garganta—. Cuando todo esto haya terminado, tendrás que contármelo.

—¿Cuándo todo haya terminado?

—Por supuesto, Taj. No sólo tengo a Bo, mi teniente más leal que te trajo de vuelta a mí, sino que me ha presentado a la Maga más talentosa de todo el reino. Oh, hace tiempo que sé que Aliya es especial, igual que tú. Que ustedes dos son capaces de maravillas incalculables. La estudiaremos de cerca. La forma en que ve el mundo, las marcas en su cuerpo...

Oh, Taj, su cuerpo está cubierto de ellas. Ecuaciones como nunca hemos visto. Estoy segura de que explican gran parte de los misterios de esta tierra. Sólo puedo imaginar las ideas que desbloquearán —la emoción hace que su rostro brille—. Es como poesía, Taj. ¡Oh, deberías verlo! —su rostro se endurece por un momento—. ¿Pensaste que serían capaces de simplemente colarse en mi ciudad? ¿Arrastrarse como gusanos a través de las sombras? —luego, la serenidad la cubre de nuevo.

Mueve su daga para que la hoja se presione contra mi garganta.

—Mientras disfrutaba mucho de nuestra reunión, me robaste algunas cosas muy valiosas. Me ha costado mucho traerte de regreso. Y nadie escapa al castigo por sus pecados —su mirada se endurece—. Ya una vez tuviste la oportunidad de unirte a mí y me traicionaste. Por ella —parpadea y sus ojos cambian, se suavizan. Quita la daga de mi garganta y pasa su mano por mi mejilla.

Entonces se vuelve. La puerta se abre, luego se cierra de nuevo, y ella ya se ha ido.

Cuando desaparece, me sacudo. Me toma un momento darme cuenta de que lo que siento es rabia.

Bo nos traicionó.

Capítulo 32

Al principio, trato de repasar los segundos en mi cabeza, luego pierdo la cuenta. Los pensamientos se entrometen. Preguntas como: ¿dónde llevó Karima a Aliya? ¿Y dónde está Bo?

Para que pueda envolver mis dedos alrededor de su garganta.

Escucho sonidos a lo lejos. Gemidos o alguien llorando en voz baja. El aire húmedo hace que todo suene más fuerte, como cada vez que una gota de agua cae del techo hacia el charco a mis pies. Cuando escucho el sonido de gritos agudos y aterrorizados, me alcanzan con tanta claridad como si la tortura estuviera ocurriendo justo frente a mí. Se necesita todo mi esfuerzo para no retorcerme e intentar liberarme de mis ataduras. Sé que cualquier movimiento me agotará aún más y no me quedaría nada para cuando eventualmente vengan por mí. Necesito estar alerta, a la caza de cualquier oportunidad, no importa cuán pequeña parezca. Necesito rescatar a Aliya.

Los gritos se detienen. Casi de inmediato, unos pasos salpican en mi dirección. Más alto. Más. Luego escucho el tintineo de llaves en un anillo. Mi tiempo se acerca. Estoy tratando de mantenerme relajado. Sé que debo hacerlo a fin de prepararme para lo que venga, pero mi cuerpo se tensa. El terror me envuelve con fuerza.

La persona que está frente a la puerta de mi celda tiene ropa holgada que cubre sus gruesas extremidades y un delantal de cuero. Su rostro está oculto por una máscara de metal con un escudo de vidrio para que sus ojos puedan ver a través de ella. De manera que Karima usa también mecánicos para torturar ahora. En lugar de que estén haciendo prótesis metálicas para las extremidades cortadas o retoques con máquinas, ahora extraen gritos de los prisioneros de la reina.

Me armo de valor cuando mi torturador saca el llavero de su cintura y, con las manos cubiertas por gruesos guantes de cuero del mismo color que su delantal, juguetea con las llaves. Sus movimientos son despreocupados, como si estuviera acostumbrada a esto. Intenta con una llave, pero ésta se atora en la cerradura, por lo que la gira y la sacude, luego se rinde y prueba con otra. Esto se repite unas cuantas veces más hasta que escucho un *clic*. Me preparo para alejarlo de una patada. Mi torturador enmascarado saca una herramienta de su cinturón y agita algo a lo largo del mango. De su hocico curvo sale un chorro de llamas, y grito.

El torturador de Karima está sobre mí en un instante y tiene su mano sobre mi boca. Siento náuseas por el olor y el sabor.

—Quédate quieto —es la voz de una mujer. Profunda y serena. No la reconozco—. Te estoy ayudando —susurra a mi oído. Puedo ver una cola de caballo rubia que brota bajo la parte trasera de su casco—. Haz un sonido, y morirás. Con mucho dolor.

Ella me abraza tan fuerte que mi espalda truena. Antes de que pueda siquiera pensar en luchar, la llama se encuentra con el metal sobre mis manos y me calienta los dedos hasta que están a punto de arder. Aprieto mis dientes contra el calor creciente hasta que escucho un chasquido y caigo hacia delante, justo sobre su ancho hombro. Ella está construida como si fueran dos pilares unidos, uno al lado del otro, y me lleva con facilidad mientras desliza los restos rotos de mis cadenas a través de mis muñecas y tobillos, luego se desliza a través de la puerta y la cierra a sus espaldas.

Reboto en su hombro. La mitad de mí cuelga contra su espalda, mientras ella recorre el pasillo de la prisión y dobla en una esquina, en un pequeño rincón. Entonces me coloca en el suelo como si fuera un costal de harina y se inclina hasta quedar sobre una rodilla. Su herramienta está incómodamente cerca de mi rostro.

—¿Puedes caminar?

—Sí —respondo.

—Bien —y antes de que pueda protestar o alejarme, ella me sujeta contra la pared y coloca la antorcha en mis tobillos. Mis dientes rechinan, tratando de contener los alaridos, pero entonces las cadenas se separan. Siento un poco más de coraje, o al menos el suficiente para extender mis muñecas para que también rompa esas ataduras. Sin embargo, tengo que apartar la mirada porque no puedo soportar ver la manera en que ella se desliza y quema mis manos—. Está bien —dice cuando termina—. Vamos.

Me pongo en pie.

—Aliya.

—¿Qué?

—Mi amiga. Aliya. La tienen en algún lugar por aquí.

Agita los puños a sus costados, y puedo decir que está más exasperada conmigo que enojada.

—Adondequiera que me estés llevando, no iré sin ella.

—Si te capturan de nuevo… —dice, luego deja escapar un suspiro—. Aquí, sígueme —y se pone frente a mí, de regreso por el mismo camino por donde vinimos, pero hacia el otro extremo del corredor.

Por un momento, el único sonido que escucho es el chapoteo de nuestros pies en los charcos que salpican el suelo de la prisión. Trato de no imaginar a las personas pudriéndose aquí sin zapatos o sandalias, obligadas a pararse o tumbarse en esta agua durante el tiempo que se encuentren aquí.

Esta parte de la prisión está vacía, pero todavía puedo escuchar los sonidos de la tortura de antes, los gemidos y los gritos y los llantos, todo en mi cabeza otra vez. Estoy corriendo tan fuerte que adelanto a la mecánica que me liberó y doblo una esquina directamente hacia un costado de un león del pecado. Me caigo con un fuerte chapoteo y me estiro para tomar mi daga, sólo para darme cuenta de que ya no está. Me apresuro a ponerme en pie, y el león se agacha, luego salta hacia mí con los colmillos al descubierto. En el último segundo, la mano de la mecánica sujeta la garganta de la bestia y la lanza contra la pared con tal fuerza que casi espero que la prisión se derrumbe sobre nosotros. Doy un paso hacia la bestia y la miro, forzándola a tumbarse en el suelo. Luego, lentamente, pongo mi mano en su frente y observo cómo la luz reemplaza su carne de sombra. Crece tan brillante que tengo que protegerme los ojos, luego estalla en mil chispas que silban cuando golpean los charcos de agua a nuestros pies.

Cuando me giro, la mecánica está mirando conmocionada hacia el lugar donde el león del pecado estaba un momento antes. Tiene el casco sobre su cabeza, pero estoy seguro de que su boca está abierta.

—Debería hacer que todo este escape sea un poco más fácil —le digo, y le guiño un ojo antes de correr alrededor de esa esquina y bajar por otro pasillo.

No sé quién es esta persona o por qué me está ayudando. No sé si es parte de alguna resistencia o si incluso sabe sobre la resistencia, o si todo esto es parte de un plan en verdad complicado que Karima ha elaborado. Hacerme pensar que soy libre y estoy escapando, para luego darme la vuelta en el aire como lo haría Wale y cerrar la jaula detrás de mí una vez más. Hacerme sentir como una rata que ha salido de una celda sólo para entrar directo a otra. Pero si esta mujer en verdad me está ayudando, será mejor que lo aproveche mientras pueda.

La luz comienza a extenderse al final del pasillo. Puedo escuchar pasos corriendo hacia nosotros. La mujer me toma del brazo y me empuja hacia un surco en la pared justo cuando una tropa de guardias de Palacio pasa por ahí.

Ellos saben que me he escapado.

Cuando el pasillo está despejado, salimos y seguimos corriendo. Este lugar es como un laberinto. La gente solía contar historias sobre los habitantes de Kos que eran encerrados aquí como castigo cuando Kolade era Rey. Desaparecían, y nunca volvías a tener noticias de ellos. Como si nunca hubieran existido.

El siguiente pasillo termina delante de nosotros, pero a nuestra derecha hay una caverna pequeña y bien iluminada. Corro hacia ella y me agacho contra la base de la pared, justo a un lado de la entrada. La conversación en murmullos se filtra: algo acerca de los prisioneros y los *aki* y una Maga. Miro por encima de la pared y veo guardias patrullando. Cuatro de ellos, con casco y con armadura chapada en los hombros y las piernas. Se ven tan diferentes de lo que recuerdo. Más pesados. Más poderosos. Armados con picas. Uno de ellos estira su cuello. En el medio de la caverna hay una mesa de metal. Parece que fue creada a partir de la armadura soldada a la *inisisa* con la que luchamos en el bosque. Hay una forma de un cuerpo encima de él. Está cubierto por una manta, pero puedo ver mechones de cabello negro rizado asomándose.

Aliya.

La manta no se mueve. Ella no está respirando.

Hago un movimiento para saltar, pero la mujer me sujeta por la parte posterior del cuello con tanta fuerza que casi grito.

—Muévete —sisea—, haz cualquier sonido, y aplastaré tu cráneo con mi mano desnuda.

Más pasos.

Ver a Aliya así drena toda la energía de mí. Toda la esperanza. Aturdido, me doy cuenta de que he empezado a llorar.

El aspecto del rostro de la mujer cambia, se reblandece.

Estoy demasiado débil para resistirme, así que tan sólo me quedo recostado cuando la mecánica me levanta sobre su hombro otra vez, y veo cómo el cuerpo cubierto de Aliya se hace cada vez más pequeño. Doblamos una esquina y ella se ha ido.

Para el momento en que nos detenemos, las lágrimas están cayendo libremente y oscurecen la parte trasera de la camisa de la mecánica. Estoy tan lánguido como un trapo cuando me coloca en el suelo de la cueva. Por largo tiempo miro al techo e intento recuperarme.

Aliya.

Se fue.

Incluso pensar esas palabras hace que mi corazón se paralice de nuevo. No sé cuánto tiempo permanezco tumbado en el suelo, pero las lágrimas se acaban, limpio la humedad de mis ojos y nariz, e intento recuperar la cordura. Me doy cuenta de que la cueva donde nos encontramos está repleta de gente. Puedo sentirlos a mi alrededor, todos callados, mirando fijamente.

Despacio, me levanto y me enfrento a la gente en la cueva. *Aki*, Magos, algunos mecánicos.

La mujer que me ha traído se une a ellos.

Eso es. La resistencia.

Noor. Nneoma. Miri. Dinma. Y tantos otros que pensé que nunca volvería a ver. Aliya nunca dejó de creer que estaban vivos. Ella estuvo tan cerca.

Las antorchas iluminan sus rostros. Alguien camina a través de la multitud y se acerca a mí, con rostro solemne pero feliz. Parece cansado, pero hay alegría en su expresión.

Ras ofrece su mano, con la palma hacia arriba.

—A ti y a los tuyos, Taj.

Deslizo mi palma sobre la suya.

—A ti y a los tuyos, Ras.

Él me rodea en un abrazo.

Yo lo sostengo con fuerza. No quiero dejarlo ir. Nunca. No dejaré que nadie se vaya nunca más. Toda la gente aquí, en esta cueva, la gente que se ha unido para luchar por su ciudad, por *nuestra* ciudad… nunca los dejaré ir.

Karima pagará por lo que ha hecho.

Capítulo 33

Me palmean en la espalda y el hombro, me dan de comer sopa *egusi* y me dan la bienvenida a casa. Se siente vacío haber llegado hasta aquí sin Aliya. Estuvimos a punto de lograrlo.

Cuando todo esto termine, me aseguraré de que tenga un entierro adecuado y que la gente de todo Kos recuerde su sacrificio.

Algunos de los *aki* y los Magos guían a la alta mujer mecánica que me condujo hasta aquí dentro de un túnel lateral. Sus guantes están rasgados. Dentro del cuero rasgado hay dedos de metal.

Ras está vendando mis muñecas y envolviendo mis manos. Nos sentamos en cajas de madera en lo que parece ser una especie de sala de planes de guerra. Mesas hechas de piedras y cajas, mapas por todas partes, cosas garabateadas en las paredes, borradas a medias, y luego remarcadas de nuevo en otros lugares.

—¿Quién es? —le pregunto, inclinando mi cabeza hacia donde se llevaron a la mujer.

Él mira en la dirección hacia donde señalo, luego de vuelta a mis manos.

—Su nombre es Chiamaka. Es la mecánica más antigua del norte. Llegó después de que las fuerzas de Karima se abrieron paso más allá de las minas. Algunos de nosotros trabajamos en las sombras, pero otros arriba, donde protestan y se pronuncian en contra de los decretos reales. Son castigados por eso, pero muchos son tan tercos como tú. Hacen incluso el *ijenlemanya* de vez en cuando —ríe—. El desfile por lo general alcanza alrededor de media docena de calles antes de que los prelados lo detengan. Como sea, Chiamaka trajo un montón de mecánicos con ella. Quieren ayudar —cuando dice esa última parte, hay un poco de asombro en su voz, casi como si todavía no pudiera creerlo—. Han ayudado a fortificar estos túneles. Antes, sólo eran piedras mojadas, pero ahora tienen soportes de metal y hay menos riesgo de colapso. Y también podemos hacer nuevos túneles.

—¿Qué? ¿Cómo?

Toma de su cinturón lo que parece un cilindro delgado casi tan largo como su antebrazo.

—Esto. Le llaman dinamita. Las ciudades del norte la hacen, y se envía a las minas en el norte de las *dahia* para ayudar con la excavación.

Tomo esa cosa de sus manos.

—¿Cómo es que funciona? —pregunto.

—Prendes fuego a la mecha —señala la línea de cuerda delgada que sobresale por un extremo—, luego la arrojas adonde quieres que ocurra la explosión. Es como si tuvieras un *arashi* atrapado en este cilindro, y cuando lo enciendes, sale con fuerza.

Entonces vuelve a mí. En el bosque, después de nuestra fuga, escuchamos explosiones provenientes del otro lado del Muro. Del interior de Kos. Mi rostro palidece.

—Está bien, tómalo —empujo el cilindro-*arashi* de vuelta a sus manos lo más rápido que puedo.

Ras lo vuelve a meter en su cinturón.

—Algunas personas vienen aquí por la aventura que conlleva la pelea —dice, y sé que una vez más está hablando de la rebelión—. Algunas vienen porque están aburridas de sus vidas. Otras quieren venganza —mira hacia atrás, a donde llevaron a Chiamaka—. Ése parece ser el caso de ella. Quiere a la misma Karima en persona, nunca ha dicho por qué, pero cada vez que la reina se menciona en una conversación, ella guarda silencio y pone una terrible expresión de odio en el rostro.

Entiendo. Todos hemos perdido algo precioso. La derrota de Karima podría no traerlo de vuelta, pero de algo servirá.

Me levanto. Mis hombros aún arden pero menos ahora que antes de que llegara aquí. Tal vez Chiamaka conocía a alguien en la resistencia a quien Karima arrastró hacia la escalinata de Palacio para una ejecución pública. Sean cuales sean sus razones, me alegra que esté con nosotros y no en nuestra contra.

Ras se levanta conmigo.

—Ven, unámonos a los demás.

La siguiente habitación está mucho más organizada. Se ha colocado una mesa con soportes de madera y metal, y Miri se inclina sobre un mapa de Kos con las *dahia* saliendo en espiral del Foro. Los demás se amontonan alrededor de ella. Todos levantan la mirada cuando Ras y yo entramos. Luego inclinan sus cabezas. Incluso después de todo el tiempo que pasé en la aldea de Juba, donde mis marcas de pecado hacían que la gente inclinara la cabeza y me abriera paso a través de las multitudes, todavía no me acostumbro a este gesto.

—Bienvenido —comienza Miri.

Asiento con la cabeza en señal de agradecimiento.

—¿Así que, cuál es el plan?

Ella sonríe frente a mi entusiasmo, al igual que muchos de los otros. Luego señala a una de las *dahia*.

—Comenzaremos por liberar a la *dahia* más cercana a nuestra ubicación actual. Si podemos asegurarla, podremos avanzar a las demás. Somos poderosos y hábiles, pero no suficientes para lograr un ataque frontal contra las fuerzas de Karima. Cada *aki* aquí es tan fuerte como cinco soldados y especialmente contra la *inisisa*. La rebelión nos ha endurecido. Todo esto quiere decir que no podemos permitirnos perder a muchos de nosotros. Todos aquí somos necesarios.

No hace muchas lunas me habría asombrado escuchar a un Mago hablar de los *aki* de esta manera. Sobre que somos poderosos y necesarios. Ahora, después de todo lo que ha sucedido, parece tan normal como la forma en que maduran los plátanos.

—Entonces, liberamos a la *dahia* de las *inisisa* que la custodian —frunce el ceño—. Y ahí es donde tú harás tu entrada. Necesitamos que las *inisisa* estén de nuestro lado.

Me encojo de hombros.

—Hecho. Fácil.

—Taj —hay un tono de advertencia en su voz—. Son muchas.

—Eso no será un problema. He detenido a toda una ciudad de *inisisa* antes —ahora que estamos discutiendo planes, tengo ganas de hacer algo. Cualquier cosa.

—Taj, eso fue una vez, y en el caos de todo lo que sucedió esa noche, no sabemos si podremos replicar ese acontecimiento. Hay demasiadas variables. Y si no funciona, las *inisisa* se volverán contra la gente de la *dahia*. Consumirán la ciudad y toda esa gente perecerá sin sentido.

La gravedad de eso me golpea. Esto no es sólo acerca de venganza. Se trata de salvar a la ciudad. Proteger a las personas. Mantenerlas vivas.

—Y así es como ella tiene a los *arashi* sobre la *dahia* —le digo, dándome cuenta justo en el momento en que lo digo—. Al asegurarse de que haya suficiente *inisisa* cerca.

Miri asiente.

—Mantiene a los *arashi* hambrientos. Si consumieran suficientes pecados, entonces se irían satisfechos.

—Entonces, no podemos matar a las bestias del pecado.

Miri sacude la cabeza.

—Las necesitamos —deja escapar un suspiro—. Hemos estado tratando de descubrir métodos para controlar a los *arashi*. Hemos escuchado rumores desde Palacio de que los Magos y los algebristas tienen una fórmula para entender y comandar a los *arashi*, y se rumora que así es como Karima puede mantenerlos en el cielo y evitar que se diviertan.

—Aliya había estado trabajando en algo así —empiezo y entonces me doy cuenta de que lo dije en voz alta.

Miri me mira sorprendida.

—¿Aliya estaba trabajando en una prueba para los *arashi*?

—Sí. Ella lo había descubierto también, pero ahora… —aprieto mis dientes y aprieto mis manos en puños sobre la mesa—. Ahora ella está… —todavía no puedo decirlo.

Miri desvía la mirada. Tomo un momento de silencio antes de continuar:

—Dispondremos nuestras fuerzas en la *dahia* a un mismo tiempo. Si nos movemos uno por uno, Karima nos descubriría y enviaría su ejército en cuestión de horas. Entonces, debemos movernos como uno solo. Luego, cuando tengamos el control de las *inisisa*, las enviaremos a Palacio.

—Y llamaremos la atención de los *arashi*.

Dinma da un paso adelante desde el sitio donde estaba parado junto a la pared.

—Nuestros exploradores han estado haciendo reconocimientos regulares de Kos. Cada *dahia* tiene el mismo número de *inisisa* patrullando para mantener el equilibrio; de lo contrario ella perdería el control de los *arashi*.

Es un patrón. Todas esas formas y ecuaciones que Aliya había escrito en esas piezas de pergamino, todos esos garabatos en los libros de la casa de Zaki. Aliya conocía aquel orden.

Hay una parte en su plan que nadie ha mencionado todavía. Si todas las *inisisa* se envían al Palacio, los *arashi* lo destruirán y a todos los que estén dentro. Karima perecería, pero también todos los algebristas que trabajan allí, los *kanselo* e incluso los sirvientes. Algunos de ellos están ahí por elección, pero muchos otros no. Tal vez Karima haya amenazado a sus familias, o estén pagando deudas, o simplemente ésa es la vida que se ha elegido para ellos. Todas esas personas morirán.

Por la forma en que Miri me mira, puedo decir que ella lo sabe. Y que se encuentra en paz con ello.

Si vamos a salvar a Kos, también debemos buscar la paz.

Hay movimiento desde el otro extremo de la habitación, y la luz brilla en la cueva. Un Mago tropieza con Arzu en brazos y se apresura a pasar junto a mí para recostarla en una mesa. La sangre se derrama sobre los mapas y los pergaminos cubiertos por ecuaciones.

En dos pasos rápidos estoy a su lado. Su respiración es lenta, difícil. Tomo su mano y me aseguro de que ella sepa que soy yo el que está ahí. Sus ojos vagan, buscando, luego su mirada encuentra mi rostro, y sonríe.

Yo aprieto.

—Nos encontraste.

Su sonrisa se ensancha, luego varias personas me empujan a un lado deseando atenderla.

Retrocedo y cuando me doy vuelta, me detengo. Una figura se para en la entrada de nuestra cueva. Alguien que me hace olvidar todo lo que pasa a mi alrededor.

No puede ser. Es como si Ras me hubiera metido un cartucho de dinamita en la garganta y hubiera encendido la mecha. Todo mi cuerpo tiembla. Ahí está ella, sonriendo, con su blusón empapado, por alguna razón. El algodón está pegado a su piel, donde veo las letras, los números y los símbolos dibujados. Patrones. Orden. Equilibrio.

Corro hacia ella y la estrecho en mis brazos. Su cuerpo presionado contra el mío es la mejor sensación. No quiero que se acabe. Su calidez, el efecto de su aliento en mi hombro. Sus dedos presionando mi espalda.

Las lágrimas corren por mis mejillas mientras me alejo y miro su rostro, cada rasgo, cada curva, cada ángulo. Antes de que cualquiera de nosotros pueda decir una palabra, mi boca está sobre la de ella y, una vez más, es como si estuviera respirando vida directamente en mi cuerpo.

Aliya.

Capítulo 34

Aliya sonríe. La luz pulsa debajo de su piel. Es la cosa más hermosa que he visto. En tanto se aparta lentamente de mí, siento cierta reticencia para dejarla ir. Ella mantiene una mano en mi brazo mientras se para al frente de todos. Dinma se adelanta y cubre con una manta de lana sus hombros, y ella asiente en agradecimiento.

Miri se coloca delante de nosotros y extiende una mano, con la palma hacia arriba.

—A ti y a los tuyos, Aliya.

Aliya, con una mirada agradecida en los ojos, desliza su palma sobre la de Miri.

—A ti y a los tuyos —responde con suavidad.

Entonces Miri se aleja y se une a la multitud frente a Aliya. Arzu está en pie otra vez, pero el color ha abandonado su rostro. Aliya revisa la habitación, luego da un paso adelante.

—No tienen hambre de pecados —se vuelve hacia Dinma—. Los *arashi* no consumen pecados, sino *inyo* —se mira las manos. Las marcas se han extendido—. Cuando los no purificados se convierten en *inyo*, no se pueden reincorporar de inmediato al Equilibrio. Son una unidad adicional de nuestro lado de la ecuación —levanta una manga empapada para revelar una gran variedad de números y letras—. Los *arashi* nos aterrorizan para poder reunir nuestras almas —los Magos la miran con asombro. Alguien jadea sonoramente—. Los *arashi* equilibran la ecuación.

El silencio en la habitación es tan perfecto que puede escucharse el sonido de cada gota de agua al caer en la prisión. ¿Está ella diciendo que los *arashi* son… necesarios?

Aliya junta sus dedos, con las puntas apuntando hacia el techo, y efectúa un movimiento descendente. Un chorro fino de agua aparece como una cuerda de la nada. Justo como cuando ella tuvo ese ataque cerca del río y su agua derramada se levantó de la tierra. La he visto romper piedras y convertir el aire en fuego, y todavía me quita el aliento verla hacer esas cosas. Aliya chasquea los dedos, y el hilo de agua se rompe y se evapora antes de que las gotas tengan la oportunidad de tocar el suelo.

—El Equilibrio es conexión —símbolos y números rodean sus dedos—. Durante mucho tiempo pensamos en nuestra piel como una barrera para el mundo —una sonrisa revolotea en su rostro—. Sin embargo, nuestra piel es un receptáculo para el Innominado.

Un murmullo surge entre la multitud, pero todo se sume en el silencio cuando Miri abandona el grupo y los demás se dan cuenta de la expresión en su rostro.

Ella es la única que no se inmuta. De hecho, pareciera como si Aliya acabara de cometer el pecado más grave y tuviera que contenerse para no ser apaleada hasta que perdiera el sentido. Aliya baja su manga.

—*Iragide* —dice Miri lentamente, como si la palabra fuera veneno manchando su lengua.

Varias personas jadean ruidosamente. Todas las cabezas se mueven en dirección a Aliya. En algunas de esas caras, hay maravilla. En otras, conmoción, y en el resto incluso miedo y horror. Entonces recuerdo lo que dijo Aliya en la aldea de Arzu. El *iragide* está prohibido. Lo ha estado desde la época del Séptimo Profeta. Esto debe ser como ver a alguien hacer algo sobre lo que la gente sólo ha leído durante siglos: no se supone que sea real. Pero, por otra parte, tampoco lo eran los *arashi*.

—Sí —dice Aliya, irguiéndose—. Conocer los elementos del aire, dividirlos y volver a formarlos. Podemos convertir el aire en agua. Podemos convertirlo en fuego. Podemos cambiar la formación de la tierra debajo de nosotros.

Varios de los Magos sisean y miran a Aliya como si estuviera maldita, y yo los observo con los puños apretados.

—¿Dónde aprendiste esto? —pregunta otro, entre la multitud de Magos. Su voz está cargada de desesperación.

Aliya coloca un puño en su pecho y sonríe. Tiene la expresión de alguien en medio de un agradable recuerdo.

—Un Mago me enseñó. Uno lo suficientemente curioso para conocer los secretos de este mundo, como yo. Quien amó el conocimiento y su búsqueda. Su nombre era Zaki.

Miri se burla.

—El hereje.

—¿Tú crees que a los Magos y algebristas de Karima les importa que el *iragide* haya estado prohibido durante siglos? —responde Aliya—, ¿que tantos piensen que es una herejía? ¿Crees que a Karima le importa cuando su gente lo usa para crear un ejército blindado de *inisisa*? El tiempo de preocuparse por tales cosas ha terminado —entonces, su voz se suaviza—. Necesitamos salvar esta ciudad. No podremos ganar luchando como lo hacíamos antes.

—¡Pero esto es una blasfemia! —grita un Mago desde atrás. Demasiado cobarde para mostrar su rostro.

Aliya coloca una mano en su pecho.

—Si lo es, entonces responderé por ello ante el Infinito. Pero el Innominado conoce mi mente y mi corazón, y sabe que busco el Equilibrio. Y que haré todo lo que esté a mi alcance para corregir el mal que Karima ha liberado en nuestra ciudad. En nuestra gente. Pero si queremos que este plan funcione, los necesitaré a todos.

Todo el mundo está quieto.

Noor se dirige hacia el frente donde están los Magos y mira fijamente a Aliya.

—¿Cuál es tu plan?

Aliya camina hacia el mapa de Kos. Los demás la miran como si acabara de descender del cielo y le abren paso.

—Taj controlará a las *inisisa*, y nosotros controlaremos a los *arashi*, y cuando la gente de la *dahia* sea conducida a los túneles debajo de Kos, dirigiremos a las *inisisa* de la *dahia* hasta Palacio —dibuja estos movimientos con su dedo. E incluso mientras señala y presiona, veo que está dibujando una figura. Un patrón. Una ecuación—. Los *arashi* perseguirán y destruirán a Karima y todo lo que ella ha tratado de construir desde que tomó el trono. Cuando estén satisfechos, nos dejarán.

—¿Cómo controlaremos a los *arashi*? —pregunta uno de los Magos, un hombre mayor con arrugas en los bordes de sus ojos color piel de serpiente.

Aliya se detiene por un instante, como si estuviera reuniendo coraje, y luego responde:

—Ustedes tendrán que ser marcados. Para controlar a los *arashi*, tendrán que ser marcados como yo —señala su brazo izquierdo—. Esto tendrá que estar escrito en su piel —traga saliva, pero su rostro nunca pierde esa expresión de resolución de acero—. Tendremos que compartir la sangre.

Un jadeo emerge de la multitud.

—Lo que significa que hay una posibilidad de que tengan que compartir el destino que me espera —Aliya aguarda a que el ruido amaine—. Karima une el metal en las *inisisa* con sangre. El Puño de Malek está escrito en cada armadura. Karima necesita a varios Magos y algebristas para grabar la prueba en el metal y unirla con sangre a la *inisisa*. La prueba para hacer esto está escrita en mi piel. Y en mi sangre —se vuelve hacia mí. Capto su mirada y veo en sus ojos que su mente surca los recuerdos de nuestro tiempo en la aldea de Juba—. El secreto es la culpa. La consecuencia, como la experimentamos en nuestras almas. Nos une a través de nuestras acciones. Es el dolor que gobierna nuestras relaciones. La culpa nos obliga a corregir los errores. La culpa crea el Equilibrio. La culpa sin purificar nos enloquece. Alimenta a los *arashi*. Es lo que nos conecta con el Infinito. El Séptimo Profeta entendió esto —la mirada en sus ojos cambia—. La razón por la que tus marcas no se desvanecen, Taj, es porque puedes soportar la culpa de tantos otros. Y ahora es lo mismo conmigo. El Innominado nos ha elegido y se ha escrito en las células de nuestra sangre.

Ella está pensando en Bo y en cómo lo traje de regreso. De vuelta con nosotros.

Casi lo hice.

Los Magos entienden a lo que ella se refiere. Saben que está hablando de que tendrán el poder de controlar a las bestias más poderosas en el Reino de Odo. Saben que se refiere a que podrían sucumbir al destino que abatió al Séptimo Profeta: la locura y la muerte violenta.

Noor considera las palabras de Aliya, luego asiente. Se mantiene aparte de la multitud hasta que Ras se une a ella, luego Nneoma, y luego más y más *aki*. Uno por uno, los Magos se mueven hacia ellos. Pero algunos permanecen donde han estado parados. Miri es la que más destaca entre ellos. No se une a los demás. En todo caso, el desdén en su rostro se ha agravado.

—Miri —dice Aliya, y extiende su mano tatuada.

Miri fue una de las primeras personas con las que Aliya me presentó al principio de la rebelión, cuando el plan era liberar a Kos a través de la captura del rey Kolade. Aliya se había sometido a ella, me había hecho recordar que Miri era nuestra líder, que era la arquitecta de la rebelión, su general. Hay una parte de Aliya ahora, puedo verlo en sus ojos, que quiere que Miri se una a ella, no sólo para confirmar que tiene la idea correcta, sino porque significará la aprobación de su mentora. A veces, eso es más importante que cualquier otra cosa.

—Por favor —ruega Aliya.

Durante largo tiempo, Miri observa en silencio la mano extendida de Aliya. Entonces dice:

—Durante muchos, muchos años, nos hemos preparado para este día. Nos hemos ceñido, y estudiado, la Palabra y practicado nuestro arte para glorificar al Innominado, de modo que cuando llegue el día en que seamos llamados a liberar a nuestra ciudad de la tiranía, estemos debidamente purificados. Sin marca. Tan inmaculados como cuando el Innominado nos sacó de la tierra a la que algún día volveremos. Ahora que estamos aquí, en este punto crucial, no voy a desechar todo eso. Hablas como si tú *fueras* el Innominado mismo. Hablas del poder de hacer fuego y de remover la tierra. El Innominado es el que otorga el orden. El Innominado determina el Equilibrio. No tú, ni nadie más. No puedo ser parte de tu plan, Aliya —tras eso, Miri inclina la cabeza y avanza junto a nosotros hacia la entrada de la cueva. Su capa susurra mientras da vuelta a la esquina. Y entonces se ha marchado.

Aliya la mira alejarse. Las lágrimas se acumulan en sus ojos, pero no se derraman. Sólo hizo falta un instante, pero el rostro de Aliya se reafirma. Ella resopla una única vez, luego se gira hacia el resto de nosotros.

—Tenemos un plan. Cualquiera que tenga objeción, es libre de seguir a Miri. No serán juzgados. No serán maldecidos ni escupidos. Es su decisión —mira a su alrededor, espera.

Luego vuelve a mirar la mesa y el pergamino rizado que se encuentra encima de ella. Abre un libro enrollado cuyas páginas están en blanco, pide tinta y se pone a explicar una ecuación. Sobre el papel, parece una fuente de garabatos. En el cielo, es un *arashi*. Un trozo de Infinito. Al principio, todo era *lahala* para mí, todas las consonantes ásperas y las vocales, letras y palabras faltantes que no tenían sentido. Ahora, aun cuando todavía es un idioma que no puedo entender, percibo su belleza. Su orden. Con pluma en mano, Aliya dibuja una serie de pruebas algebraicas. Todo números y letras apiñados. En el centro de su escritura de remolinos hay una sola ecuación. La Ratio. Luego alcanza una piedra, y el primer Mago entre los dispuestos se acerca a ella y enrolla la manga izquierda de su túnica. Aliya talla. El Mago hace una mueca y luego, ya está terminado; Aliya corta entonces una herida en la palma en su mano y una herida en la palma del otro Mago.

—A ti y a los tuyos, Mago —dice Aliya, deslizando su mano con la palma hacia arriba.

—A ti y a los tuyos, Profeta —responde el Mago estrechando la mano de Aliya.

Las gotas de aquella mezcla de sangre salpican el suelo de la cueva.

Capítulo 35

Comenzamos enviando grupos de *aki* y Magos a través de los túneles hacia las *dahia*. Los mecánicos siguen fortificando los túneles donde resulta necesario, creando rincones y escondites y trampas para los guardias, en caso de que intenten seguirnos. No puedo imaginar cuánto tiempo han estado aquí algunos de ellos, atrapados sin ver el sol… tal vez días, o semanas. Algunos pudieron haber estado aquí durante toda una luna, preparándose para este día. O para esta noche. Ya no puedo decir más. Pero se dedican a sus tareas. Incluso veo algunos de los *aki* del norte de las *dahia*, donde la minería es lo que todos hacen junto a los mecánicos. Algunos son silenciosos y determinados, otros silban viejas canciones de sus vecindarios. Algunos conversan sobre la rebelión o sobre lo que cocinarán para celebrar cuando todo termine.

Arzu permanece atrás, descansa. Duerme en la cama que ha sido hecha para ella, atendida por algunos de los *aki* y los Magos, que se quedan atrás. Cuando ella despierte, Kos ya habrá sido liberada, me digo. Y el pensamiento empuja una sonrisa a través de mi rostro.

Debo seguir a Aliya hasta donde estará una vez que se hayan completado las preparaciones.

Los otros han encontrado una túnica adecuada para ella y le han dado la oportunidad de secarse. Antes de dirigirnos a los túneles, la tomo del brazo.

—Hey —susurro.

Ella se vuelve.

—Hey —responde suavemente.

—¿Cómo…? Pensé que estabas muerta.

Ella se para frente a mí y pone sus manos en mis brazos. Es el toque más ligero, pero aun así, siento cómo un escalofrío recorre mi columna.

—Arzu y yo fuimos separadas, pero la rebelión vive en todas partes. No estamos solos. El Innominado está con nosotros, Taj. Me habló —sonríe—. Todavía me habla —los grupos más pequeños de *aki* y Magos ya se han ido—. Ven. Pronto las partidas de avanzada habrán comenzado a evacuar la ciudad. Debemos estar listos para actuar tan pronto como todo esté en su lugar.

Asiento con la cabeza. Entonces, juntos, nos apresuramos al interior del laberinto. Aliya no disminuye la velocidad mientras me guía a través de giros y vueltas. Me concentro en seguir su ejemplo. De lo contrario, me perdería con facilidad en esta maraña y me quedaría atascado aquí mientras toda la acción tuviera lugar justo encima de mí, pero sin forma de llegar a ella.

Después de un momento, aunque se siente como si no hubiera avanzado el tiempo, llegamos a una escalera de metal que termina en el techo. Percibo surcos cerca de là parte superior, y puedo decir que hay piedras móviles allí.

—Aquí, déjame ir —digo, y subo primero, luego trato de apartar la piedra. Cuando no se mueve, me giro en la escalera y empujo la espalda contra la piedra, reúno todas mis fuerzas hasta que la oigo gemir y moverse. Con un último golpe, la desplazo hacia un lado y asomo la cabeza. Hay maleza y suciedad por todas partes, y sacudo mi cara y mi cabello antes de trepar y quedarme en cuclillas, con mi daga en la mano.

Está despejado.

Extiendo mi brazo a través del agujero donde Aliya espera. Ella toma mi mano, y le ayudo a subir. Luego, una vez que los dos estamos sobre el suelo, arrastro la losa hacia donde estaba, pero dejo el suficiente espacio para que sea más fácil moverla la próxima vez.

Está tan oscuro afuera que apenas consigo ver mis pies. Una noche sin estrellas, sin sonido, ni pasos de las botas de los guardias o los prelados de Palacio. Ni siquiera escucho los lamentos de los niños que se rehúsan de repente a dormir. Nada de los zumbidos de conversaciones que parecían flotar sobre Kos a todas horas. Nada.

El viento agita nuestra ropa; levanto la vista y el miedo hace que mi garganta se cierre. Un *arashi*, su forma delineada contra el cielo, da vueltas por encima de nuestras cabezas. Se mueve en un circuito lento, y su cola azota adelante y atrás. Está lo suficientemente alto para que alcance a ver todo su cuerpo. Parece un murciélago del tamaño de una ciudad, por la forma en que sus seis alas coriáceas se extienden y contraen. Los relámpagos lo atraviesan y lo rodean. Cuando gira, incluso puedo ver su rostro. Sus ojos hundidos y una mandíbula abierta lo suficientemente grande para ceñirse alrededor de casas enteras.

—Taj —susurra Aliya, y eso me saca del terror—. Tenemos que irnos. Pronto. La evacuación ya debería estar en marcha en estos momentos.

—Correcto —murmuro, entonces ella me conduce por callejones hasta que me detengo cuando veo lo que parece ser un montón de escombros. Piedra y metal retorcido, miro a derecha e izquierda. Alrededor las casas están intactas. Bordeamos la destrucción, luego veo más a sólo cien pasos de distancia. Parecen seguir un patrón. En algunos lugares, el material extraño cubre el suelo y cruje bajo nuestros pies.

Aliya se agacha y recoge un poco. Deja que se deslice a través de sus dedos, frota sus puntas y luego inhala.

—Gravilla —dice, y la deja caer.

Se propaga como la ceniza a lo largo de todos los caminos despejados. El ruido que produce cada vez que pisamos anuncia nuestra presencia. ¿Es parte de alguna trampa?

Echo un vistazo alrededor, entonces la veo. Estamos en la *dahia*. Se parece al barrio de Arbaa. Ante mí se sienta una gran pila de piedra y arcilla destrozada, como una casa en una *dahia* después de un Bautismo. Tomo un tiempo para asimilarlo porque casi tengo miedo de lo que estoy por ver, pero tan pronto como me acerco lo suficiente, lo sé. Es el *marayu*. El orfanato donde la tía Sania y la tía Nawal nos llevaron a muchos de nosotros cuando ya no podíamos vivir en las calles. Cuando nuestros ojos cambiaron y fuimos expulsados de nuestras casas. Incluso después de que dejé el *marayu*, ellas me siguieron cuidando. Y a tantos otros. Y ahora esto es lo que queda de él.

Siento una nueva determinación y sigo a Aliya hasta el borde de la *dahia*; permanecemos cerca de los costados de los edificios y me detengo cada vez que creo haber escuchado algo o haber visto a alguien detrás de nosotros. El aire está impregnado de *inyo*, y la manera en que éstos nos rodean es tan oscura que es imposible saber cuántas *inisisa* deambulan aquí. Pero no puedo desmoronarme si pretendo triunfar.

Los recuerdos nadan a mi alrededor como los *inyo*. Incluso en la oscuridad, reconozco dónde solía estar la tienda de Costa. Donde los *aki* esperábamos para cobrar los *ramzi* que se nos debía por nuestro trabajo. Donde gritábamos, gemíamos y nos quejábamos por haber recibido menos de lo acordado mientras los guardias de Palacio esperaban para aplastarnos la cabeza. Reconozco las calles por las que Omar y yo seguimos el paso del *ijenlemanya*. Los tambores, las líneas de baile. Los niños parados junto con sus padres a ambos lados de la calle y cómo algunos de ellos se separaban para bailar con los espectadores.

Omar y yo vimos uno el día previo a que le entregáramos su primera daga.

Esto es por él.

Subimos más, hasta una colina, y empiezo a reconocer el barrio donde estamos. En el momento en que llegamos a la cima, avanzo demasiado rápido, olvidando qué tan callados se supone que debemos estar. En esa franja entre dos *dahia*, donde las casas se inclinaban unas contra otras casi demasiado cerca, siempre hubo un edificio que la gente dejaba vacío. Con unos pocos pisos de altura, y hecho de adobe, era asfixiante en los veranos. No teníamos ventanas para protegernos de la lluvia, por lo que las mantas que podíamos robar o mendigar se empapaban. Y en temporada de frío, teníamos que dormir prácticamente uno encima del otro para poder mantenernos calientes.

Hogar.

Atravieso corriendo la entrada en el primer piso, sin preocuparme siquiera de que haya alguna *inisisa* esperándonos dentro, y trepo hasta el segundo piso, donde nuestras habitaciones se ramificaban desde un pasillo principal. Una de las habitaciones está vacía, y el polvo se ha acumulado en todas las superficies. ¿Cuándo fue la última vez que alguien durmió aquí? Llego a mi habitación y recuerdo cómo solía estar repleta de lujosos cojines robados que babeaba mientras dormía. Y veo la ventana por la que solía ver respirar la ciudad, y vivir y brillar, con aquellas joyas que todos llevaban.

Recuerdo haber estado una vez aquí, con Omar a mi lado, mientras observábamos a los niños pequeños jugar sobre los escombros de lo que, ese mismo día, habían sido sus hogares. Su *dahia* acababa de ser Bautizada, e incluso después de haber perdido todo, se habían reunido para patear una pelota sobre las piedras rotas. El recuerdo duele, y me alejo.

Aliya señala el techo y la guío por el pasillo hacia la habitación donde dormían los demás. Afuera de la ventana hay un balcón, y le ayudo a subir, luego salto y alcanzo el techo de láminas de metal oxidadas, esperando que la cuerda aún esté allí. Mis dedos la rozan, y mi corazón salta de alegría. Está. La golpeo de nuevo, y cae. Un par de tirones para ver si todavía se mantiene firme, luego me levanto. El techo oxidado se balancea un poco debajo de mí, pero, sobre mis manos y rodillas, puedo sostenerme.

Estiro una mano y jalo a Aliya el resto del camino hacia arriba.

Una ráfaga de viento casi nos derriba. La ciudad entera retumba. Por encima de nosotros se eleva otro *arashi*, y éste pasa más cerca que el anterior.

Desde aquí podemos ver la mayor parte de la ciudad. Los terrenos de Palacio se levantan a nuestra izquierda, en la cima de la colina donde viven todos los ricos de Kos. O donde solían vivir. Ahora todas las viejas mansiones y patios están repletos de maleza. Los árboles crecen a través de edificios enteros. Algunas de las casas de esos *kanselo* o algebristas o ministros acaudalados que solían pagar a los *aki* para que Devoraran por ellos antes de sus bodas y cada vez que necesitaban purgar un pecado, están completamente cubiertas por la hierba que ha crecido demasiado. Parecen ya parte del bosque.

Kos se encuentra sumida en la oscuridad. Y sólo desde esta altura puedo ver las formas que se mueven en las calles de abajo. Todos los *aki* están vestidos de negro, pero ocasionalmente alguno de ellos sale de detrás de un edificio y lleva a una familia o un pequeño grupo de habitantes fuera de la vista y se refugian en otro lugar. Otras formas se retuercen en el negro entintado de abajo, y sé que deben ser las *inisisa*. En la oscuridad, su armadura brilla.

Todo se ha hecho de manera equitativa. Lo que le sucedió al *marayu* les sucedió también a las casas en la colina. Huérfanos y predicadores. Niños que nada tenían y hombres que gozaban de todo. Todos han sido despojados de lo que solía ser suyo. Éste era su plan, lo que Karima quería, lo que me prometió en la escalinata de Palacio: un Kos donde todos fueran iguales. Excepto ella.

—No se suponía que fuera de esta manera, Karima —susurro. Me vuelvo hacia Aliya—: ¿Estás lista?

Se arremanga el blusón para dejar al descubierto las crestas de sus nuevas marcas. Sus brazos se han vuelto casi por completo oscuros con ellas.

—Sin duda.

Cierro los ojos y me concentro. Nunca antes he tratado de controlar a tantas *inisisa*. No estoy completamente seguro de qué hacer o cómo se supone que debe sentirse, pero intento relajarme. Pienso en la tribu de Arzu, y en Juba y los *Larada*. Pienso en la llanura desértica, y pienso en la calma en los rostros de todos los *tastahlik* que se enfrentaron contra el ejército de *inisisa* que Zaki había invocado de Bo. Abro mi mente y siento que me desvanezco.

Cuando abro los ojos, todo Kos está en calma. Puedo ver las armaduras de las *inisisa*, pero ninguna de ellas se mueve. El aire justo por encima del anillo que rodea a cada *dahia* brilla. Entonces, tan lentamente que casi no me doy cuenta, el *arashi* que flota sobre la *dahia* se eleva más alto, hacia el cielo. En los tejados de toda la ciudad, veo a los Magos con sus brazos recién marcados extendidos y sus rostros en ángulo hacia el cielo negro, al igual que Aliya. Y los *arashi* dejan de dar vueltas. Flotan, luego se elevan más y más alto.

Aliya tiembla. Hago un movimiento para ayudarla, y ella niega con la cabeza.

—No lo hagas, yo puedo con esto. Tú concéntrate en las *inisisa*.

El suelo retumba de nuevo. Sentimos el gruñido de los *arashi* en la tierra debajo de nosotros.

Aliya tropieza.

—No es suficiente —necesitamos a Miri y los demás.

—¿Cuánto tiempo más?

Por encima de nosotros, el *arashi* comienza a moverse más rápida, más erráticamente. Ellos no van a poder sostenerlo.

—Aliya, di algo.

Ella está apretando los dientes.

—No somos suficientes —se desploma sobre una rodilla, sus brazos todavía se elevan por encima de su cabeza, como si estuviera sosteniendo el cielo sobre los hombros.

Y entonces aúllan, todos a la vez. El sonido es como un cristal que se rompe dentro de mi cabeza, y caigo. Aliya está en la lámina de metal a mis pies.

—¡Aliya! —grito mientras la levanto. Está inconsciente.

El *arashi* sobre nosotros deja escapar otro rugido tan fuerte que parece estar aplastándome la cabeza. El dolor me ciega.

Un destello de esmeralda brilla a lo lejos. En Palacio, en el balcón que sobresale de la escalinata de Palacio. Es poco más que una mancha, más diminuta que la piedra más pequeña. Pero sé que es ella. Y nos observa.

Karima.

Miro hacia arriba. El *arashi* ha dejado de dar vueltas.

Está cayendo desde el cielo.

Viene directamente hacia nosotros.

Capítulo 36

El *arashi* llena el cielo.

El viento de sus alas hace que el techo de hoja metálica se doble debajo de nosotros. Tengo que proteger a Aliya con mi cuerpo para evitar que las piedras de la pila de escombros la lastimen, y cada una de ellas me golpea en la espalda hasta que otro rugido intolerable rompe el aire. Estuvimos tan cerca.

Estamos tan cerca.

Las *inisisa* ya no pueden ser contenidas. Debajo de nosotros, la evacuación no se ha completado. Las *inisisa* con armadura arrinconan a los *aki* que están tratando de proteger a las familias refugiadas. La lucha ya ha comenzado. Pongo mis manos en mi pecho, luego vomito un grifo. Necesito trabajar rápido. El *arashi* está casi sobre nosotros. De repente, es como si me hubieran arrojado a una estrella. Mi piel está tan caliente que se siente como si estuviera a punto de hervir. Pero no hay tiempo para pensar.

Agarro la frente del grifo y veo las sombras caer como escamas. Luego me subo a él y me elevo en el aire. El viento silba en mis oídos. Más rápido. Más rápido. No sé lo que voy a hacer, no sé siquiera lo que *estoy* haciendo. Sólo sé que necesito salvar a Aliya. Ella es la clave de todo esto.

¿El *arashi* quiere *inyo*? ¿Quiere almas envenenadas por el pecado? Entonces me tendrá. Una rápida mirada detrás de mí y veo que las *inisisa* me siguen como una cola. Grifos y águilas y un dragón. Todas están volando detrás de mí. No tengo tiempo para sorprenderme. Me vuelvo hacia el *arashi* y animo a mi grifo para que vuele más rápido. *¡Vamos, vamos, vamos!* El *arashi* abre su mandíbula, y la saliva humeante sisea entre sus largos colmillos. Me encojo cerca de la espalda del grifo y vuelo directamente hacia esa cueva abierta.

Es todo. Así es como termina. El mundo en torno a mí se ralentiza. Es la sensación que tengo cada vez que sé que estoy cerca de caer ante una bestia del pecado, cuando parece que no seré capaz de vencerla. Cuando me he quedado sin energía y lo único que albergo es esperanza. Sólo que no hay escapatoria esta vez. Esta vez no.

Espero que cuando esculpan mi efigie, ésta sea por lo menos tan alta como la de Malek, que miro más y más pequeña debajo de mí.

Entonces golpeamos al *arashi*.

El dolor desgarra cada parte de mí. Como si un millón de garras se hubieran clavado en cada centímetro de mi piel, y estuvieran tirando muy fuerte en todas las direcciones. El fuego se arrastra en el interior de mi cabeza. Mis ojos se abren con la luz. Pecados. Tantos pecados. Mentiroso. Ladrón. Asesino. Adúltero. Alborotador. Glotón. Ladrón. Asesino. Alborotador. Glotón. Asesino. Una y otra y otra vez, como si estuviera vislumbrando cada acto horrible jamás cometido. Una niña que envidia la Ceremonia de las Joyas de su hermana. Un curandero que estafa a un padre para sanar los pecados de su hijo. Un ladrón que hunde un cuchillo en la espalda de un joyero desprevenido. Se siente como si cada pecado en Kos se estuviera adhiriendo a mi corazón. Quiero luchar. Quiero pelear desesperadamente y vencer; recordar que la culpa no es mía, que ésta pertenece sólo a los pecadores. Que esto es simplemente Equilibrio. El pecado nunca se olvida; sólo es removido. Y me dejo llevar. Así es como se supone que suceda.

No puedo imaginar una manera mejor, más noble, más impresionante de morir.

Aliya, recuérdame.

Estoy volando. Y el sol está ahí. Y todo huele a humo. Espeso humo putrefacto. Esto es lo que veo, siento y huelo cuando me despierto. Entonces trato de levantar la cabeza y me doy cuenta de que no estoy volando. Estoy cayendo.

Mis brazos nadan por el aire. Mis piernas se agitan. ¿Qué pasó? Esto no es como se supone que tendría que ser. Se suponía que debía morir defendiendo a Kos al volar hasta la boca de un *arashi*, no como un manchón de carne molida salpicado en la calle. Pero estoy cayendo cada vez más rápido, y nada de lo que pueda hacer consigue detenerme.

No no no no no no no.

Golpeo algo tan fuerte que me saca el aire, luego ya no caigo.

Estoy en la espalda de alguien. ¡Noor!

—*Oga*, espera —dice ella mientras me lleva, corriendo, de azotea en azotea, saltando por los callejones y subiendo y bajando los escalones de los balcones—. ¿Estás bien?

A todo nuestro alrededor, se oye el sonido de piedra sobre metal. Dagas contra armaduras. Están luchando. Veo los colores de Palacio y del Puño de Malek. Los guardias también están afuera. Noor viste de negro, pero ahora, con la luz

294

que brilla del cielo, destaca. No puedo averiguar dónde está el *arashi*. O Aliya.

—Aliya, ¿dónde está ella?

—Sólo sujétate fuerte —Noor da un último salto, y nos elevamos por el aire para aterrizar en un pequeño matorral. Lo reconozco. Es el que Aliya y yo atravesamos para entrar a escondidas en Kos—. Espera, Noor. ¿Dónde está Aliya? ¡Tenemos que volver por ella!

—¡*Oga*, vamos! —la piedra ya está abierta, y ella me jala, luego me lanza y salta detrás de mí.

Aterrizo con un ruido sordo en el suelo, justo sobre mi coxis. *Uhlah*, vaya dolor. Noor me levanta y empezamos a correr. Puedo oír los pasos de los guardias de Palacio en lo alto. Mientras avanzamos, Noor saca una barra de dinamita del interior de su camisa y, con su daga y una piedra, la enciende. Arde, y huyo de ella sólo para alejarme lo más posible. Noor no pierde un paso mientras da media vuelta y la lanza hacia el camino por el que veníamos. Entonces entiendo. Estamos sellando la entrada.

Una explosión nos lanza hacia delante y nos levantamos lo más rápido que podemos. El techo de la cueva cae en una masa de rocas que se dirigen hacia nosotros, y corremos y corremos hasta que se detiene y tenemos un momento para recuperar el aliento.

No pasará mucho tiempo hasta que nos encontremos con los habitantes de Kos varados. Algunos están reunidos en familias; otros se encuentran solos o son atendidos por extraños. Muchos están heridos, pero algunos sólo tienen hollín y ceniza en sus ropas y rostros. Muchos están tosiendo o en cuclillas o recostados en el suelo, agotados. Y más fluyen desde los túneles laterales, liderados por los *aki* vestidos igual que Noor. Los *aki* dirigen a los recién llegados hacia donde todavía hay espacio y también reparten mantas. Algunos de los recién llegados son dirigidos a lo que entiendo que es una especie de enfermería o tienda de enfermos, sólo que se trata de una cueva subterránea más profunda donde otros refugiados, curanderos hombres y mujeres, trabajan con ellos. Oigo llantos y gritos y lamentos y risas. Algunos joyeros ya han reunido multitudes a su alrededor y tienen sus productos extendidos sobre las mantas que se les entregaron para que se mantuvieran calientes.

Toda la ciudad está aquí abajo.

Llegamos a la sala donde afinamos nuestro plan aquella mañana, y Aliya está inclinada sobre los mapas y las pruebas escritas en los pergaminos esparcidos sobre la mesa. Sus brazos desnudos y marcados se agitan por los temblores. Está rodeada de Magos y unos cuantos *aki*. Cuando Noor me acerca, Aliya levanta su mirada, y aunque su cara está pálida, enferma y hueca, y sus ojos ligeramente hundidos, sonríe.

—Taj, lo descubrimos —las palabras salen débilmente, a pesar de que tiembla por la emoción—. Sabemos cómo terminar esto. Nosotros... —se lanza hacia delante. No puedo llegar a ella a tiempo, pero otro Mago la sostiene y evita que caiga. La llevan hasta una caja, donde se sienta y agacha la cabeza; respira lenta y pesadamente. Está agotada.

Me arrodillo a su lado, mi mano corre a lo largo de su espalda. Me regala una sonrisa cansada.

—¿Qué pasó? —pregunto a Noor—. Recuerdo haber caído en la boca del *arashi*, luego estoy cayendo y casi te aplasto cuando me arrancas del cielo.

—Dinamita —responde Aliya—. Ése es nuestro secreto.

La miro.

—Pero yo no estaba sosteniendo dinamita. Nada llevaba conmigo. ¿La dinamita es el secreto de qué?

Ella pone una mano en mi brazo para calmarme.

—Estoy diciendo que tú eres el secreto. Limpiaste al *arashi*. Liberaste a los *inyo*.

—¿Yo *qué*?

Por ahora, todos los demás están mirando hacia nosotros. Hay suficiente atención para hacerme sentir incómodo.

—Tú te montaste en el lomo de un grifo. Y llevaste detrás de ti a docenas de *inisisa*, y cuando entraste al *arashi*, las purificaste. Y eso es. Tus *inisisa*, Taj. Son como cargas de dinamita. Bañas a una en luz y la arrojas a un *arashi* y, bueno, lo que sigue es una reacción expansiva —sonríe.

—¿Quieres decir que hice un agujero en él?

—Sí, Taj. Hiciste un agujero en el arashi —se esfuerza para avanzar medio camino, y yo la ayudo con el resto—. Conozco su composición. Están hechos de cientos de *inyo*. Algunos contienen miles. Los *inyo* son las piezas que los forman, de la misma manera en que a nosotros nos constituyen átomos y moléculas. Sus alas, sus garras, la saliva que gotea de sus dientes, todo es *inyo*. Pecado —jadea, con los ojos abiertos por la epifanía—. Estás devolviendo la culpa al pecado. Estás creando su Equilibrio.

Ella sacude la cabeza.

—No pudimos contenerlos —mira a los que se encuentran ahí reunidos, algunos están cubiertos de polvo tras haber escapado de los pasillos y túneles que se derrumbaron. El techo ruge sobre nosotros, y otra capa de polvo cae sobre nuestros hombros—. Ni siquiera si todos los que nos reunimos aquí estuviéramos correctamente educados en el arte de *iragide*, podríamos derrotar a los *arashi*. Ya ves lo que esto nos ha hecho —a mi alrededor, los Magos están al borde del colapso; algunos de ellos lucen tan pálidos y demacrados que parecieran estar a unos pasos de unirse al Infinito—. Karima tiene cientos de algebristas y Magos a su servicio. Es sólo porque su número es tan alto que ella prevalece.

Me maldigo. Si hubiera pensado en el siguiente paso, podría haber enviado a las *inisisa* hacia Palacio. Podría haberlas enviado lo suficientemente lejos para que el *arashi* las hubiera seguido, y todo habría salido de acuerdo con el plan. Pero eso habría significado sacrificar a Aliya. Tan pronto como esa idea entra en mi cabeza, sé que no podría haberlo hecho. Nunca. No vale la pena recuperar Kos, sin ella.

—Esto significa que los Magos por sí solos no pueden destruir a los *arashi* —los truenos retumban a nuestro alrededor y la tierra tiembla, como si los *arashi* estuvieran retando a Aliya. Ella no se estremece ni inclina la cabeza—. Taj, eres tú quien puede controlar a las *inisisa*. Eres tú quien tiene que actuar.

Recuerdo el dolor casi incomprensible que sentí al volar a través del *arashi* la última vez. Como si estuviera muriendo de la manera más lenta, más horrible posible.

—¿Cu-cuántos son? —consigo preguntar.

Aliya hace una mueca. Su rostro me dice que siente dolor por el sufrimiento que tendré que soportar.

Mi coraje regresa. Si así es como tiene que ser, entonces así tendrá que hacerse.

—Debemos actuar pronto —dice Aliya a los Magos y *aki* reunidos. En realidad, no tenemos un plan, pero cuando Aliya habla la confianza aumenta en los demás. Si ella cree, entonces nosotros también podemos creer—. Los *arashi* se liberaron de nuestro control antes de que se completara la evacuación. Todavía hay civiles atrapados en la ciudad. Y ahora no sólo están a merced de los guardias de Palacio y de las *inisisa*, sino también de los *arashi*, cuyo sueño ha sido perturbado.

—Pero los túneles están bloqueados —dice uno de los Magos.

—Sólo los que conducen a la ciudad —dice Noor, todavía sin recuperar el aliento después de haberme guiado a través de los túneles—. Los que llevan más allá del Muro y hacia el bosque todavía están abiertos.

Aliya mira a Noor.

—Los usaremos para dirigir a los refugiados al bosque, luego escalaremos el Muro para volver a ingresar a Kos. Desde el aire —ambos, Maga y *aki*, se asienten uno a otro con tristeza, y tomo un momento para pensar en lo sorprendente que es ver esto. Cuando estaba creciendo, los Magos nos arrastraban de nuestros hogares durante los Bautismos, y nos hacinaban en grupos de diez en habitaciones de un barrio pobre. Nos usaban cada vez que los ricos necesitaban que sus pecados fueran Devorados y luego, cuando llegaba el momento de pagar, siempre nos daban menos. Ahora todos nos miramos como iguales. Si no lo logramos, al menos habré presenciado esto. Que ya es en sí mismo un milagro.

—Salvaguardaremos a los refugiados —dice una voz a mis espaldas. Miri marcha hacia delante, y varios Magos caminan junto a ella—. Resguardaremos a los que traigan al bosque. No necesitan dividir más sus fuerzas para protegerlos. Si el ejército de Karima llega al Muro o incluso más lejos, lucharemos contra ellos como podamos. Pero sabremos que si esa puerta se abre y no vemos la luz del sol, habremos perdido la ciudad y estará en nosotros, en los que permanezcamos, mantener a salvo a la gente de Kos. Rescata nuestra ciudad, Maga.

Miri habla con tal jerarquía que todos han quedado completamente en silencio. Aliya y Miri están a una distancia de diez pasos, y ninguna sonríe.

Entonces Aliya camina hacia su antigua mentora y comandante y extiende una mano, con la palma hacia arriba. Su espalda está recta, la cabeza en alto:

—Como usted ordene. A usted y a los suyos.

Miri mira la mano de Aliya, luego desliza la suya sobre ella.

—A ti y a los tuyos, Aliya —dice en voz baja antes de reunir a su grupo y desplegarse para dirigir a los refugiados hacia el bosque.

Afuera, el Muro se eleva sobre nosotros. Y por primera vez, me permito imaginar cómo sería Kos sin él. Cómo sería caminar por el bosque como un vagabundo y venir a ver esta magnífica ciudad tendida frente a ti, esperando que te ofrezca refugio y una nueva vida. Me permito imaginar una ciudad que no está tratando de mantener alejadas a las personas. Una ciudad que permite moverse libremente. Cuando esto termine, tal vez podamos ver cómo derribarlo. Ya nos ha dado más que suficientes problemas. Pero los escribas podrían enojarse porque ya no tendrán un lienzo tan grande para pintar. Sonrío. Encontrarán una manera. Así de ingeniosos son.

Los *aki* se alinean a cada uno de mis lados.

Como uno solo, los Magos sostienen nuestras cabezas en sus manos y murmuran sus encantamientos. Cierro los ojos, abro la boca y dejo que el pecado se derrame hacia afuera; un chorro se arquea frente a mí y luego se acumula en mis pies antes de convertirse en un grifo lo suficientemente grande para que lo pueda montar. Cada *aki* tiene uno. Cuando terminamos, algunos *aki* se tambalean, mareados. Algunos se arrodillan, y recuerdo que no todos son tan fuertes como yo me he hecho. Han pasado tantas cosas que ahora casi no siento dolor cuando invoco un pecado. Siempre está el dolor agudo que golpea como una aguja a través del cerebro y el breve momento de asfixia cuando no puedo respirar porque el pecado está abandonando mi cuerpo, pero soy capaz de mantenerme erguido hasta el final. Para los demás, toma unos minutos, pero esperamos porque los necesitamos con toda su fuerza.

Puedo escuchar el rugido de los *arashi*, y aunque el sol rocía la luz alrededor de ellos, los relámpagos todavía cruzan el cielo y se cierran contra el suelo, enviando chispas que incendian casas y calles.

Karima me está esperando del otro lado. Y también Bo. Y su ejército de *inisisa*. Las *inisisa* que están fuera de mi control.

Pero esto va a terminar ahora.

Pongo una mano en la frente de mi *inisisa*, y las sombras caen como si fueran una segunda piel. Sus plumas son del color del amanecer y la luz brilla a través de ellas. Los *aki* se quedan boquiabiertos mientras camino por la fila y voy limpiando sus bestias. Me trae recuerdos de cómo solían mirarme cuando éramos más jóvenes y yo era el *aki* más hábil en Kos. ¡Cómo murmuraban sus alabanzas a mis espaldas! Puño del Cielo. Portador de Luz. Cuando termino, monto mi grifo y los otros *aki* hacen lo mismo. Aliya se sube detrás de mí, y un Mago se une a cada *aki*. Juntos, salimos disparados al cielo.

Tengo que llegar a Palacio.

Miro a mi derecha, luego a mi izquierda. Y entonces, cuando estoy seguro de que estamos preparados para avanzar, envío mi grifo hacia delante y cortamos una línea recta sobre el Muro.

Los *arashi* se retuercen en el aire, confundidos. Las *inisisa* vagan por las calles, allá abajo, cazando a los *aki* y a los pobladores que se quedaron atrás, y ahora este nuevo batallón de grifos vuela hacia ellos, formando un arco justo debajo de sus garras y dientes mientras vuelan sobre sus cabezas. Nos sumergimos en la formación para salir de su alcance. Son demasiado lentos para atraparnos. Un rayo de luz brilla sobre mí, y no veo las catapultas que recubren los bordes exteriores de la *dahia* hasta que sus cargas se lanzan al aire. Me vuelvo hacia atrás a lomos del grifo.

—¡GRÚAS! —grito justo cuando las primeras rocas cortan el aire. Se dirigen directamente hacia nosotros, y oigo detrás de mí un estruendo y gritos mezclados cuando una de las rocas golpea una *inisisa* y sus jinetes saltan al aire. Quiero dar media vuelta y rescatarlos, pero sé que sólo tendremos una oportunidad de llegar al Palacio. Las Grúas más abajo, más cerca de Palacio, ya nos están esperando, y no podemos darles más tiempo.

Las rocas silban hacia nosotros, pero cuando intentamos elevarnos, un *arashi* nos intercepta. Escucho más gritos detrás de mí cuando las garras envuelven a uno de los grifos y lo arrastran, y el Mago y el *aki* lo montan hacia su boca abierta. No lo vamos a lograr.

Aliya me sujeta con fuerza cuando me ladeo a la izquierda para esquivar otra roca. Ésta explota justo encima de nosotros, y giramos. Aliya se resbala y se agita en el aire. El grito queda atrapado en mi garganta, y empujo a mi grifo en una zambullida, en un movimiento tan rápido que el viento hace que mis ojos lloren. La atrapo justo antes de que aterrice en medio de las *inisisa* blindadas que ya la esperaban. Volando bajo, puedo ver que la calle está cubierta de ellas. La luz del sol se desvanece y somos arrojados a la oscuridad otra vez por el *arashi*. Nos hago subir hasta que estamos al mismo nivel que los otros *aki* que permanecen en posición.

—Tengo que hacerlo —digo a Aliya.

La mirada que me dedica casi me desmorona. Ésta puede ser la última vez que nos veamos. Mientras me aferro al grifo, ella me abraza con fuerza y me besa en la nuca. Puedo sentir sus lágrimas caer sobre mi piel.

Nneoma se detiene a nuestro lado.

—Déjanos.

Estoy tratando de vigilar a Nneoma mientras exploro el horizonte en busca de los Lanzadores. Parece que esas rocas están siendo rellenadas con dinamita. De esa manera, si no nos golpean, la explosión sí lo hará.

—¿Que los deje qué? —le pregunto.

—Hacer el truco de la dinamita —dice sonriendo.

—¿De qué estás hablando? —me estoy agitando más, y Aliya coloca su mano en mi espalda para tranquilizarme. No puedo decir si estoy gritando para que me escuchen por encima del *arashi* o si es porque lo que sugiere Nneoma me está haciendo enfadar.

—Me gusta este carruaje que hiciste para que yo viajara por el aire, pero creo que prefiero uno hecho de luz —ella tiene la sonrisa más amplia en su rostro—. Así es como funciona, ¿cierto, Mago?

Aliya asiente.

—Una vez que se vuelve de luz, puede cambiar al *arashi* —el viento se levanta y Aliya grita—: ¡Pero no tienes mucho tiempo!

—Bueno, entonces, Taj, será mejor que te apures. Atraeremos a las *inisisa* con armadura hasta los *arashi* y los destruiremos —Nneoma señala hacia delante. Hay varios, según mi cuenta, nadando en el cielo cerca de Palacio. Karima los tiene vigilando. Una esmeralda en la tormenta—. *Oga*, ésta es la única manera. De lo contrario, todos moriremos aquí hoy.

—¡Pero si lo haces, entonces *tú* morirás!

Se endereza sobre la espalda de su grifo.

—Y cuando cantes la historia de cómo nos sacrificamos para salvar a nuestra ciudad de una tirana, será mejor que no omitas ningún detalle. Recuerda, fue de Nneoma de quien surgió esta idea, y fue Nneoma quien se lanzó a la carga —su sonrisa se ensancha—. Estamos aquí para ayudar. Esto es por todos nosotros.

No quiero que ella lo haga. No quiero perder más gente.

—Taj —susurra Aliya en mi oído.

No tengo opción.

—De acuerdo. Vuela en círculo y advierte a los demás.

Nneoma me guiña un ojo.

—Oh, ellos ya lo saben. Conocían el plan desde antes, sólo necesitábamos tu aprobación. Ya hemos puesto a los Magos en otras bestias para que estén a salvo —deja escapar una risita y vuelve a guiñar un ojo—. Vamos, Taj, ¿en verdad vamos a estar más preparados que tú? —ríe, y es suficiente para hacerme sonreír. No me importa que el sonido sea ahogado por las rocas que explotan a nuestro alrededor y los *arashi* que aúllan por encima de nosotros.

—De acuerdo, entonces.

Ella guía a su grifo con pericia hacia el mío.

Espero hasta que esté lo suficientemente cerca, luego coloco mi mano en la frente de su grifo. Comienza a brillar, y Nneoma se toma un momento para mirar con asombro. Luego

304

me observa, asiente y se precipita hacia las *inisisa* que cubren las calles. Está abriendo un camino de luz. Cuando su bestia toca a las *inisisa*, sus armaduras caen, y cuando ésta vuelve a subir al cielo, las *inisisa* limpias la siguen como una cola oscura y su luz gotea para infectar a todas las demás. Ella desaparece a lo lejos. Luego, un estallido masivo de luz, como una estrella que se abre, resplandece en el cielo sobre Palacio. Chispas como cometas se derraman, y la luz del sol atraviesa esa sección de cielo ahora clara.

Otro *aki* se detiene a mi lado, mirando hacia delante todo el tiempo. Está decidido a no dejar que el miedo lo conquiste. Toco la frente de su grifo, y el *aki* hace lo mismo que Nneoma: atrae a las *inisisa* con armaduras y las lleva con él hasta enfrentar a un *arashi*. Otro estallido de luz, y más cielo azul resulta.

Algo tan hermoso y doloroso de ver es poco más que una reacción química. Formas y elementos que se encuentran y transforman.

—Taj —me dice Aliya antes de que pueda llorar por el *aki* sacrificado—, tengo una idea —señala un tejado a nuestra izquierda—. Déjame bajar por allí.

Confío en ella, así que detengo a mi grifo. Las *inisisa* pululan alrededor del edificio que está debajo. Las oigo adentro, saltando entre cada uno de los pisos.

—Me reuniré contigo en Palacio.

Quiero preguntarle cómo, pero ella pone sus manos en el techo, y de allí sale un puente de piedra que se arquea hasta el siguiente edificio, luego al siguiente, y al siguiente, hasta que crea toda una pasarela que conduce a la escalinata de Palacio. Es como cuando rompió la tierra frente a la casa de Zaki. Y como cuando Zaki formó un puente para cruzar ese abismo.

—¡Ve! —dice, luego echa a correr.

Sacudo la cabeza con asombro mientras mi grifo me lleva hacia delante. ¿Hay algo que ella no pueda hacer?

Otros grifos dejan a los Magos en los techos de todo el Foro y comienzan a crear puentes también. Eso es todo. Esto es *iragide*. Romper y vincular.

Traigo a los grifos sin jinete detrás de mí y los toco, uno por uno, a medida que pasan, luego los envío como cartuchos de dinamita a las calles, donde se cargan a través de las *inisisa* y las vuelven luz. Las calles brillan, mientras Aliya y los Magos corren de azotea en azotea.

Vamos a lograrlo.

Las *inisisa* se congregan como un enjambre en la escalinata de entrada a Palacio. Osos y dragones y linces. Puede que esté completamente solo, pero nada me impedirá entrar en Palacio. Insto a mi grifo a ir más rápido. Más rápido, más. Ya casi estoy allí.

Un halcón del pecado se estrella contra mí y me lanza lejos de mi grifo. Las dos *inisisa* luchan en el aire y estallan en chispas de luz; yo vuelo alto, por encima de la escalinata de Palacio, y caigo en la parte posterior de un dragón del pecado que me esperaba con las fauces abiertas. Mis sandalias se desgarran cuando me deslizo por sus escamas hacia atrás y entonces salto en el aire justo frente a la bestia del pecado que tengo ante mí y hundo mis manos en su frente. Explota en un estallido de luz. Todas las *inisisa* de las escaleras se abalanzan en dirección a mí. Golpeo a la derecha, a la izquierda, me agacho debajo del lobo del pecado que se zambulle hacia mí. Son muchas, pero pateo y giro y salto, doy vueltas y lucho contra todas ellas. La entrada de Palacio está muy cerca.

Lucho con un lince del pecado que me tiene sobre mi espalda. Sus fauces me intentan morder y se inclina hacia mi cuello. Algo afilado que resplandece a la luz atraviesa su cuello.

Bo me levanta.

—Pensé... —digo, aturdido.

—¿Que te había traicionado? —sonríe, y es el viejo Bo de nuevo—. Estás más allá del Muro, ¿cierto? Vamos, tú sabes que necesito un buen compañero de lucha —entonces nos apoyamos espalda contra espalda. Él corta a las *inisisa*, inutilizándolas, y yo tomo sus restos en mis brazos y las limpio. La luz nos rodea. A través del caos veo a Noor defendiéndose del ejército de *inisisa* con un bastón de doble filo. No pueden tocarla, ella es muy veloz.

—Llega a Palacio, Taj —me dice Bo. Sujeta una araña del pecado por una pata con el pie, la corta y, cuando cae, empuja su daga hacia su espalda—. ¡Ve! —toma una segunda daga de su bota y sostiene la primera entre los dientes. Sin mirar atrás, se lanza a la refriega, corta y gira y da tumbos en el aire como un loco.

Me han despejado el camino y yo subo la escalinata. Echo un último vistazo hacia atrás y no veo más que sombras en movimiento, pero luego miro a lo lejos y veo a la gente. No está marcada, pero se ha armado con todo lo que puede. Bastones, cuchillos de cocina, martillos. La gente de Kos.

Alrededor los Magos se reúnen, y el suelo debajo de ellos y la piedra de los edificios a su alrededor se rompen y se reagrupan para formar muros desde detrás de los cuales la gente de Kos puede luchar.

Mi corazón salta. Los supervivientes que se quedaron atrás llenan las calles del Foro y se dirigen hasta la escalinata, donde se enfrentan con las *inisisa*. Se han unido a nosotros en la batalla.

Las puertas de Palacio están cerradas. En medio de los pobladores combatientes, y de los *aki* y las *inisisa*, veo al dragón del pecado de antes. Eso es.

Corro hacia él, y me ofrece su cabeza. Una vez que me subo a su lomo, levanta sus alas y me elevo. Aterrizamos con un fuerte golpe en el balcón, y antes de que me deslice de su lomo, toco su frente. Se convierte en luz y desaparece.

Las grandes ventanas frente a mí están abiertas.

Karima sale de las sombras. Despacio. Su vestido esmeralda brilla a la luz. Pero sus colores cambian a rojo. En lugar de hacerla ver como una bendición de otro mundo, del Innominado, parece como si estuviera usando sangre.

Sacudo mis pensamientos.

—Se acabó —le digo, lo suficientemente fuerte para ser escuchado también en la batalla que está teniendo lugar abajo—. Has perdido —señalo a la ciudad—. La gente se ha levantado contra ti.

Ella camina hacia mí sin decir palabra. La sonrisa en su rostro me provoca escalofríos.

Se detiene, y una mueca de superioridad se fija en su rostro. Las sombras bailan detrás de ella.

Tres lobos emergen de la oscuridad.

—Somos sólo nosotros ahora, Taj —su voz es como la seda en mis oídos—. Tú y yo. Equilibrio.

Debajo del sonido de su voz, escucho el gruñido de las *inisisa*.

—Todavía puedes detener esto. Toda esta muerte. Toda esta destrucción. Todo este desequilibrio —la sombra de su vestido se torna cada vez más y más oscura, brilla en verde, luego en rojo, después en blanco, finalmente se hace negra.

El primer lobo se lanza y yo extiendo mi mano para presionarla contra su frente, pero la bestia me supera sin haber sufrido cambio. Necesito ambos antebrazos para alejar sus mandíbulas de mi rostro. Gruñe y rechina los dientes. ¿Soy demasiado débil para limpiarlo? El lobo saca todo el aire de mis pulmones. Frente a mis ojos aparecen pequeños puntos plateados.

—Karima —siseo entre dientes.

Escucho sus pasos hasta que puedo ver sus zapatillas justo a mi lado.

—¡Karima!

A mi derecha está mi daga, pero fuera de alcance.

Las fauces de la *inisisa* se acercan, luego, de repente, se detiene. Como un perro obediente, el lobo salta fuera de mi pecho y se aleja. Los otros se unen a él. Toso mientras me pongo de rodillas, y es cuando veo a Bo parado en el balcón. Sus ojos tienen un esmalte vidrioso. Está Cruzando.

Todas las *inisisa* se giran en dirección a Karima.

Por primera vez veo temor en su rostro.

Bo toma la daga en su boca y después sostiene ambos filos entre los nudillos.

—Esto es lo que has hecho. Esto es lo que ha hecho tu magia —su piel está cubierta casi por completo por las sombras, que chisporrotean en su piel—. Y ahora ha regresado a ti. Equilibrio —su risa suena como el moler de las rocas.

—Bo —grito, tosiendo.

Pero él no se vuelve hacia mí.

—Soy tu arma. He matado por ti. He masacrado por ti. He oscurecido el aire de pueblos enteros con *inyo*, por ti —apunta sus dagas hacia Karima—. Pensé que había terminado de asesinar. Pero todavía me queda una muerte más.

—¡Bo! —grito. Me levanto. Todos miran hacia mí. Puedo sentirla pulsando como un rayo debajo de mi piel: rabia. Fue el sonido de su voz. Cómo puede ella describir todo lo que ha sucedido como si fuera simplemente el orden regular de las cosas. Las ejecuciones. Las demoliciones—. No sientes culpa alguna.

Ella enmudece, pero ve la mirada en mis ojos y eso la asusta.

—Nada sientes por todos los pecados que has cometido —me dirijo hacia ella. Me siento vivo por la rabia—. Lo sentirás ahora —y entonces estoy sobre Karima. Tengo su cabeza entre mis manos. Sus ojos se abren de miedo.

—Taj —gime ella—. Taj, por favor. No.

Pero entonces los primeros pecados ahogan el resto de sus palabras en su garganta. Sujeto su cabeza con fuerza mientras la tinta sale de su boca. Su vestido cambia de color tan rápido que es como la Ciudad de las Gemas durante el día. Ella se lanza hacia delante, pero me aferro a su cabeza. Su cuerpo se convulsiona, y la tinta se derrama y se derrama y se derrama como una cascada sobre el suelo. Ambos estamos de rodillas, y no se ha detenido. Ella intenta levantar una mano, rogarme que termine con esto, pero sostengo su cabeza con más fuerza. Incluso aunque algo de tinta se moldea en *inisisa*, cada vez más fluye fuera. Las lágrimas corren por su rostro, pero me digo que no es por culpa, sino por dolor. Bien, si ella no puede aceptar su culpa, entonces al menos sentirá dolor.

Después de lo que parece una eternidad, el flujo termina y, seca, Karima se desploma. Sus manos y rodillas chapotean en charcos de pecado mientras intenta alejarse de mí, pero cada lugar en la piscina que toca se convierte en otra bestia. Una serpiente, un lince. Detrás de ella, un oso y un dragón. Su vestido es tan negro que coincide con el lago de pecado que arrastra tras de sí.

Pero cuando ella se vuelve y mira hacia arriba, me ve en pie a su lado.

El suelo gime bajo el peso de todas estas *inisisa*. Llenan la habitación por completo, los cuellos de las más altas se doblan contra el techo. Y todas ellas, como una unidad, desprecian a Karima.

—Taj, cámbialas.

Incluso en este momento, ella sigue dándome órdenes. Intento estabilizar mi respiración, pero no puedo. Mis brazos y piernas tiemblan. No puedo cambiarlas. Hacer eso significaría que tendría que obligarme a perdonarla. Y no puedo.

—Cámbialas, por favor.

Mi rostro se convierte en una máscara. Puedo sentir cómo mis rasgos se congelan en la misma expresión neutra que observé entre las tribus de Juba. Cada vez que las emociones bullían dentro de ellos, portaban las máscaras. No sé cómo luzca exactamente mi rostro, pero sí sé que Karima me mira con horror.

—Pagarás por tus pecados. Eres como tu hermano, Kolade. ¿Lo recuerdas? —me acerco a ella—. ¿Recuerdas cómo lo maldijiste por poner la carga de sus pecados sobre otros? ¿Por pintar sus pecados con nosotros porque no se podía molestar en vivir con culpa? —estoy gritando ahora. Los refugiados. Las familias que se separaron. El *marayu* destrozado. Los *aki* que murieron—. Tú no eres diferente. Pero mientras él escapó al castigo, tú no lo harás —me alejo de ella—. Tus pecados te comerán viva —por fin, consigo calmar los temblores que

311

sacuden mi cuerpo. Luego cierro los ojos y me conecto con cada *inisisa* en la sala. Eso es todo. Así es como terminará.

—¡Taj!

La voz me arrebata de nuevo. Me vuelvo, y las *inisisa* se separan para darme una línea de visión directa a Aliya, que ahora está junto a Bo en la entrada del gran balcón de la habitación. Su túnica cuelga en jirones sobre ella, pero camina con pasos firmes y decididos. Arzu está allí también. Sobrevivieron.

La puerta que conecta esta sala con el resto de Palacio se abre de golpe, y las cabezas de las *inisisa* se giran para ver a Chiamaka liderando a un grupo de *aki*, Magos y habitantes de Kos hacia el interior de la sala. Se detienen cuando ven a las bestias llenar casi cada centímetro de la cámara.

Bien. La muerte de Karima tendrá audiencia.

Pero la mirada que tiene Aliya me paraliza.

—Taj, no.

Aprieto los puños.

—¿Por qué no? —después de todo lo que ha hecho...

—Porque eso no es Equilibrio.

Señalo a Karima, que se encuentra en el suelo a mis pies.

—¿Quieres que la perdone? Aliya, lo intenté, y no puedo. ¡Ella no siente culpa! Ni siquiera ahora, con todos sus pecados mirándola, ¡no siente culpa! ¡Nada!

Ahora Aliya está lo suficientemente cerca de mí para tocarla.

—El otro lado de la culpa es el perdón.

—Pero no es justo —sé que sueno como un niño, pero así es como se siente. Se siente como lo que significó nacer *aki* en esta ciudad, donde la gente te pateaba en la calle y te usaba como un trapo hasta que estabas tan marcado que ya no ser-

312

vías más. Se siente como seguir en un juego que se suponía que nunca podrías ganar.

Su mano se posa en mi hombro. Manchas de hollín ocupan las marcas en sus brazos y dedos.

—La justicia y el Equilibrio son cosas distintas —ella aprieta—. Su muerte no salvará a Kos.

Estallo.

—¿Y tú, Arzu? —espeto—. ¿Tú también la perdonarás? ¿Después de lo que le hizo a tu familia?

Arzu enmudece.

—Aliya, no puedo —le digo, incluso cuando las lágrimas brotan de mis ojos.

—Yo lo haré —la voz de Bo corta el aire. De repente, se mueve:

—¡Bo, espera! —pero no es suficiente para evitar que atraviese a las *inisisa* y las derribe una por una. Él danza a través de las sombras, y la tinta gira y se enrolla y nada alrededor de él hasta que cada *inisisa* en la habitación es un charco de tinta de nuevo. Sé lo que está haciendo, y el dolor encoge mi corazón tan rápidamente que suelto mi daga.

Cuando termina, se encuentra en medio de la habitación, rodeado de espectadores. Me mira fijamente. Y sonríe.

—Taj, cuando me entierres, hazlo cerca de nuestra casa. Y si las flores de mi tumba no son atendidas con regularidad, te acosaré —guiña un ojo, luego abre la boca y cierra los ojos mientras todos los pecados de Karima se arquean en el aire en arroyos negros y resbaladizos y se zambullen en su garganta.

Las lágrimas corren por mi rostro.

Cuando termina y la sala se ha vaciado de pecado, Bo se desploma y lo atrapo justo a tiempo. Intento ver si queda algo de él, pero sus extremidades ya se han enfriado y sus ojos están en blanco. Él ha Cruzado.

De repente, Aliya está a mi lado. Se arrodilla y envuelve sus brazos alrededor de mí y de Bo. Se siente como si me hubiera reunido con mis partes faltantes. Los poemas en nuestra piel se encuentran.

—¿Arzu? —la mujer mecánica se retira la máscara y el cabello rubio atado en una coleta cae sobre sus hombros.

Arzu se congela cuando ve a la mujer. Chiamaka. La mujer con prótesis metálicas de antes. Arzu mira a Chiamaka como si no existiera otra cosa en el mundo.

Las dos mujeres se quedan allí, paralizadas, congeladas por la incredulidad. Las lágrimas comienzan a gotear de los ojos de Chiamaka.

—Por el Innominado —ella jadea—, pensé que estabas perdida.

—¿Mamá? —susurra Arzu—. Mamá, ¿eres tú? —antes de que pueda obtener una respuesta, Arzu se encuentra entre los brazos de la mujer.

Chiamaka toma la cara de su hija entre sus manos.

—Sí, hija mía. Soy yo —dice.

Afuera ya no se escucha el caos. Ya no resuena como un aullido. Como el trueno. Como la muerte.

Se escucha algarabía. Y llanto. Llanto del bueno.

El alegre.

—Taj, mira —Aliya señala hacia el balcón. En el suelo, los habitantes de Kos se ponen en pie o se arrodillan, se abrazan o lloran sobre los caídos, pero algunos gritan. Algunos incluso están cantando.

La noche ha caído.

El rojo brilla bajo las nubes. Oscuro, rojo purpúreo. Como un moretón en el cielo. Se eleva en rayos y se balancea. Las estrellas comienzan a brillar a través de las mareas de la luz.

—*Ụtụtụiụ n'abalị...* —Aliya se nota casi sin aliento cuando lo dice—. Llamas rojas en cascada.

La luz se convierte en cortinas resplandecientes. El azul se une al rojo, luego las columnas ondean en verde.

Las gemas. La gente las usa, las lanza al aire, las sostiene en montones hacia el cielo. Los *aki*, sus anchos rostros sonrientes bañados en color.

Mi ciudad resplandece.

Agradecimientos

Preparar un libro para la vida salvaje por segunda vez sólo ha sido más surrealista que hacerlo con el primero. Durante todo momento, sin embargo, conté con ayuda.

Agradezco a Razorbill, y en específico al #EquipoBestias: a Ben Schrank, por su sabiduría y humor inexpresivo; a mi editora asociada, Casey McIntyre, por sus excepcionales habilidades organizativas y su incansable defensa de la historia de Taj; a mi agente, Noah Ballard, por su consuelo cuando yo me encontraba en las arenas movedizas de la duda y por los sándwiches; a mis correctores por su habilidad sobrehumana, y, por supuesto, a mi editor, Jess Harriton, por su entusiasmo, su paciencia con el libro que sufrió cambios sísmicos y su certeza de que, incluso así, se dirigía a la dirección correcta.

Agradezco a cada *bookstagrammer*, a cada bloguero, a cada persona que gritó desde los tejados que la historia de Taj era una que merecía leerse. Y agradezco a cada persona que me agradeció por escribirla.

Doy gracias a Nigeria por brindarme su historia, mi historia, y su sentido del humor, ahora, hasta cierto punto, también mío. Envueltos en esa bandera verde y blanca, somos alquimistas.

Por último, debo agradecer a mi hermana pingüina, Julie C.

Dao, cuyos pasos han reflejado los míos, cuyo hombro tal vez está empapado por mis lágrimas, y que ha estado entre mis porristas más fuertes y mis más queridas confidentes. Es tuyo mi corazón, hermana. Nos vemos en Denny's.

Esta obra se imprimió y encuadernó
en el mes de diciembre de 2018, en los talleres
de Impregráfica Digital, S.A. de C.V.
Av. Coyoacán 100-D, Col. Del Valle Norte,
C.P. 03103, Benito Juárez, Ciudad de México.